독재자 리아민의 다른 삶

독재자 리아민의

제8회
혼불문학상
수상작

전혜정 장편소설

다른 삶

다산
책방

차 례

독재자 리아민의 다른 삶

I

"이제 본격적으로 시작해봅시다. 내 인생에 대해 어디서부터 이야기를 듣기 원하죠?"

"아무래도 괜찮습니다. 유년 시절부터 연대기순으로 말씀하셔도 되고, 아니면 그냥 머릿속에 떠오르시는 대로 생각의 편린들을 순서 없이 말씀하셔도 상관없습니다."

리아민은 눈을 감고 한 손으로 얼굴을 쓰다듬었다. 마치 나란 사람은 여기 없다는 듯 홀로 상념에 잠긴 듯한 모습이었다. 나는 마른침을 삼키며 슬쩍 재킷 주머니에서 얇은 스프링 노트와 볼펜을 꺼냈다. 긴장감에서 벗어나기 위해 먼저 질문하기로 마음을 정했다.

"개인적으로 저는 리아민 각하의 유년 시절이 어땠는지 몹시 궁금합니다. 저뿐만이 아니라 이 나라의 국민들이라면 다들 궁금해할 것 같은데요. 오늘 밤 각하의 육성으로 직접 듣는 영광을 제게 허락해주시겠습니까?"

다소 과장된 나의 장난기 어린 어투에 그의 응수가 이어졌다.

"작가인 선생이 그렇게 하명하시는데 어찌 거부를 할 수 있겠습니까? 분부대로 시작하도록 하죠."

나는 고개를 끄덕거리며 그를 독려했다.

"유년 시절 이야기부터 시작하기 전에, 먼저 그동안 잘못 알려진 부분에 대한 몇 가지 오해를 풀고 가야 할 것 같습니다. 나는 유복자로 태어나지 않았습니다. 일부 나를 반대하는 이들이 꾸준히 제기해왔던 것처럼, 사생아로 태어난 것이 맞습니다."

리아민은 내가 당연히 놀랐을 것이라고 여긴 듯 내 쪽을 쳐다보며 반응을 살폈다. 그의 말에 흥미를 느낀 건 사실이지만, 그렇다고 딱히 큰 감흥은 없었기 때문에 나는 무덤덤하게 노트 필기를 해나갔다.

"내 어머니란 여자는, 한마디로 고삐 풀린 망아지처럼 제멋대로 날뛰는 문란한 여자였습니다. 아마 그 여자는 자기에게 조금이라도 호감을 표하는 남자가 있다면 거침없이 그 자리에 드러누워 치마를 걷어 올렸을 것입니다. 이런 내 표현이 너무 적나라했다면 부디 용서해주시기를 바랍니다. 여하튼 내가 말하고자 하는 바는, 내 어머니는 우리가 일반적으로 명명하는 '어머니'와는 전혀 다른, 그저 단순히 생물학적 어머니에 불과한 여자였다는 겁니다. 초경이 비치기 전부터 일찍이 '끼'를 부리고 다니던 어머니는 불과 열다섯 살이 될 무렵엔 이미 온 동네에 행실이 나쁜 여자애로 알려졌습니다. 스스로를 너무 헐값에 내돌리는 바람에, 동네 남자들 사이에서 '오백 원'이라는 별명으로 불렸다고 합니다. 부끄러움도 모르고 천방지축으로 나대고 다니는 통에 홀로 통제되지 않는 딸을 키워야 했던 외할머니는 매일 깊은 한숨과 치욕 속에서 이웃들에게 얼굴을 들고 다닐 수가 없었다고, 나중에 대학생이 된 내게 울면서 말씀하시더군요……."

남편이라도 살아 있었다면, 방종한 딸을 어느 정도는 통제할 수 있었을 것이다. 남편은 서른두 살의 젊은 나이에 폐암이 손쓸 틈 없이 다른 장기로 전이되어 젊은 부인과 네 살 된 딸을 남겨두고 한 달 만에 덜컥 숨을 거두었다. 다행이라면, 죽은 남편이 작지만 튼튼하게 지어진 단층 주택과 얼마간의 적금을 남겨 외할머니가 다른 보통의 과부들처럼 불쌍한 삶을 살게 되지는 않았다는 것이었다. 재봉질 솜씨가 좋았던 외할머니는 작은 수선집을 운영하면서 적게나마 재산을 늘려갈 수도 있었다. 그러나 하나밖에 없는 딸을 잘못 키웠다는 따가운 눈총 때문에 이런 소소한 기쁨조차 누릴 수가 없었다. 철없는 딸을 생각하면 눈물만 흘러내리는 통에 재봉질을 하다가도 종종 눈이 흐려져 다시 실을 뜯어내고 일하기가 일쑤였다.

리아민의 어머니가 열여섯 살이 되던 해였다. 여름이 되기 몇 개월 전부터 자꾸 살이 오르고 자신을 슬슬 피하는 딸을 외할머니가 수상하게 여기던 차였다. 어느 날 외할머니는 등교 전 아침식사를 하던 딸이 갑자기 심한 헛구역질을 하는 모습을 목격하게 되었다. 익히 알고 있는 임신 증상이었다. 하늘이 온통 노랗게 변하는 충격 속에서 외할머니는 싫다고 몸부림치는 딸을 붙잡고 그대로 산부인과로 끌고 갔다. 몸집이 작고 마른 외할머니에게서 괴력이 나오는 순간이었다. 의사에게서 딸이 임신 육 개월이라는 것을 확인하자마자, 외할머니는 단호한 어조로 아기를 지워달라고 요구했다. 하지만 의사는 그렇게는 할 수 없다고 말했다. 최대 사 개월까지는 어떻게든 가능할 수도 있겠지만, 육 개월이나 된 태아를 함부로 지울수는 없다는 것이었다.

"작기야 하지만, 이미 다 자란 아기가 자궁 속에서 살고 있다고 생각해보세요. 이건 엄연한 살인이라고 봐야 합니다. 산모에게도 위험할 수 있어요."

결국 낙태를 하지 못하고 모녀는 집으로 돌아가야 했다. 왜 보다 빨리 말하지 않았는지 다그치자, 딸은 울면서 뜻밖의 말을 꺼냈다.

"낳고 싶어서! 내가 엄마한테 말하면, 엄마는 아기를 못 낳게 할 거니까!"

"이것아, 넌 아직 중학생이야! 애가 애를 어떻게 낳아 기를 수 있겠니! 널 이렇게 만든 놈이 누군지나 아는 거야?"

"몰라. 나도 모르겠어. 세 명 정도 생각나긴 하는데, 확실하진 않아."

딸의 대답에 기가 막힌 어머니가 가슴을 팡팡 두드리며 울부짖었다.

"아비도 모르는 애를 덜컥 낳아서 뭘 어쩌겠다는 게야! 이 모자란 것아! 이 멍청한 것아!"

딸이 밖으로 나돌게 된 후 처음으로 모녀는 서로를 부둥켜안고 눈물을 흘렸다. 상대방을 위한 진심 어린 눈물은 아니었다. 각자 자신이 처하게 될 불행의 크기를 가늠하자 저절로 흘러내리는 쓰디쓴 눈물이었다.

리아민 어머니의 배는 하루가 다르게 부르고 있었다. 그래도 외할머니는 끝까지 어린 딸의 자궁 속에 멋대로 들어앉은 발칙한 생명을 없애기 위해 최선의 노력을 다했다. 한 달 동안 지치지 않고 딸을 어르고 설득한 끝에 겨우 미지근한 동의를 얻어, 무려 세 시간 반을 고속버스를 타고 가야 있는 외딴 지방의 산부인과에 함께 방문하기로 했다. 외할머니가 은밀히 수소문한 곳으로, 불법적인 낙태를 기꺼이 시술해주는 곳이었다. 딸은 의사의 진찰을 받는 동안 뭐가 그리 슬프고 억울한지 줄곧 흐느껴 울었다. 반면 외할머니는 이 의사조차 낙태를 거부할까봐 초조함을 감추지 못하고 있었다. 이윽고 의사가 다소 위험이 따르기는 하지만 가능할 것 같다는 결과를 알리자, 외할머니는 그때까지 다리를 벌린 채 울고 있는 딸의 어깨를 마구 흔들며 이 기쁜 소식을 전했다.

"옥삼아, 이제 괜찮아. 애를 뗄 수 있대! 이 의사 선생님이 그렇게 해주신대!"

그런데 이 말을 듣던 옥삼이 곧 있을 수술 전에 화장실을 다녀와야겠다며 고집을 부렸다. 이미 십 분 전 화장실에서 볼일을 본 터였다. 안 좋은 예감이 든 외할머니는 안 된다고 딱 잘라 옥삼의 말을 묵살해버렸지만, 의사는 옥삼이 하고 싶은 대로 하라고 허락해주었다.

"오 분 내로만 돌아오세요. 또 다른 수술이 잡혀 있으니까요."

결과적으로 말하면, 외할머니의 예감이 들어맞았다. 화장실에 간다고 진찰실을 나간 옥삼은 그대로 병원에서 도망쳐버렸다. 딸의 도주를 알아챈 외할머니가 분을 참지 못하고 애꿎은 의사에게 두 눈을 부릅뜨며 쌍욕을 퍼부었다. 말 그대로, '내 딸의 인생을 망친 나쁜 놈팽이'였다. 병원 주변을 샅샅이 뒤져도 찾지 못하자, 외할머니는 여관에 일주일 동안이나 머물며 소도시를 헤집고 다녔지만 딸의 행방은 도무지 찾을 수 없었다. 시간은 잘도 흘러 다시 석 달이 흘렀다.

친구들의 도움을 받아 그간 빈집, 여관, 창고, 그것도 여의치 않으면 공원 벤치에서 찬 이슬을 맞아가며 가련하고 서글픈 만삭 임산부의 삶을 견뎌야 했던 옥삼은 해산 때가 다가오자 금의환향이라도 하는 것처럼 어머니의 집으로 살짝 멋쩍은 표정을 지으며 귀환했다.

"엄마, 뭣해도 엄마 손주잖아. 일단 애가 나오면, 엄마도 진짜 예뻐할 거야."

처음으로 옥삼의 임신을 진단했던 산부인과 의사가 결국 태아를 받았다. 감상적이었던 의사는 모녀가 아이를 끝내 낙태하지 않고 꿋꿋이 낳았다는 사실에 감동해서 눈물을 글썽이기까지 했다. 의사는 기쁜 마음으로 병원비를 절반이나 깎아주었다. 아버지가 없는 아이의 처지를 동정하여 이름을 지어주기까지 했다. 리아민.

막상 출산을 한 옥삼은 알 수 없는 이유로 애를 싫어하는 사람이 되었다. 자신이 열 달 동안이나 자궁 속에 품고 있던 아이의 존재를 끔찍해했다. 반면 태어나지 않은 손주를 딸의 태중에서 지워버리기 위해 온갖 노력을 아끼지 않았던 외할머니는, 막상 세상에 태어난 핏덩어리 손자를 보자마자 열렬한 사랑에 빠져버렸다. 그 사랑의 감정이 얼마나 갑작스럽고도 폭발적이었는지, 그녀는 아이를 외면하는 옥삼 대신 아이를 품에 안고는 심장에 뻐근한 통증까지 느껴야 했다. 옥삼을 낳았을 때도 미처 느끼지 못했던 북받쳐 오르는 감격을 억누르지 못하며, 외할머니는 말까지 더듬거렸다.

"하아, 애 좀 봐. 무슨 애가 요렇게 이쁘냐."

한 달간 짧은 산욕을 푸는 동안, 옥삼은 젖이 퉁퉁 불어 아파올 때에만 아들에게 젖을 물렸다. 아이가 배고프다고 아무리 울어대도 내키지 않으면 본체만체하는 비정한 엄마였다. 아민에게 젖을 물리기 위해 외할머니가 아무리 설득하고 채근해도 옥삼은 요지부동이었다. 외할머니는 보다 못해 아이가 울면 분유를 사다가 타서 먹였고, 울음을 멈추지 않을 땐 늘어진 자신의 빈 젖을 물렸다. 아민의 작고 앙증맞은 입이 한사코 젖꼭지를 빨려고 새끼 새처럼 빠끔거리는 모습을 보면서 외할머니는 주체 못 할 무한한 사랑의 감정에 폭 젖어드는 것이었다. 어쩌다 먹을 수 있는 딸의 젖을 잔뜩 기갈이 들려 쭉쭉 빨아대는 손자가 너무 안쓰러워서 남몰래 눈물을 흘리기도 했다. 손자의 이 얼마 되지 않는 짧은 만족의 시간조차 열흘을 넘지 못했다. 해산한 딸을 보러오겠다고 몰려온 친구들이 선물이랍시고 들고 온 '유즙기' 때문에 딸이 더 이상 젖을 물리지 않았던 것이다. 딸은 젖을 짜서 그냥 싱크대에 흘려버렸다. 직접 젖을 물리지는 않더라도 짜낸 젖이나마 젖병에 담아 아민이 먹도록 물려주자는 외할머니의 간곡한 부탁은 간단히 묵살됐다. 옥삼은, 가타부타 이유도 대지 않았다. 그냥 싫다는 것이었다. 버리는 젖인데도, 제 아들이 먹는 것은 싫어했다. 외할머니의 보살핌이 없었더라면 아민은 영양실조로 방치되어 죽었을 수도 있었다. 갓 태어난 아들에게 한사코 냉담했던 옥삼은 나가려면 한 달만 더 산욕을 풀고 가라는 외할머니의 애원을 뒤로한 채 맨몸으로 집을 나섰다. 그리고 아민이 대학교를 졸업할 때까지 이십삼 년간 단 한 번의 연락도 없었다.

여기까지 이야기를 들은 나는 한 가지 의문을 제기할 수밖에 없었다.

"각하, 하지만 제가 알고 있기로는 각하의 어머니께서 임신을 하신 나이는 스무 살인데…… 만약 열다섯 살이라면, 각하의 현재 나이와도 일치하지 않습니다."

"사정은 의외로 간단합니다. 외할머니가 손자의 출생신고를 오 년이나 늦게 했던 겁니다."

"오 년이나요?"

"외할머니는 혹시라도 집을 나간 제 어머니가 운 좋게 결혼할 남자를 만날 수도 있다는 기대를 오랫동안 버리기 쉽지 않으셨나봅니다. 어머니가 결혼이라도 하면 난 더 이상 사생아가 아닐 수도 있으니까요. 관대한 남자를 만났다면, 직접 데려다가 키우지는 않더라도 어쩌면 호적에는 올려줄 수도 있지 않겠느냐는 실낱같은 바람을 가지셨던 것입니다. 그때 당시로서는 비현실적인 바람이었죠. 남아선호사상이 강했던 이 나라에서 아버지도 모르는 아내의 사생아 아들을 자신의 호적에 기분 좋게 올려줄 남자가 어디 있겠습니까? 초등학교에 갈 나이가 점점 다가오는데도 출생신고가 되지 않아 입학도 하지 못할 처지가 될 수 있다는 사실을 뒤늦게 인지한 외할머니가 어쩔 수 없이 자신의 호적에 날 입적시켰습니다. 나는 다섯 살이나 어린 아이들 틈에서 유난히 성장이 빠르고 영민한 학생으로 쉽게 행세할 수 있었습니다. 무려 오 년이나 앞서서 선행학습을 할 수 있었으니 말입니다."

"각하의 출생연도를 먼저 전기에서 바로 잡아야겠군요. 그렇다면 각하의 현재 나이도……."

"그렇습니다. 알려진 나이보다 다섯 살 많은 예순다섯 살입니다.

솔직히 박 작가가 보기에도 내가 그 정도로 늘어 보이진 않지요?"

"네, 각하. 제가 각하와 우연히 마주쳤다면 아마도 오십대 초반 정도로 봤을 테니까요."

아부성 발언은 아니었다. 리아민은 균형 잡힌 당당한 체구에다가 왕성한 대외 활동을 하는 지위 높은 남자답게 눈빛도 생생해서, 본래 나이보다 훨씬 덜 들어 보이는 타입이었다. 리아민은 너털웃음을 터뜨렸다.

"박 작가가 나랑 있으니 어째 점점 미꾸라지 같은 정치인이 되어가는 것 같군요. 듣기 좋은 말도 자연스럽게 나오는 걸 보니."

"제가 정치인이 될 일은 없을 것 같으니, 각하께서는 제 말을 가감 없이 들으셔도 될 것 같습니다."

"선생, 바로 그런 말이 선생을 더욱 정치인스럽게 보이게 한단 말입니다."

우리의 웃음소리가 좀 컸던지, 문을 열고 들어오는 기척을 알아차리지 못했다.

"밤이 깊었어요. 벌써 자정이 넘었다고요."

팔짱을 낀 최세희가 리아민과 나를 번갈아 보며 다소 냉담하게 말했다. 리아민의 얼굴에서 서서히 웃음이 사라져갔다.

"하지만 여보, 지금 보다시피 우린 일하고 있는 중이야."

"누가 여기에서 일하고 있다는 거죠? 내 눈엔 그런 사람들이 안 보이는데요?"

리아민은 차분하게 말했다.

"이분은 작가 박상호 선생이야. 인사는 아까 했지? 유쾌하고 재기 넘치는 청년이야."

나는 최세희에게 오늘 밤 두 번째로 인사를 건넸다. 리리궁의 정보력에 대해서는 이미 경험했던 터라, 리아민의 말이 놀랍지는 않았다. 모처럼 즐거워지려고 했던 대통령과의 면담이 영부인의 등장으로 인해 사실상 끝났음을 알 수 있었다. 기회를 틈타 이 방에서 되도록 빨리 퇴장해야 했다.

대통령 부부는 서로를 말없이 노려보고 있었다. 제3자인 내가 있기 때문에 두 사람이 그나마 서로에 대한 비난을 자제하고 있는 것이 눈에 보였다. 이쯤에서 슬그머니 자리에서 일어났다. 한두 발자국인가 겨우 옮겼을 때였다. 별안간 날 선 최세희의 목소리가 내 뒷덜미를 잡아챘다. 그만 나는 제자리에 소금 기둥처럼 굳어버렸다.

"난 저 사람이 마음에 들지 않아요! 이건 너무 바보 같은 일이에요!"

"예전에도 말했지만, 이 일에 당신의 동의는 필요하지 않아. 그리고 여기서 억지 쓰는 아이처럼 보이는 건 바로 당신이야."

"당신도 잘 알고 있잖아요. 지금 당신에게 필요한 건 이야기를 지어내는 저 번드르르한 소설가가 아니에요. 정말로 필요한 건……."

리아민은 그녀의 말을 가차 없이 잘랐다.

"여보, 이제 잘 시간이야. 충분한 수면을 취해야 내일 행사에서도 빛날 수 있을 거야. 변함없이 아름다운 영부인으로 말이야."

최세희는 그래도 뭔가를 더 말하려고 했으나, 이내 리아민의 단호한 태도에 눌려 아무 말도 하지 못했다. 그녀의 기가 꺾인 것을 확인한 리아민은 예의 사람 좋은 미소를 지으며 내게 말했다.

"난 아주 만족한 시간이었습니다. 선생도 부디 나와 같이 느꼈기를 바랍니다."

나는 대답했다.

"저 역시 즐거웠습니다. 세 번째 면담이 벌써부터 기대되는군요."

"될 수 있는 한 빨리 날짜를 잡겠습니다. 하지만 때가 때인지라……솔직히 일정을 구체적으로 알려드리기가 어렵습니다. 그럼, 잘 들어가시기 바라요."

"각하도 부디 잘 지내시기 바랍니다."

나는 영부인에게도 목례를 했지만, 그녀는 나를 의도적으로 무시했다. 나는 꿋꿋이 그녀에게도 인사를 건네고 방을 나섰다. 검은 세단에 올라타고 있을 때였다. 관저 밖으로 리아민의 고성이 울려 퍼졌다. 내용까진 알아들을 수 없었지만, 운전석에 있던 경호원이 순간 움찔했다. 그가 뒷좌석을 돌아보았고, 나는 관저에서의 고성을 못 들은 척하며 차창 밖으로 시선을 던졌다. 경호원은 차의 시동을 걸었다.

내가 살고 있는 오피스텔에 도착했다. 경호원이 얼른 내려 차 문을 열어주었다. 고맙다고 말하며 건물로 들어가려는데, 경호원이 말을 꺼냈다.

"자주 그러시는 건 아닙니다."

잠시 나는 그의 말에 혼란을 느껴야 했다.

"그분들의 사생활일 뿐입니다. 제가 상관할 바가 아니죠."

초조하게 서 있던 젊은 경호원이 내 말에 안도하는 듯 보였다. 유순한 인상의 청년이었다. 얼핏 보면 고등학생으로도 보일 만큼 앳된 얼굴이라서, 큰 키에 근육질의 몸과는 어울리지 않았다. 어른 옷을 껴입은 아이처럼 얼핏 불안정해 보이기도 했다. 경호원은 내게 깍듯한 태도로 인사했다.

"오준석이라고 합니다. 잘 들어가십시오."

2

다음 날 아침부터 나는 리아민의 전기를 집필하는 일을 시작했다. 오전 아홉시, 나는 책상 앞에 앉아 있었다. 사실 나는 평범한 직장인들처럼 정해진 시간에 작업하는 것을 가장 좋아했다. 기필코 유명한 작가로 성공하고 말겠다는 굳건한 다짐을 곱씹으며 변두리의 허름한 원룸에서 『그곳에 당신이 있었다』의 초고 2385매를 쓰던 넉 달 동안에도 이렇게 규칙적인 직장인의 생활에 따라 글쓰기를 진행했다. 그 시절을 돌이켜보면, 가장 불안정하고 육체적으로 힘들었지만, 가장 신념에 차 있었고 마음은 즐겁기만 했다. 나는 『그곳에 당신이 있었다』의 첫 오십 매 분량의 글을 집필한 날부터 내가 쓰고 있는 이 소설의 성공을 강하게 직감하고 있었던 것이다. 소위 '펜의 떨림'을 느꼈다. 작가가 글을 쓸 때 아주 드물게 느낀

다는, 혹은 어쩌면 한 번도 못 느낄 수도 있다는, 대단한 작품의 전조로 직감되는 그 '펜의 떨림'을 나는 무려 첫 번째 작품에서 느꼈던 것이다. 그것은 어떤 묘사로도 설명할 수 없었다. 그냥, 가슴속에 콱 박혀오는 것이었다.

오층 건물의 사층에 있던 내 첫 작업실은 가장 어두운 복도 안쪽 끝에 있었다. 무엇보다 제일 저렴했고, 거기다가 조용한 편이었다. 조용하다고 하지 않고 조용한 편이라고 한 것은, 원룸에 세 들어 사는 다른 세입자들이 귀가하는 저녁이면 방음이 잘 되지 않는 탓에 각종 소음이 여과 없이 얇은 벽을 통해 들려오기 때문이었다. 그 중 제일 먼저 귀가하는 옆집 403호의 젊은 여자가 첫 소음의 주인공이었다. 내가 그곳에서 살던 일 년 동안, 설날과 추석 그리고 다섯 손가락에 꼽을 정도로 아주 드물게 밤늦게 들어온 날을 제외하고는 오후 여섯시 삼십오분에서 삼십팔분 사이 건물의 일층에서부터 계단을 오르는 요란한 하이힐 소리가 들려왔다. 또각또각. 다시 삼 분 동안 사층까지 이어진 소리는 403호 현관문 앞에서 멈추고, 현관문을 열고 집 안으로 들어간 그녀는 다시 정확히 삼 분 후 욕실로 들어가 큰 소리로 노래를 부르며 삼십 분 동안 샤워를 했다. 403호의 젊은 여자가 귀가하며 내는 첫 구두 굽 소리는 그날의 분량을 마무리해야 하는 경고음과 같았다. 나는 상급자에게 제출할 마감 서류를 작성하는 절박한 사무직 노동자처럼 최선을 다해 노트북의 키보드를 두드리고, 또 두드렸다. 그녀가 욕실에서 부르는 노랫소리가 내게는 퇴근 시간이었고, 그때가 되면 아홉 시간 사십사 분 혹은 아홉 시간 사십칠 분간 이어진 그날의 내 글쓰기는 종료되는 것이었다.

아랫집 304호에 사는 사십대 중년 남자는 기러기 아빠였다. 두 딸을 전부 미국으로 유학 보냈고 아내까지 함께 아이들과 지내는 터라, 이 년 전부터 원룸에서 홀로 생활하고 있었다. 어느 날 저녁, 재활용 쓰레기를 분리해 버리려고 일층으로 내려갔다가 그와 인사를 나누었던 것이다. 서로 통성명을 하고 이야기를 주고받던 우리는 지금은 잘 생각나지 않는 이유로 갑자기 의기투합해서 그날 밤을 꼬박 새워가며 캔맥주를 미친 듯이 마셔댔다. 졸지에 외로운 홀아비가 된 그는 이 년 전부터 꾸준히 주량이 늘어 매일 밤마다 오백 밀리리터 캔맥주를 세 개씩은 마셔야 잠을 잘 수 있다고 내게 고백했다. 그 자신은 부정했지만 내가 보기엔 이미 알코올중독자의 대열에 입성한 사람이었다. 그 정도는 아니었지만, 나도 맘만 먹으면 술이 꽤 센 편이었다. 맥주 정도는 맛있는 물이라고 여겼고, 아무리 마셔대도 결코 몸을 가누지 못할 만큼 심하게 취한 적이 없었다. 그날 밤 저녁 아홉시부터 시작된 술자리는 새벽 네시까지 이어졌다. 그것도 계속 가지 말라고 붙잡는 그를 억지로 뿌리치고, 내가 위층의 내 집으로 돌아왔기에 끝난 술자리였다. 덕분에 다음 날 그는 회사에 병가를 내고 출근하지 못했고, 나는 종일 남아 있는 술기운으로 인한 저조한 컨디션으로 그날의 글쓰기를 평소 분량의 삼 분의 일만큼만 할 수 있었다. 그 이후에 나는 또다시 술자리를 하자고 몇 번이나 지치지 않고 집으로 찾아온 그를 거절하기 위해 참으로 진땀을 빼야 했다. 그는 모처럼 찾아낸 술친구를 잃지 않기 위해 값비싼 양주까지 손에 들고 나를 살살 꾀었다. 알코올중독자들의 오랜 레퍼토리인 "딱 한 잔만"을 연발하며 투명 포장지로 리본을 두른 술병을 내 눈앞에서 살살 흔들기까지 했는데, 솔직히 말하자면 그 고급스러운 독한 양주를 딱 한 잔은 마시고 싶은 마음이 굴뚝같긴 했다. 그러나 그가 내 작업실로 들어온다면, 그것으로 내가 직감했던 '펜의 떨림'이 그대로 사라져버릴 수도 있다는 불길한 예감을 느꼈고, 그래서 마치 악귀를 몰아내듯 야멸차게 그를 내 소설이 쓰이는 성스러운 공간에서 쫓아버렸다. 거절당한 기러기 아빠의 복수는 장장 팔 개월간 계속되었다. 나로선 알 수 없는 울분이 더욱 폭발하는 날이면 저녁이나 모두가 잠든 새벽이나 할 것 없이 뭔가 단단하고 긴 봉 같은 것으로 천장을 규칙적으로 두들겨대는 것이었다. '탕탕탕, 탕탕', '탕탕탕탕, 탕, 탕', '탕탕, 탕탕탕, 탕, 탕탕탕탕' 등등. 나는 봉 하나로 그렇게 다양한 리듬의 소리를 만들어낼 수 있는 그의 재능이 경이롭기까지 했다. 그가 어떻게든 나와 얼굴을 맞대고 술에 관한 무한한 대화를 하고 싶어 한다는 것을 잘 알고 있었기 때문에, 아래층에 내려가 항의를 할 수도 없었다. 그저 함께 소음을 견뎌야 하는 다른 세입자들이 나 대신 그의 집을 찾아가 항의를 하거나, 아니면 희박한 경우의 수이긴 하지만 그가 지쳐서 스스로 그만

두기를 바랄 수밖에 없었다. 하지만 나는 이 건물 세입자들의 무신경함을 잘 모르고 있었던 것이다. 그가 그 미친 짓거리를 하는 팔 개월 동안 아무도 항의하지 않았고, 심지어 꼭대기 층에 살던 집주인 노부부조차 그에게 아무런 주의도 주지 않았다. 깜빡 잊고 계좌이체 하지 않은 월세를 직접 받으러 온 집주인 노인에게 슬쩍 304호의 만행을 이르자, 노인은 늘어진 눈꺼풀을 천천히 껌뻑거리며 오히려 내게 반문했던 것이다.

"으응? 무슨 소리가 나? 언제?"

이번에도 정녕 '펜의 떨림'을 느낄 수 있을 것인가. 사뭇 가슴이 떨려왔다. 나는 여러 버전으로 리아민 전기의 초고를 써보기로 마음먹었다. 출판사 사장이 원하는 대로 내년 봄에 책이 나오지 못하고 더 시간이 걸리더라도 상관없었다. 우선 일반적인 전기라는 글의 형식에 구애받지 않기로 마음을 정했다. 가장 익숙하고, 가장 자신 있는 소설의 형식으로 써보기로 했다. 나는 두근거리는 마음을 진정시키며, 조심스럽게 자판을 두드려 노트북 화면에 첫 문장이 떠오르는 것을 바라보았다.

리아민은 방종한 십대 소녀였던 어머니에게서 아버지도 모르는 사생아로 태어났다.

3

일주일 동안 나는 작업실 밖으로 나가지 않았다. 줄곧 글만 썼다. 간간이 두세 시간씩 눈을 붙이고, 배가 고플 때만 몰아치듯 음식을 먹어치웠다. 냉장고와 주방 선반 곳곳에 쟁여놓았던 각종 냉동식품과 라면과 즉석 죽들이 거의 다 동이 날 때쯤 비로소 내가 원하는 첫 백 매의 원고를 얻을 수 있었다.

절로 콧노래가 나왔다. 먹을 만한 음식을 찾을 수가 없어서 마트에 가려고 일주일 만에 샤워를 했다. 기름이 잔뜩 낀 머리카락에 비누칠을 해서 박박 감았다. 돼지털같이 거칠어진 짧은 머리카락에 다시 샴푸를 묻혀 감고는, 조금 망설이다가 헤어왁스를 꺼내 거울을 보며 이리저리 매만졌다. 이런 쪽으로는 영 손재주가 없는 편이었지만, 막상 해놓고 보니 나쁘지 않았다. 사진 모델처럼 알몸으로 갖가지 과장되고 웃긴 포즈를 취해보면서, 아직 문단 최고의 미남 작가라는 별명이 무색하지 않다고 마음속으로 스스로를 한껏 추켜 세웠다. 책상에 둔 휴대폰이 울리고 있었다.

"안녕하십니까, 박상호 선생님."

리리궁 관저에서 나를 오피스텔까지 데려다준 경호원 오준석이 었다.

"한 시간 내로 모시러 가도 되겠습니까? 저도 방금 수석비서관님 께 지시를 받아서 좀 더 일찍 연락드리지 못했습니다."

"괜찮습니다. 마침 나가려던 참이어서 오셔도 상관없습니다."

"그럼 십 분 내로 모시러 가죠."

리리궁에 도착하면 오후 여섯시경이 되겠다고 예상했다. 드디어 리리궁에서 제대로 된 저녁식사를 하게 될 수도 있다는 생각이 들 어 기분이 들떴다. 생각만으로도 입안에 침이 가득 괴어왔다.

십 분 후, 젊은 경호원이 현관 벨을 눌렀다. 문을 열자 오준석이 놀란 얼굴로 서 있었다. 요란한 현관 벨에 대해 뭔가를 말하고 싶어 하는 듯 보였지만, 이내 자신이 해야 할 일을 떠올리는 것 같았다. 집 안에 잠깐 들어오라는 내 말에도 불구하고 그는 꼿꼿한 자세로 내가 구두를 신고 복도로 나갈 때까지 문밖에 서 있었다.

검은 세단 안에서 오준석이 내게 해준 짧은 말에 따르면, 오늘 행 사는 매스컴을 통해 대통령의 새로운 경제부양책을 발표하는 중요 한 자리였다. 앞으로 재집권하게 될 사 년 동안 시행할 경제정책들에 관해 대통령이 직접 연단에 나서서 브리핑할 것이라고, 오준석은 말했다.

"오늘 발표를 국민들이 어떻게 받아들이냐에 따라 재집권에 대한 여론의 대략적인 향방이 정해지게 될 것입니다."

"그만큼 중대한 발표란 말이군요. 이런 자리에 과연 제가 참석해도 되는지 모르겠습니다."

"각하께서는 선생님이 꼭 참석하기를 원하십니다. 수석비서관님께서 제게 그렇게 말씀하셨습니다."

오후 여섯시 이 분 전에 리리궁 기자회견장에 도착했다. 대통령의 발표는 여섯시 삼십분에 있을 예정이었다. 벌써 수십 명의 기자들이 도착해 있었다. 카메라와 마이크를 비롯한 방송 장비들을 분주하게 체크하는 중이었다. 오준석은 내게 출입증을 건네며 기자석 뒤편에 놓여 있는 의자로 데려다주었다.

"선생님이 원하는 곳에 편하게 앉으시면 됩니다."

젊은 경호원은 몸을 숙여 내게 귓속말을 했다.

"더 가까이에서 보고 싶으시면 취재하는 기자들 틈에 서 계셔도 괜찮습니다."

물론 나는 경호원의 예상대로 따분하게 의자에 앉아 있지 않았다. 출입문이 나 있는 벽면에 비스듬히 기대어 서서 대통령의 발표가 아직 시작되기 전부터 치열한 보도 경쟁을 하고 있는 기자들을 지켜보았다. 더불어 리리궁 직원들의 바쁜 움직임을 보는 것도 흥미로운 일이었다. 넓은 회견장 안을 가득 채운 사람들의 열기에 덩달아 내 몸도 뜨거워지는 것 같았다. 한참을 두리번거리느라 정신을 빼앗기고 있는데, 문득 어떤 자그마한 몸집의 여자가 나를 빤히 응시하고 있는 것을 깨달았다. 얼굴이 눈에 익은 여자였다. 여자의 목에 걸린 출입증에 눈이 갔다. 정율리. 내가 매일 읽는 신문에 기사와 칼럼을 쓰는 기자였다. 매주 화요일마다 그녀는 「정율리의 정치 읽기」라는 칼럼을 게재하고 있었다. 칼럼 제목 옆에 있던 정율리의 사진과 실제의 모습이 일치했다. 아마도 사진 보정을 거의 하지 않은 것이라고 생각하니 그녀와 말을 하기도 전부터 호감이 생겼다. 그동안 사진과 실제의 외모가 너무 다른 사람들을 많이 봤기 때문일 것이다. 정율리는 그녀의 칼럼에서 느꼈던 특유의 경쾌한 어조로 내게 말을 걸었다.

"박상호 씨 맞으시죠? 소설『그곳에 당신이 있었다』를 쓴 작가!"

그녀의 목소리가 귀에 감기는 것처럼 듣기 좋았다. 나는 미소를 지었다.

"그 소설을 쓴 건 맞는 것 같군요, 정율리 기자님."

"혹시 제 칼럼을 읽으셨나요?"

"칼럼을 쓰시기 전부터 열심히 정율리 씨의 기사를 찾아 읽었습니다. 논점이 명확한데다가 읽는 이를 기분 좋게 설득하는 경쾌한 어조가 좋았습니다."

그녀는 소녀처럼 좋아하며 웃어댔다.

"와, 좋아하던 작가에게 이런 칭찬까지 듣다니 너무 기분이 좋은데요? 실은 제가 박상호 씨의 팔 년 된 열혈 독자거든요. 『그곳에 당신이 있었다』를 열 권 넘게 사서 주변 사람들에게 선물로 나눠주기까지 했으니까요."

원래의 나라면 신간이 나온 지 얼마 되지 않은 시점에서 『그곳에 당신이 있었다』에 대한 찬사를 늘어놓는 사람을 매우 불편해했을 것이다. 그러나 이번은 경우가 달랐다. 미인까지는 아니었지만 예쁘장하고 근사한 목소리를 가진 똑똑한 여자였고, 거기다가 나는 그녀의 글을 좋아했고…… 또 지난 석 달간 애인이 없었다는 것도 그녀에게 무조건적인 호감을 느끼는 큰 이유가 되었다. 나는 다시금 미소 지었다.

"감사합니다. 열 권이라면 제가 특별한 독자로 기억해야 될 분이군요."

"그럼 특별한 독자에게 뭔가 상을 주셔야죠. 단지 기억만 해두시겠다는 건 사실 의미가 없잖아요?"

순간 그녀의 말이 심장으로 흘러들어오는 것만 같았다. 나는 얼굴을 붉혔다.

출입문으로 들어오는 수행원들 틈에서 익숙한 수석비서관의 모습이 보였다. 수석비서관이 나를 알아보았다. 그는 나와 함께 있는 여자가 정율리라는 것도 확인한 것 같았다. 그의 미간이 좁아졌던 것이다. 조각칼로 판 것처럼 깊은 일자 주름이 미간에 새겨져 있었다. 하지만 그는 훨씬 더 중요한 일을 하고 있었고, 따라서 나에 대한 관심은 대통령의 발표가 진행되는 동안 잠시 유보되었다. 대통령 리아민이 기자회견장 연단에 올랐다. 전국에 생중계되는 대통령의 발표가 시작되었다. 일제히 카메라 플래시가 터졌다.

"존경하는 국민 여러분, 그리고 재외 동포 여러분, 저는 지난 칠 년간 수많은 시행착오를 겪으며 이 나라를 더 강대한 부국으로 만들기 위해 많은 참모진들과 함께 노력을 거듭해왔습니다. 이제 저는 국민 여러분의 현 정부에 대한 변함없는 지지와 애정을 바탕으로 다시 이 정권에 귀한 선물처럼 주어질 사 년의 시간을 가장 낮은 자세로 새롭게 시작하고자 합니다. 저는 정권 말기에 늘 있어왔던 권력의 누수나 주변 인사들의 비리 같은 불명예스러운 일들이 지난 칠 년의 집권 기간 동안 단 한 번도 없었을 뿐만 아니라, 앞으로 국민 여러분이 계속 지지해주시기를 바라는 다음 사 년의 이날 기간에도 없을 것임을 이 자리에서 분명하게 약속드립니다. 무엇보다 저는 현 정부의 가장 큰 장점은 국민과의 끊임없는 소통과 청렴함이라는 것을 말씀드리고자 합니다. 일선에서 여러 공무원이 국민 여러분의 애로 사항에 귀를 기울이고, 이와 함께 정부에 바라는 바를 중앙정부에 직접 건의할 수 있는 경로를 만들어, 저는 민심에 가까이 다가가는 대통령이 될 수 있었습니다. 현재 산재해 있는 문제들이 많습니다. 시급한 청년 실업 문제, 사회 소외계층에 대한 복지 문제, 작년보다 둔화된 경제성장률, 거기다가 날로 급변해가는 세계정세에 과연 우리나라가 어떻게 효율적으로 대처해야 하는가 하는 문제들입니다. 이에 정부는 각계각층의 명망 있고 식견 높은 전문가들로 구성된 싱크탱크를 만들어, 최고의 해결 방안을 마련하기 위해 주야로 골몰하고 있습니다. 그리하여 저는 오늘, 다시 시작하는 현 정부에 대한 국민 여러분의 신뢰에 보답하고자 그 첫 번째 결과물로써 획기적인 경제부양책을 발표하고자 합니다."

잠시 연설을 멈춘 리아민은 모두가 잘 알고 있는 그 소탈한 미소를 만면에 지었다. 일제히 플래시가 터졌다. 기자들의 타자 소리가 빨라졌다.

"먼저 오십삼만 개의 일자리를 창출해내겠습니다. 이를 위해 십 대 기업들도 기꺼이 동참하기로 뜻을 모았습니다. 당장 올해 하반기부터 NW가 이만 이천 명, LHH가 만 팔천 명, TXC가 육천오백 명의 인력을 충원하겠다고 약속했습니다. 다른 기업들도 내부에서 좀 더 논의를 거친 후, 각각 최대 사천팔백 명부터 최소 천육백 명에 이르는 충원 계획을 세울 것을 밝혀왔습니다. 정부도 적극 동참할 예정입니다. 시민들이 높은 만족도를 보이는 공공 근로를 확충하여 삼십사만 개의 일자리를 만들겠습니다. 이는 여성과 노인, 장애인과 같은 사회적 약자와 소외계층에게 우선하여 배정될 일자리입니다. 또한 지난 칠 년의 집권 기간 동안 꾸준히 전개해왔던 정부 주도의 대규모 공공사업을 계속적으로 이어나갈 것입니다……."

리아민의 자신감 넘치는 발언 태도와는 달리, 내가 듣기엔 지금까지 그가 했던 연설들과 그다지 다를 바 없는 연설이었다. 솔직히, 지루했다. 리아민에게서 시선을 돌려 기자석의 반응을 살펴보았다. 그래도 과거 어느 정권보다 막강한 권력을 가진 리아민 대통령의 대국민 연설이라 아직까지도 팽팽한 긴장의 끈을 놓지 않고 있음이 표정에서 드러났다. 나는 그들의 투철한 직업 정신에 박수를 보내고 싶었다. 그만큼 리아민의 연설이 알맹이 없는 빈 깡통처럼 들렸기 때문이다. 옆에 선 정율리가 그런 내 생각을 읽은 것 같았다. 그녀는 손에 들고 있던 수성펜 끝으로 내 허리께를 콕콕 찔렀다. 작은 새가 부리로 쪼아대는 것만 같은 야릇한 느낌에 나도 모르게 약간 몸을 떨었다. 그러자 그녀가 낮게 쿡쿡거리며 웃었다. 나는 그만 귀까지 빨개졌다.

리아민에게로 시선을 돌린 정율리가 한 손을 들어 어깨까지 오는 단발머리를 몇 번이고 빗어 내리듯 느린 손길로 매만지고 있었다. 의도적이라고 보일 만큼, 유혹적이었다. 그녀는 손에 든 수첩에 연설의 주요 부분을 메모하는 것도 잊지 않았다. 왠지 힘이 빠져버린 나는 잠깐 이 자리를 벗어나고 싶어졌다. 이 여자와의 만남을 어떻게 마무리할지는 대통령의 발표가 끝나고 난 뒤 다시 생각해보기로 했다. 그러나 출입문으로 나가려는 나를 재빨리 붙잡은 정율리는 내가 입고 있는 재킷의 호주머니 속에 자신의 명함을 쏙 꽂아넣었다.

"특별한 독자에게 상을 주실 거죠?"

뭐라고 대답할 새도 없이, 그녀는 몸을 돌려 리아민의 연설을 메모하고 있었다.

4

　리아민의 연설은 대체적으로 좋은 평가를 얻었다. 특히 소외계층에 대한 연설에서 진정성을 느꼈다는 기자들이 많았다. 내가 지루함을 참지 못해 기자회견장을 빠져나갔을 때 이어진 연설이었다. 리아민은 이 내용을 언급하며 연민을 애써 억누르는 표정을 지었는데, 바로 그 진심 어린 표정이 오늘 밤 발표의 백미라고들 했다. 결국 나는 인내심 부족으로 모처럼 대통령의 인간적인 모습을 볼 수 있는 좋은 기회를 놓쳐버린 셈이었다. 대통령이 굳이 리리궁의 관계자도 아닌 나를 부른 데는 반드시 이유가 있을 것이라는 점을 어리석게 간과한 탓이었다. 지금 내 옆에는 날 멍청이로 만들어버린 가장 큰 원인이 된 여자가 앉아 있었다. 정율리였다. 그녀에게 주는 상으로, 나는 우선 와인바를 골랐다. 규모는 작지만 내부는 적당히 분위기가 있었고, 무엇보다 그 적당한 분위기를 맞춰줄 수 있는 괜찮은 음악들이 흘러나오는 바였다. 나는 그녀를 위해 스파클링 로제와인을 골랐다.

"여자들과 만날 때 이곳에 주로 오시나보죠?"

"여자들은 아니고, 여자와 온 적은 있죠."

"그러니까 저도 그 여자들 중 하나라는 거죠?"

"여자들 중에서도 특별한 여자만 데려오는 곳이라고 해두죠."

"오호!"

입술을 동그랗게 오므리며 감탄사를 내는 정율리의 모습이 귀여웠다.

"질문 하나만 해도 될까요?"

"제가 뭘 대답해드릴 수 있을지 모르겠군요."

"왜 오늘 리리궁에 가셨던 거죠? 그 자린 초대받은 사람들만 들어갈 수 있는 자리였는데 말이에요."

"글쎄요. 왜 제가 그 자리에 있었다고 생각하시는데요?"

될 수 있으면 아무렇지 않은 척 응수하려고 했지만, 역시 이 여자를 조심해야 한다는 생각이 들었다. 머릿속에 붉은 신호등이 켜지고 있었다.

"대통령과 일하시는 건가요?"

숙고할 틈도 없이 그녀의 질문이 이어졌다.

"설마 대통령에 대한 글을 쓰고 계신 거예요?"

"제가 정율리 기자님께 전부 말씀드릴 이유는 없죠."

"부정하진 않는군요. 그럼 제 생각이 맞는 거죠?"

"그렇다고 긍정하는 것도 아니죠. 설마 오늘 밤 여기 오신 이유가 앞서 말했던 질문 때문이었나요?"

"맞기도 하고, 아니기도 해요. 정말 그렇기만 하다면 리리궁에서 직접 물었겠죠. 제가 상당히 전투적인 기자라는 건 잘 알려진 사실이잖아요?"

"그렇다고 알고 있어요."

"오늘 밤은 리리궁과 관련된 질문은 여기까지만 할게요. 그런데 좀 의외네요."

"뭐가 의외죠?"

"저는 박상호 씨를 내심 '못 말리는 윤리주의자'라고 정의 내리고 있었거든요. 『그곳에 당신이 있었다』를 보면서, 주인공 정우진이 작가의 실제 모습과 겹치는 지점이 많을 거라는 느낌이 강하게 들었어요. 어쩌면 아예 박상호 씨 자신을 거의 여과 없이 투영한 캐릭터인 것 같기도 해요. 정우진이 작품에서 이렇게 말했죠. '당신을 사랑하기 때문에 용서하려는 게 아니야. 내가 선택한 아내이기 때문에 당신을 용서할 수밖에 없는 거야.' 저는 이 대사가 너무 가슴에 와닿았어요. 대책 없는 감상주의자가 아닌데도 이 대사는 뭐랄까, 주인공의 깊은 절망이 심장에 박혀버리는 것 같았으니까요."

"윤리주의자라면 기자에게 자신의 모든 것을 오픈해야 한다는 말인가요?"

"그냥 윤리주의자가 아니에요. '못 말리는 윤리주의자'가 정확한 제 표현이에요."

그녀는 머리카락을 한 손으로 쓸어내리며 말했다.

"내일이면 '못 말리는 윤리주의자'가 자신의 본색을 드러낼지도 모르죠."

"어떤 본색을 드러낸다는 거죠?"

"제가 말하지 않았던가요? 고백의 형식으로 말이죠."

나는 말없이 고개를 저으며 웃었다. 더 이상 내가 기자인 그녀에게 무슨 말을 할 수 있겠는가.

정율리는 나와 비슷한 또래로 보였지만, 여자들의 나이를 외모로만 판단하다가는 낭패를 보는 일이 종종 있기에 섣불리 판단을 내리기가 어려웠다. 그렇다고 대놓고 나이를 묻는 것은 실례로 여겨지니 그녀가 먼저 말할 때까지 기다리기로 했다. 나는 연애하는 여자의 나이에 대해선 관대한 편에 속했다. 정율리가 나이에 관한 내 기준을 통과하지 못할 가능성은 없어 보이므로 나는 그녀의 다른 장점들, 이를테면 때때로 오른쪽 뺨에만 살포시 패는 보조개와 입가에 난 아주 작은 점, 나를 응시하며 반짝거리는 두 개의 까만 눈동자를 점점 기분 좋게 오르는 취기와 함께 바라보았다. 그녀와 이렇게 앉아 위트 섞인 대화를 나누는 시간이 즐거웠다. 그녀의 입가에 난 작은 점의 움직임을 눈으로 좇다가 나는 그만 대화의 흐름을 놓쳐버렸다.

"……그렇지 않나요?"

그녀가 뭔가를 물었던가보다. 그녀가 말했던 단어들이 내 귓가에 닿았던 듯도 한데, 무슨 말을 했는지는 떠오르지 않았다.

"내 말을 듣고 있지 않았군요."

"당연히 듣고는 있었죠. 그런데 목소리가 어느 순간 들리지 않던 것뿐이에요."

그녀는 머리를 갸웃했다.

"왜죠?"

"율리 씨를 보는 데 집중하고 있었거든요."

내친김에 무리수를 좀 두기로 했다.

"이렇게요."

나는 손끝으로 내가 봤던 그녀 얼굴의 궤적을 더듬어갔다. 오른쪽 뺨에 팼던 보조개의 흔적과 입가의 점을 부드럽게 만졌고, 그녀의 눈동자를 나의 눈 속에 담았다. 그녀와 나는 오늘 만났고, 그녀는 자신의 의사에 반해 이런 행동을 하는 남자를 얼마든지 혼쭐내줄 수 있는 능력과 위치에 있는 여자였다. 그럼에도 불구하고 나는, 그렇게 행동했다. 그녀는 내내 놀란 눈으로 가만히 자리에 앉아 있었다. 실내에는 에이미 와인하우스의 호소력 짙은 목소리가 흘러나오고 있었다. 〈Moody's Mood for Love〉였다.

Pretty baby you are the soul, snaps my control

아름다운 그대, 당신은 나의 영혼, 나의 자제심을 흔들어요

Such a funny thing but everytime your near me

얼마나 웃긴 일인지 당신이 내 곁에 있을 때마다

I never can behave

난 도무지 통제를 못 하지요

You give me a smile and I'm wrapped up in your magic

당신이 내게 미소를 지을 때마다 나는 당신의 마법에 걸려버리지요

"좀 당황스럽네요."

"왜죠?"

"이건 예상하지 못했거든요."

그녀는 얼굴을 붉혔다.

"당신의 손이 그렇게 부드러울 거라고는 생각지 못했어요."

우리는 서로를 마주보며 웃었다. 와인바를 나왔을 땐 그녀의 몸이 내게 기대어 있었고, 나는 그녀의 어깨를 감싸 안고 있었다. 그날 밤, 나는 그녀의 아파트로 갔다. 내가 살고 있는 오피스텔보다 와인바에서 가까운 거리였기에.

*

    그녀의 침실은 내 작업실만큼 햇빛의 과도한 축복을 받은 공간이었다. 나는 간밤의 기분 좋은 피로감이 아직 풀리지 않은 상태여서 한껏 늘어지게 자고 싶었다. 그런데 아침 일찍부터 눈꺼풀을 수십 개의 미세한 침으로 쏘는 듯한 햇빛에 놀라 잠을 깰 수밖에 없었다.

    "일어났어?"

    그녀는 이미 출근 준비를 거의 마친 상태였다. 친밀한 그녀의 말투에서 어젯밤 우리가 보냈던 멋진 시간들을 떠올릴 수 있었다. 그녀는 상상했던 것 이상으로 열정적인 여자였다. 자신의 직업에서 그래왔던 것처럼, 성에 관해서도 거침이 없었다. 그녀는 금기라는 단어 자체가 머릿속에 아예 자리 잡고 있지 않은 여자인 것 같았다. 우리는 이 침대 위에서 서로의 성적 판타지를 마음껏 공유했다. 그녀의 사디즘적 성향과 나의 마조히즘적 성향이 절묘하게 아우러지면서 우리의 만족감은 절정에 다다랐다. 어젯밤에 관해 마지막으로 기억나는 것은, 그녀가 허리띠를 집어 들고 내 엉덩이를 내리치는 장면이었다. 나는 네 발 달린 짐승처럼 침대 위에 엎드린 자세로 그녀의 폭력을 극도의 희열 속에서 받아들였다. 그녀는 나를 몇 번이나 깊게 받아들이면서 손톱을 세워 나의 등에 생채기를 남겼고, 나는 기꺼이 쪼그리고 앉아 그녀의 두 발에 정성껏 입을 맞추었다. 우리는 새된 소리를 내질렀고, 서로의 몸에 거머리처럼 친친 엉겨 붙은 채 머리카락을 움켜잡으며 울었다.

"좀 더 있다 나가면 안 돼? 아직 이른 시간이잖아."

그녀의 말투를 따라 나도 자연스럽게 말을 놓았다.

"이것도 늦은 거야. 일곱시 오 분 전에 나갔어야 했단 말이야."

"그럼 오 분만 더 늦으면 되겠네. 이리 와."

그녀는 침대로 잡아끄는 내 손을 뿌리치며 살짝 눈을 흘겼다.

"정말 안 된다니까. 어제 대통령 발표에 대한 논평을 해야 해. 참, 나가기 전에 공중파에서는 뭐라고 하는지 좀 봐야겠다."

TV를 켜자마자 리아민 대통령의 얼굴이 나왔다. 고화질의 화면으로 보니, 어제 직접 리리궁 기자회견장에서 별생각 없이 지나쳤던 부분들이 선명하게 부각되어 보였다. 우선 대번에 눈에 들어오는 것은, 역시 연설하는 리아민의 얼굴에서 느껴지는 강한 지도자의 아우라였다. 나는 지금까지 살아오는 동안 그처럼 강한 신념과 의지와 행동력을 담고 있는 얼굴을 한 번도 본 적이 없었다. 짙은 눈썹 밑의 눈동자는 형형한 빛으로 무섭도록 번뜩였고, 두툼하고 큼직한 콧망울, 단호한 입매의 입술이 한 세트의 완벽한 대통령의 이미지를 만들어내고 있었다. 리아민의 얼굴을 처음 보는 사람처럼 자세히 뜯어보고 있는 바람에 나는 휴대폰이 울리는 것도 알아채지 못했다. 율리가 내게 탁자 위에 놓인 휴대폰을 건네주었다. 수석비서관 김세원의 전화였다.

"아직도 정율리 기자와 함께 있습니까?"

리리궁의 정보력이 더 이상은 놀랍지 않았다. 나는 순순히 인정했다.

"네, 그런 것 같군요."

"그쪽으로 차를 보내도 되겠습니까?"

이 말은 나를 놀라게 했다.

"이 시간에 말입니까?"

"각하가 원하십니다. 준비할 시간으로 십오 분 드리죠."

"언제나 이렇게 통보처럼 알려주시는군요."

"저야 각하의 뜻을 전할 뿐입니다. 그리고 각하는 두 시간 전에 벌써 일어나셔서 국무회의를 주재하고 계십니다. 그분께 이 시간은 한낮이나 다름이 없습니다."

통화가 끝나자, 율리의 목소리가 들려왔다.

"자기, 이래도 계속 아니라고 할 거야? 아까 보니까 김세원이라고 이름이 뜨던데? 내가 설마 수석비서관 이름도 모르겠어?"

나는 시트를 젖히며 침대에서 벌떡 일어났다.

"나도 나가봐야 해. 지금은 서로 바쁘니까 잠시 휴전하자."

"한 마디도 대답할 시간이 없어? 맞다고 인정만 하면 되는데?"

대답 없이 나는 화장실로 들어가 선반을 뒤져 포장을 뜯지 않은 칫솔 하나를 찾아냈다. 화장실 문이 열리며 그녀가 문가에 기대섰다.

"당신은 리리궁 관계자도 아니면서 왜 이렇게 빡빡하게 구는 거야?"

나는 칫솔질을 하면서 한 손을 흔들었다.

"알았어. 나도 바쁘니까 여기까지 할게."

화장실 문가에서 잠시 사라졌던 그녀의 얼굴이 다시 나타났다. 그녀는 손에 든 전자키를 흔들며 말했다.

"이제부터 자기 거야. 탁자 위에 놓고 갈게."

어제 입었던 옷을 다시 입는다는 것이 영 찜찜했지만, 어쩔 수 없는 일이었다. 앞으로 혹시 모를 일을 대비해 그녀의 아파트에도 내 속옷과 옷가지를 몇 개 갖다놓아야겠다는 생각을 하다가, 나는 쓴 웃음을 지었다. 분명히 그녀는 내가 리리궁에서 하고 있는 일에 대해 짐작하고 있었고, 그래서 키까지 주며 자신의 주변에 나를 붙잡아두려는 것이라는 사실을 잘 알고 있지 않은가 말이다. 아쉽기는 하지만 하룻밤 연인으로 끝내는 것이 모두를 위해 현명한 처신일 것이다. 그런데도 여전히, 그렇게는 하고 싶지 않다는 것이 또 문제였다. 나는 결국 율리가 놓고 간 키를 재킷 호주머니에 넣었다.

현관문을 나섰다. 엘리베이터가 막 아래층으로 내려가던 차여서, 나는 비상계단을 통해 구층부터 일층까지 뛰어내려갔다.

5

 네 번째 방문하는 리리궁의 대통령 개인 서재에서 나는 서가를 구경하며 삼십 분째 대통령을 기다리고 있었다. 국무회의가 늦어질 수도 있다는 수석비서관의 언질이 있었다.

 서가에서 손에 잡히는 대로 책 한 권을 꺼내 들었다. 한없이 들뜬 지금의 상태로는 제대로 된 독서를 할 수 없겠지만, 나는 대통령과의 면담 전 마음을 차분하게 진정시키기 위해 책을 펼쳤다.『유혹의 역사』라는 제목에 걸맞게 팔백 페이지가 넘는 아주 두꺼운 양장본이었다. 본문을 읽기 전 늘 하던 습관대로 저자의 약력을 읽기 위해 표지를 넘겼다. 그런데 바로 옆면 속지에 붉은색으로 '증정본'이라는 도장이 찍혀 있었다. 뭔가 예감이 좋지 않았다. 그러나 작가인 나도 종종 출판사나 동료 작가로부터 사인본을 받곤 하지 않았던

가. 나는 『유혹의 역사』를 도로 꽂아 넣고, 그 옆의 『세계의 영웅신화』를 꺼내 들었다. 똑같이 속지에 이번엔 녹색으로 '증정본'이라는 도장이 찍혀 있었다. 그 옆 네루다의 시집은 출판사 대표가 직접 서명을 해 대통령에게 보낸 책이었다. '존경하는 리아민 대통령님께, 문학하우스 출판사 사장 이승유 배상'. 나는 다른 칸의 책들을 차례로 펼쳐보기 시작했다. 열에 일곱은 '증정본'이나 누군가가 대통령에게 보내온 책이었다. 그런 표시가 없는 책 대부분은 실망스럽게도 깊이 있는 전문서적이라기보다는 자신의 얕은 지식을 타인에게 과시하기 위한 잡다한 백과사전식 책이었다.

나는 맨 처음 리아민을 이 방에서 만났을 때 화제로 삼았던 톨스토이의 『안나 카레니나』를 꺼내 들었다. 오래된 책이었다. 표지가 낡게 변색되어 있었고, 그래서 나는 모종의 기대를 갖고 표지를 펼쳤다.

1989년 11월 2일, 스무 살, 드디어 완독하다.

나는 리아민의 나이를 헤아려보았다. 1989년에 스무 살이었다면, 2015년인 현재는 마흔여섯 살. 리아민의 공식적인 나이는 예순 살이었다. 더군다나 자신의 입으로 다섯 살 늦게 출생신고가 되어 원래 나이는 예순다섯 살이라고 말하지 않았던가. 이 책 『안나 카레니나』를 읽은 이는, 적어도 리아민은 아니었다. 그렇다면 안나와 내 소설의 등장인물을 연관시켜 심도 있게 비평한 그의 발언은 무엇이었을까. 과연 어디까지가 그 자신의 견해였을까. 그는 분명히 나에게 말했었다. 톨스토이를 '문학의 신'이라고 여길 만큼 좋아한다고. 그러나 이런 허접한 다이제스트 책들을 읽는 조악한 독서력으로는 『안나 카레니나』를 일정 수준 이상 읽어내기가 틀림없이 어려울 터였다.

복도에서 인기척이 들려왔다. 나는 흡사 무언가를 훔쳐보다가 들킨 것처럼 얼른 의자에 앉았다. 방문이 열렸다. 리아민이 떠들썩한 인사를 건네며 들어왔다. 한눈에 봐도 기분이 몹시 좋아 보였다.

"박 작가! 어젠 서운하게 왜 그렇게 일찍 기자회견장을 나간 겁니까? 내 연설이야 늘 지루한 건 사실이지만, 그래도 내 전기 작가라면 끝까지 있어줬어야죠. 내 말이 틀렸습니까?"

말은 서운하다고 했지만, 리아민의 표정은 전혀 서운하지 않아 보였다. 아마 내가 그 자리에 더 있었든 그렇지 않든 전혀 상관하지 않았을 것이다. 그래도 내가 기자회견장에서 자신의 연설을 지켜보기를 바랐다는 말에는 진심이 담겨 있었기에 마음이 움직였다.

"죄송합니다, 각하. 어젠 제가 몸이 좀 좋지 않아서……."

리아민이 내 말에 끼어들며 말했다.

"그렇죠. 원래 미인을 보면 그런 겁니다. 덕분에 선생 얼굴도 좋아 보이는군요. 컨디션이 좋으면 내 전기도 더 잘 쓰겠죠?"

나는 당황한 표정을 숨기기 위해 얼른 대답했다.

"네, 각하. 어서 각하의 다음 이야기를 듣고 싶습니다."

"역시 박 작가는 나와 비슷한 면이 많군요. 추진력이 좋습니다."

리아민은 짧은 집게손가락을 허공에 대고 글을 쓰듯이 이리저리 움직였다. 마치 자신의 입에서 나올 말들을 손가락으로 먼저 써보듯이.

*

"아직 핏덩이에 불과한 나는 그렇게 무책임한 어머니에게서 버려졌습니다. 하지만 다행히 내게는 외할머니라는 존재가 있었고, 그녀는 여느 헌신적인 어머니에도 뒤지지 않는 사랑과 애정을 손자에게 쏟아부어주셨습니다. 사람들이 흔히 생각하는 것처럼 나의 유년 시절은 불행하지 않았습니다. 오히려 행복한 편에 가까웠습니다."

여기까지 말한 리아민은 슬쩍 내 반응을 살폈다. 나는 그와 시선을 마주치며, 잘 듣고 기록하고 있다는 눈빛을 보냈다.

"나는 기독교 선교단체에서 후원하는 부설유치원에 다녔습니다. 외할머니는 무교였지만, 당시 살던 동네에서 가장 가깝고 비용 또한 다른 곳보다 저렴한 편이어서 나 말고도 많은 또래 아이들이 그 부설유치원에 다니고 있었습니다. 아버지도 모르고 행실 나쁜 어머니에게서도 버려진 내가 아이들에게 놀림을 받거나 따돌림을 당할 가능성이 컸겠지만, 사실대로 말하면 그런 일은 단 한 번밖에 없었습니다. 유치원에 입학하고 사흘째인가 일어난 일이었습니다……."

어른들과 마찬가지로 아이들의 집단에서도 우두머리격인 아이가 있기 마련이었다. 발육 상태가 남다르게 좋아서 또래의 다른 아이들보다 머리 하나가 더 크고 몸집도 좋아서, 고작 일곱 살인데도 벌써 초등학교 삼학년쯤으로 보이는 녀석이었다. 그 녀석이 점심시간이 끝난 후 놀이터로 리아민을 불러냈다.

"야, 애비도 모르는 후레자식아! 이리 와!"

여섯 살의 리아민은 키도 몸무게도 그 나이대의 평균 수준을 벗어나지 않았다. 아직 어렸던 리아민이 이해하기에는 '후레자식'이라는 단어가 너무 어려워서, 그 뜻을 짐작하지도 못한 채 얼떨결에 몸집 큰 아이가 시키는 대로 앞에 가서 멀뚱하니 서 있었다. 녀석은 후레자식, 또 한 번 잘근잘근 씹어 먹듯이 말했는데, 이때쯤엔 리아민도 녀석의 못돼먹은 태도로 보아 자신에게 안 좋은 말이라는 건 느낄 수 있었다. 그래서 녀석이 세 번째로 '후레자식'을 유행가 리듬까지 붙여 말하자, 리아민은 앞뒤 가리지 않고 허리를 구십 도로 굽혀 그대로 녀석의 복부 정중앙에 차돌같이 단단한 머리통을 박아버렸다. 리아민보다 두 배나 몸집이 큰 녀석은 배를 감싸 쥐며 나가떨어졌고, 갑자기 당한 거센 공격에 놀라 그만 아기처럼 앙앙 울어댔다. 리아민은 울고 있는 녀석 앞에 양 허리를 짚고 서서 자기가 무슨 말을 하고 있는지도 잘 모르면서 소리를 높였다.

"후레자식! 후레자식! 후레자식!"

다른 아이들은 뭣도 모른 채 울고 있는 녀석을 따라 함께 앙앙 울었다. 아이들의 우는 소리에 놀라 유치원 교사가 뛰어왔을 때 이미 리아민은 교실에 들어가 연습장을 펴놓고 아무 일도 없다는 듯 정성스레 '나는 유치언에 감니다'를 연필로 쓰고 있었다. 나중에 몇몇 아이들로부터 자초지종을 들은 교사가 '후레자식'이라는 망언에 기겁해서 리아민의 외할머니와 몸집 큰 녀석의 어머니를 유치원으로 불러들였다. 교사로부터 사정을 잘못 전달받은 외할머니는 자신의 손자가 다른 무지막지한 아이로부터 차마 입에 담을 수 없는 모욕과 폭행을 당했다고 멋대로 상상의 나래를 펴고는 한달음에 유치원으로 달려왔다. 그러나 막상 도착해서 두 아이를 보니, 손자는 멀쩡하고 그 옆에 선 훨씬 몸집이 큰 아이가 훌쩍거리고 있어 '역시 내 손자야'라고 생각하며 애써 웃음을 감췄다. 반면 교사로부터 정확하게 사정을 전해 들은 녀석의 어머니는 기세등등한 리아민의 외할머니를 보자마자, 우물쭈물 눈치를 보며 사과의 말을 얼버무리고는 울고 있는 자식을 슬쩍 데려가려고 했다. 리아민의 외할머니는 결코 그악스러운 사람은 아니었다. 하지만 이 뻔뻔스러운 모자를 보고 그냥 넘어갈 만큼 무한한 사랑과 배려의 여인도 아니었다. 일단 리아민의 외할머니가 이 경우 없는 여편네에게 다짜고짜 호통을 쳐댔다.

"어디 남의 멀쩡한 손자한테 애비 없는 후레자식이라는 막말을 지껄여대! 근본 없는 지 부모가 자식 앞에서 할 말 못 할 말 구별도 못 하고 함부로 떠들어대는 걸 저 몸만 큰 아둔하고 어린놈이, 그것도 뚫린 입이라고 뜻도 모르면서 말하고 다니는 거겠지!"

표현이 좀 거칠어서 그렇지 구구절절 옳은 말이었기에 녀석의 어머니는 얼굴만 새빨개져서 아무 말도 하지 못했다. 외할머니는 그녀에게 회심의 일갈을 날렸다.

"몸집도 배나 더 큰 놈이 뭘 잘했다고 저렇게 질질 못나게 짜고 있나!"

자칫하면 리아민이 동네 아이들의 세계에서 '아비 없는 후레자식'으로 낙인찍혀 내내 놀림과 멸시의 대상이 될 뻔한 사건이었다. 그러나 어린 리아민은 어른의 도움 없이 오직 혼자의 힘으로 멋지게 이 사건을 해결했다. 아이들은 자연스럽게 몸집 큰 녀석 대신 리아민을 그들의 대장으로 받아들였다. 이 아이들이 초등학교와 중학교, 고등학교까지 대부분 리아민과 함께 다녔던 덕에, 어린 시절에 있었던 전설 같은 이 에피소드는 조금씩 부풀려져 동급생들의 입에서 입으로 전해지게 되었다. 그 덕분에 리아민은 편안한 학창 시절을 보낼 수 있었다.

리아민은 말했다.
"이 에피소드에서 볼 수 있듯이 나는 어느 면에선 운이 따라주는 인생을 살아왔다고 자부할 수 있습니다. 물론 가장 중요한 부모 운은 없었지만, 그 운이 내 인생에서 삭제되는 바람에 이런 식의 소소한 운들이 선물처럼 따라붙었던 것이 아닌가 하는 생각이 종종 듭니다."

"그런데 각하, 말씀하시는 중에 죄송하지만 원래 대중에게 알려진 에피소드와는 차이가 있는 것 같습니다. 제가 알고 있는 바로는……."

"박 작가, 방금 전에 내가 말하지 않았습니까? 세월이 지나면서 이 사건이 점점 부풀려졌다고 말입니다. 소문이라는 것의 속성이 원래 그런 것 아니겠습니까? 본질에서 벗어나 왜곡되는 것, 소문을 전하는 이들의 입맛에 맞게 더욱더 그럴듯하게 가공되는 것이죠."

"네, 각하의 말씀이 맞습니다. 그런데 제가 우려하는 것은, 이렇게 너무나도 잘 가공된 소문이 각하의 아우라를 형성하는 데 제각기 충실한 역할을 분담하고 있는데 만일 이 소문들이 하나둘씩 자꾸만 거짓이었다고 밝혀진다면 과연 현 시점에서 각하께 어떤 이득이 될 것인가 하는 문제입니다. 각하는 이런 문제들에 관해 숙고해보셨습니까?"

"그 질문에 대한 답은 선생이 지금 발언한 내용에 포함되어 있는 것 같습니다만."

"제 말의 어떤 부분을 말씀하시는 겁니까?"

"난 선생이 말했던 그 '너무나도 잘 가공된 소문의 아우라'를 이

제 바로잡고 싶은 것입니다. 국민들에게 나는 더 이상 아무것도 숨길 것이 없기 때문입니다. 앞으로 다시 사 년간 계속될 현 정부의 집권을 위해 꼭 필요한 일이라고 내 정치적 직감이 말하고 있습니다. 물론 박 작가 같은 예술가들이 내 말을 완벽하게 이해할 것이라고는 생각하지 않아요. 아주 미안한 말이지만, 대부분의 예술가들은 너무 순진해서 그들의 이해타산으로는 이 비정한 정치 세계의 문법을 여기 이 심장으로 받아들이기엔 무리가 있을 겁니다."

나는 소리 없이 웃었다.

"각하, 저는 순진한 사람이 아닙니다. 그러니까 순진한 예술가는 더더욱 아니겠지요."

"아니오, 내 눈은 속이기 어렵습니다. 선생은 순진한 예술가가 맞습니다. 그래서 지금 내 말을 계속 막아서고 있는 것이죠."

리아민의 말이 사뭇 위협적으로 들렸다. 나도 모르게 그의 시선을 피했다.

"나도 익히 알고 있습니다. 소문에는 유치원생들의 단순한 머리 박기 싸움이 아닌, 중학교 졸업반 학생들의 대단한 싸움으로 알려져 있지요. 내가 학생들의 금품을 갈취하고 괴롭히는 악명 높은 일진과 제대로 한판 멋지게 붙어서 그 가상의 불량 학생에게 신나게 얻어맞은 끝에 결국 굴복하지 않고 마지막 한 방을 날리는, 실로 영웅적인 인물로 그려지고 있습니다. 리아민이라는 자가 한 나라의 이상적인 지도자가 되는 과정을 보여주는 좋은 에피소드라고들 하더군요."

"네, 제가 각하께 드리고 싶었던 말입니다. 물론 좀 부풀려지기는 했지만, 각하께서 말씀하시는 내용을 들어보면 또 그렇게 완전히 왜곡된 에피소드도 아닌 것 같습니다. 누구에게나 약간의 거짓말은 필요한 것 아니겠습니까? 아무리 사랑하는 연인 사이라도 서로에 관해 모든 것을 알 필요는 없는 거니까요. 때론 하얀 거짓말이라는 것도 필요하죠. 마찬가집니다. 국민들이 이 모든 진실을 알 필요도 없을뿐더러, 설혹 진실을 각하께서 국민들에게 말씀하신다고 해서 그들이 진실을 모두 알고 싶어 하지는 않을 것입니다."

"하얀 거짓말까지 나오다니! 이거 박 작가에게 뭐라고 할 말이 없습니다. 알았습니다, 알았어요. 전기 작가와 모종의 타협점을 찾아봐야겠군요. 그럼 이건 어떻습니까? 그동안 밝히지는 않았지만, 꽤 근사한 유년 시절의 에피소드가 있습니다. 중학교 졸업반 시절의 에피소드를 삭제하는 대신 이 에피소드를 새로 붙여넣기 하면 어떻겠습니까?"

"부디 삭제하는 에피소드만큼 임팩트 있기를 바랍니다."

"박 작가 마음에 들 것이라고 구십구 퍼센트 확신합니다. 나머지 일 퍼센트야 다른 사람 마음을 내가 전부 짐작할 수는 없는 것이니, 아주 작은 불확실성이라고 생각하세요."

리아민은 이야기를 시작했다.

"내가 아직 부설유치원에 다니기 전, 다섯 살 때의 일입니다. 외할머니가 나를 잘 길러주셨지만, 그래도 집안에 형제자매가 없어서 외롭고 심심할 때가 많았습니다. 나는 그럴 때마다 이층 다락방의 창문을 열고 지나가는 아이들에게 목소리를 높여 말을 걸었습니다. '야! 난 리아민인데 너는 이름이 뭐니?', '어디 가는 거니? 나는 집에 있어!', '저기 너희 엄마 먼저 지나가셨어! 빨리 가봐!' 인사 한 번 한 적 없는 동네 아이들이 창문 앞을 지나가기만 해도 혼자서 열심히 말을 걸었습니다. 그러면서 자연히 나보다 나이 든 아이들이 가방을 등에 메고 아침마다 어딘가로 갔다가 오후면 다시 돌아온다는 걸 알게 됐습니다. 외할머니께 아이들이 가는 곳이 어디냐고 물어봤더니, '학교'에 가서 '공부'를 하는 거라고 대답해주시더군요. '너도 세 살만 더 먹으면 가게 될 거야'라고도 말씀해주셨지요."

그러나 리아민은 삼 년이나 더 기다려서 가고 싶지 않았다. 어서 빨리 학교란 곳에 가서 다락방 창문으로만 지켜보았던 아이들을 만나보고 싶었고, '공부'란 것도 하고 싶었다. 리아민은 아이의 천진난만한 생각으로 그 '공부'란 것이 늘 집에서 하던 것처럼 연습장을 펴놓고 기역, 니은, 디귿을 차례로 다섯 번씩 쓰거나, 아니면 색색의 크레파스로 스케치북에 그림을 그리는 것이라고 생각했다. 다섯 살에 불과했지만, 자신이 그렇게 하고 싶다면 지금이라도 학교에 갈 수 있을 것이었다. 그리고 어느 날, 아침 여덟시 삼십분에 크레파스와 연필 두 자루와 연습장을 넣은 노랑 가방을 메고 학교에 가는 아이들의 뒤를 쫓았다. 교문에 서 있던 고학년 주번들은 리아민을 보고도 성장이 늦은 일학년생이라고 여겼는지 별다른 제지 없이 통과시켜주었다. 이름표를 달지 않거나 복장이 불량한 아이들을 혼쭐내는 학생주임 선생님도 이날 아침만은 무슨 일 때문인지 교문에 서 있지 않았기 때문에, 리아민은 이때도 운이 좋았다고밖에 볼 수 없었다.

리아민은 학교에 대해 아무것도 아는 것이 없었기에 학년과 반, 교실에 대해서도 몰랐다. 그저 아이들을 쫓아 계단을 올라가다가 제 마음에 내키는 대로 삼층까지 올라가 복도 맨 끝 교실로 무작정 들어갔다. '5-3'이라는 번호판이 붙어 있는 교실이었다. 먼저 등교한 아이들이 줄을 맞춰 놓은 책상 의자에 앉아 자습을 하고 있었다. 리아민은 중앙 열 맨 끝의 빈 책상 의자로 총총총 걸어가 앉았다. 주섬주섬 가방에서 크레파스와 연필 두 자루, 연습장을 꺼내는 리아민을 본 아이 하나가 앞자리 아이의 등을 툭툭 치며 속삭였다.

"저기 봐! 우리 반에 아기가 앉아 있어!"

아이들의 호기심 어린 눈빛과 수군거림이 점차 커져갔지만, 리아민은 아랑곳하지 않고 연습장을 펼쳤다. 학교에서는 절대 아이들과 떠들면 안 되고 오직 선생님 말씀만 잘 듣고 공부를 열심히 해야 한다는 외할머니의 말씀을 떠올리면서, 리아민은 연습장에 기역, 니은, 디귿을 정성스럽게 다섯 번씩 적고 있었다. 나중에 온, 자리의 원주인은 자기 자리에 웬 조그만 아이 하나가 앉아 있는 것을 보고 당황한 나머지 반을 잘못 찾아온 줄 알고 교실 밖으로 나가기도 했다. 결국 담임선생이 출근하고서야 이 모든 상황이 해결되었다. 우선 선생은 구경하는 아이들 틈에서 자신만의 공부를 꿋꿋이 하고 있는 리아민의 손을 붙들고 교탁 옆 자신의 자리로 데려왔다. 선생은 물었다.

"어떻게 학교까지 온 거니?"

"가방 멘 아이들을 따라서 왔어요."

"학교는 왜 온 건데?"

"공부하려고요."

다섯 살짜리 아이가 공부를 하고 싶어서 학교까지 스스로 찾아왔다는데 그것을 두고 칭찬을 해줘야 할망정, 왜 왔냐고 책망할 수는 없는 노릇이었다. 그녀는 '리아민'이라고 자신의 이름을 한 자 한 자 똑똑히 발음하는 이 총명한 아이가 너무 귀여워서, 아기를 안듯 품에 안아 자신의 무릎에 앉혔다. 그러다 문득 아이가 무작정 아침에 일어나 학교로 왔다면, 아이의 집에서는 지금 이 사실을 까맣게 모르고 있을 것이라는 생각이 들었다.

"엄마도 아민이가 학교에 온 걸 알고 계시니?"

"전 엄마가 없어요. 외할머니만 있어요."

동그랗게 눈을 뜨며 말하는 아이를 내려다보며 그녀는 자신의 실언에 당황했다.

"그럼 외할머니는 아민이가 학교에 온 걸 알고 계시니?"

"아니요, 외할머니는 몰라요."

여선생은 아이들에게 사정을 설명하고 자습을 시키고는 리아민의 손을 잡고 교문 밖으로 나왔다. 그리고 리아민의 눈높이에 맞춰 쪼그려 앉고는 말했다.

"선생님은 뒤따라갈 테니까 아민이가 먼저 집으로 걸어가. 알았지?"

리아민은 고개를 끄덕였다. 작은 보폭으로 재게 걷는 리아민의 뒤를 선생이 따라가며 행여 있을지도 모를 위험을 유심히 살폈다. 그동안 신호등을 두 번 건넜고, 골목의 골목으로 이십 분가량 걸어간 끝에 이층짜리 단독주택 문가에 서서 울고 있는 리아민의 외할머니를 볼 수 있었다. 외할머니는 잃어버린 줄 알았던 어린 손자가 해맑게 웃으며 다가가자 알아듣지 못할 소리를 질렀다. 리아민을 품에 안고 흐느껴 우는 외할머니의 한쪽 슬리퍼가 벗겨져 있었다.

"어떻습니까? 이만한 이야기에다 박 작가의 필력까지 더하면 제법 괜찮은 에피소드로 탄생할 수 있지 않겠습니까?"

"나쁘진 않습니다. 얼마간의 감동도 있고, 또 원래 천진난만한 아이의 이야기는 늘 사람들에게 쉽게 어필하니까요. 다만 각하께 여쭤보고 싶은 것이 있습니다. 이 에피소드에서 각하는 어느 면에 중점을 두고 싶으신 겁니까? 일찍이 영민함을 보였던 각하의 남다른 면모입니까? 아니면 어머니도 없이 홀로 자라나 외로웠던 유년 시절의 초상입니까?"

"둘 다일 수도 있고, 둘 다 아닐 수도 있습니다. 내가 선생을 리리궁으로 부른 이유는 국민들이 좀 더 친숙하고 가깝게 느낄 수 있는 새로운 대통령의 이미지를 만들기 위해서니까요."

나는 천천히, 신중한 태도로 입을 열었다.

"그렇다면 각하, 제가 각하의 말씀을 최대한 반영하면서 이야기의 진행과 재미를 위해 저의 재량으로 약간의 변형을 가해도 되겠습니까?"

"그럼요. 결국 선생의 이름이 저자로 오르는 글 아닙니까. 그 정도의 재량도 없다면 어떻게 선생이 전기를 쓸 수 있겠습니까."

나는 안도했다.

"제 입장을 헤아려주셔서 감사합니다. 아무래도 이 나라의 현직 대통령에 관한 전기라 제가 자꾸 예민해지는 것 같습니다."

"압니다. 이렇게 띄엄띄엄 이야기만 늘어놓고 있는 나도 신경이 곤두서는데, 그 이야기를 받아 적어야 하는 선생의 입장은 더하겠지요. 오늘 아침은 왠지 이야기가 술술 잘 나오는군요. 시간이 좀 지났긴 한데, 박 작가만 괜찮다면 중고등학교를 다니던 시절까지 이야기해도 되겠습니까?"

"물론 저야 괜찮습니다. 각하께서 이야깃거리를 더 많이 말씀해주실수록 제 일은 한결 더 수월해지는 것이니까요."

"우리 둘 다 좋다는 말이군요. 좋습니다, 좋아요. 이야기를 다시 시작하죠. 말했듯이, 내가 부모도 없이 외할머니의 손에서 길러진다고 해서 학창 시절 동안 그 이유로 나를 놀리거나 멸시하는 아이들은 없었습니다. 뭐, 은근슬쩍 그런 기미를 보이는 아이들이 가끔 있긴 했지만, 그때마다 무서운 표정을 지으며 주먹을 들어 보이기만 해도 상황은 바로 정리가 되어버렸으니까요. 성적도 나쁘지 않았습니다. 최상위권까지는 아니었어도, 반에서 오등 안에 드는 성적 정도는 중학교부터 고등학교를 졸업할 때까지 꾸준히 유지할 수 있었습니다. 더 이상 성적이 오르지 못했던 건, 아니 오를 수가 없었던 건, 내가 소위 '문학 소년'이었기 때문이었습니다."

어느새 나의 무표정에 익숙해져버린 그가 더 이상 내 반응을 살피지 않았던 것이 다행이었다. 리아민의 '문학 소년' 고백에는 무표정을 유지하기가 어려웠으니까. 리아민의 외모만 봐도 그는 '체육 소년'에 훨씬 가까웠다. 아무리 예술 쪽으로 잘 봐주려고 해도 많이 독특한 '행위 예술가' 정도였다. 그리고 아까 서가에서 펼쳐 보았던 그 많은 증정본과 깊이가 부족한 책들은 또 무엇이었는가. 나는 혼란스러워졌다. 그러나 익숙한 몸짓으로 스프링 노트의 다음 페이지를 넘겨 리아민의 이야기를 기록하기 시작했다.

"그 시절 내가 가장 감명 깊게 읽었던 책은 카뮈의 『이방인』이었습니다."

카뮈? 게다가 『이방인』? 나는 스프링 노트에 코를 박듯이 고개를 수그렸다.

"나는 늘 나 자신을 '섬'처럼 여겼던 것 같습니다. 아무리 많은 사람들 사이에 있어도 늘 가슴 한구석의 헛헛함을 지울 수가 없었습니다. 사춘기 소년의 흔한 감상주의라고도 할 수 있겠지만, 아무래도 내가 속한 일반적이지 않은 가정환경의 영향도 있었을 겁니다……."

소년 리아민은 자신과 다른 사람들 사이에 원 하나가 그려져 있다고 상상하길 즐겼다. 비뚤배뚤하고 아주 못생긴 원 하나. 리아민은 그 못생긴 원에서 단단하고 불투명한 벽이 솟아나와 자신을 모든 것으로부터 격리시키고 있다고 상상했다. 리아민은 점점 말수가 적어졌고, 곧잘 우울한 표정을 짓는 내성적인 학생이 되어가고 있었다. 하지만 그럴수록 뭔가 바람직하지 않게 자신이 변해간다고 의식하게 되었고, 그 변한 모습을 다른 사람들에게 들키지 않기 위해 겉으로는 더욱 밝고 외향적으로 보이도록 일종의 '연기'를 하게 되었던 것이다. 이런 속임수를 실천함으로써 타인들의 눈에는 이상적인 그 나이대의 남학생으로 보였을지 모르지만, 정작 리아민 자신은 때때로 비명을 지르고 싶을 만큼 힘겨운 내면의 전쟁을 치러내고 있었다.

그런 리아민의 위태로운 상태를 유심히 지켜보고 있었던 이가 바로 문학 선생인 최인영이었다. 최 선생은 수업 시간이 끝난 후 교무실로 리아민을 불렀다. 의아해하며 교무실로 찾아간 리아민에게 최 선생은 대뜸 자신의 집으로 저녁을 먹으러 가자고 말했다. 거절하려는 리아민의 말을 중간에 끊고는 동기처럼 친근하게 어깨에 팔을 둘렀다.

"어서 가자. 네가 안 가면 난 오늘 저녁도 혼자 먹어야 해."

어쩔 수 없이 리아민은 최 선생이 살고 있는 작은 아파트까지 동행하게 되었다. 최 선생은 서른여덟 살에 미혼이었다. 수업 중에 리아민이 파악한 최 선생의 모습은 잘 웃고, 잘 놀고, 잘 떠드는, 한마디로 '유희적 인간'에 걸맞은 사람이었다. 그런데 아파트의 현관문을 열고 안으로 들어간 순간, 리아민은 절로 감탄사를 내뱉을 수밖에 없었다. 고작해야 방 두 개짜리 아파트의 전면에 꽂혀 있는 수많은 책들 때문이었다. 책꽂이에 미처 꽂지 못한 책들은 바닥 곳곳에 겹겹이 쌓여 있었다. 발 디딜 틈도 찾기 어려워 짝발로 거실까지 뒤뚱거리며 걸음을 옮기면서 리아민은 겨우 말을 꺼냈다.

"와! 정말 대단하네요, 선생님. 이게 다 몇 권이나 되는 거죠?"

"뭐, 그다지 대단할 정도까지는 아니야. 이래봤자 팔백 권 정도밖에 안 되니깐."

"네? 팔백 권요? 전 이렇게 많은 책을 갖고 있는 사람은 처음 보는걸요."

"책을 좋아하는 사람들 사이에서 이 정도는 별것도 아니야. 난 무려 오만 권 넘는 책을 소장하고 있는 사람도 봤으니까."

"오만 권이라니! 그 정도로 많은 책은 상상도 되질 않아요. 도대체 그 책들을 가지고 뭘 하려고 그러는 거죠? 평생 읽어도 다 읽지 못할 어마어마한 양이잖아요."

최 선생은 하하하, 웃었다.

"당연히 읽으려고 갖고 있는 것이지. 나만 해도 이 집에 있는 책들을 다 읽었는걸."

리아민은 입을 딱 벌렸다. 꼬박 이 년 사 개월간 단 하루를 쉬지 않고 읽어도 다 읽지 못할 분량이었던 것이다. 리아민은 이 시간부터 최 선생을 자신이 임의로 분류한 '유희적 인간'에서 '책벌레 인간'으로 바꿔야겠다고 생각했다.

"내가 맛있는 카레를 만들며 저녁을 준비하는 동안, 너는 여기에 앉아서 읽고 싶은 책들을 마음대로 골라보겠니? 꽤 흥미로운 제안 아니야?"

그러잖아도 가득 쌓여 있는 책들의 탑을 해체해보고 싶어서 안달이 나던 참이었다. 리아민은 열의를 담아 고개를 끄덕였다. 최 선생이 주방으로 징검다리를 건듯 책 더미를 피해 조심스럽게 걸어가는 동안, 리아민은 벌써 두 권의 책을 '책들의 탑'에서 빼내고 있었다.

한 시간 후 최 선생이 카레를 완성했을 때, 리아민이 고른 책들이 새로운 탑을 만들고 있었다. 즐거운 기색이 역력한 리아민을 본 최 선생은 함박웃음을 지었다.

"자, 솜씨 없는 노총각이 만든 카레지만 어서 먹자. 그리고 나서 네가 어떤 책을 골랐는지 함께 살펴보자."

보기와는 달리 최 선생의 요리 솜씨는 좋은 편이었다. 새로운 흥분이 십대의 왕성한 식욕과 합세하여 리아민은 그 어느 저녁보다 많은 양의 음식을 먹었다. 최 선생은 식사를 하고 설거지까지 깨끗이 마치고 나서야 리아민이 골라놓은 책들을 보기 위해 거실로 자리를 옮겼다. 책은 총 열일곱 권이었다. 한 권씩 책 제목을 확인하면서 최 선생은 꽤나 흡족해했다.

  "한 가지 궁금한 게 있는데 말이다. 너는 왜 이 책들을 고른 거니? 단순히 제목이 끌렸다는 그런 거 말고, 또 다른 이유를 말해줄 수 있겠니?"

  "모르겠어요. 그냥 이 책들이 많은 책 중에서 제 눈에 띄었을 뿐이에요."

  "그래, 네 말이 정답일 거야. 어떤 사람은, 책에게도 운명이 있고 그 운명을 알아보는 사람만이 그 책의 진정한 독자가 될 수 있다고도 말하니까."

  리아민이 말했다.
  "어떻습니까? 난 이 이야기를 어디서도 한 적이 없습니다. 오직 나만의 아름다운 추억으로 간직하고 싶었기 때문입니다. 그런데 이렇게 박 작가가 내 인생의 중요한 부분을 공유하게 되는군요."

  나는 그가 나의 대답을 기다리고 있다는 것을 잘 알고 있었다. 그러나 즉흥적인 대답을 하고 싶지 않았기에 일이 분 더 시간을 끌며 대답을 지체했다.

"아름다운 추억이라는 것은 분명합니다. 하지만 뭔가······."

"뭔가?"

"각하의 사적인 추억에 대해 제가 뭐라고 말할 수는 없지만, 이 에피소드는 어딘가에서 들어본 듯한 이야기라는 느낌을 지울 수가 없습니다. 물론 개인의 기억이라는 것이 어떤 부분에서는 타인의 기억과 유기적으로 이어질 수 있는 가능성도 존재하지만, 그래도 이 에피소드를 전기에서 다룰 경우 독자들에게 자칫 식상함을 줄 위험이 있을 것 같다는 생각이 듭니다."

내가 말해놓고도 무슨 말인지 갈피를 잡을 수 없는, 형편없는 발언이었다. 대통령의 심기를 가능한 한 건드리지 않기 위해 최대한 우회적으로 말한다는 것이 더 괴상한 말을 만들고 만 것이다. 사실은 이렇게 말하고 싶었다. '리아민, 당신이 지금 말한 에피소드는 너무 구려. 너무 포장한 티가 나. 설령 그 최 선생이란 작자가 정말 당신이 말한 대로 그랬다 해도, 전기가 폼 나게 하고 싶다면 그 에피소드는 삭제하는 게 더 나을 거야.' 하지만 지금 리아민이 나를 바라보고 있는 이 무서운 눈빛을 마주한다면 내가 이 정도의 완화된 표현을 하는 것만으로도 얼마나 용기를 끌어모은 것인지 충분히 눈치챌 수 있을 것이다.

"식상함과 신선함은 사실 종이 한 장 차이지. 문제는 그것을 받아들이는 이가 자신의 기억과 경험에 근거해 어떻게 반응하느냐에 있어."

느닷없이 리아민이 말을 놓았다. 나는 대통령과의 첫 만남부터 그가 내게 지나친 예의를 갖춰 경어를 쓰는 것을 내심 불편하게 생각하고 있었다. 그렇지만 예고 없이 튀어나오는 반말은 내게 묘한 반발심을 불러일으켰다.

"박 작가, 나는 이 나라의 대통령이야. 대통령의 기억이 다른 사람들의 기억과 비슷하게 들린다면 당연히 그들의 기억을 삭제해야지, 대통령의 기억을 삭제할 순 없잖아. 안 그래?"

이날의 대화는 여기까지였다. 리아민은 무채색의 얼굴로 책상 위에 놓인 송화기를 집어 들었고, 나는 조용히 목례를 한 뒤 서재를 나왔다. 내 등에 고집불통 아이 하나가 얹힌 것만 같이 버거운 기분이 들었다. 리아민과의 만남 횟수가 더해져도 그의 진의를 파악하는 것은 쉽지 않았다. 오히려 점점 더 진창 속에 발을 들여놓는 것만 같았다. 한숨이 흘러나왔다. 불과 몇 시간 전까지는 이번 작업에서 '펜의 떨림'이 느껴질 수도 있다는 희망 어린 낙관을 하지 않았던가. 나의 섣부른 예단이었을까, 아니면 오늘의 만남에 지나친 의미를 부여하고 있는 것일까. 앞선 경호원을 따라가며 나는 여러 경우의 수를 떠올리고 있었다. 수정과 삭제 그리고 첨가될 문장들에 관해서.

*

"대통령이 아침부터 호출한 건가요?"

최세희였다. 경호원을 손짓으로 물린 그녀는 한 손에 술잔을 들고 있었다. 이미 전작이 있어 보였으나, 취한 상태는 아니었다. 최세희는 앞서 걸었고, 나는 그녀가 따라오라고 말한 것도 아니었는데 뒤따라갔다.

"나이가 들면 잠이 줄어들죠. 대통령은 요새 부쩍 주변 사람들을 힘들게 하고 있어요."

복도 끝에 응접실 같은 방이 있었다. 전면이 통유리창인 그곳은 내 작업실만큼 밝게 빛나고 있었다. 긴 머리를 하나로 묶고 엷은 화장을 한 최세희는 전에 봤을 때보다 더 앳돼 보였다. 아침 운동을 하다 왔는지 밀착된 흰색 트레이닝복을 입고 있었다. 최세희는 이인용 원형 탁자에 앉았다.

"앉으세요. 그렇게 하고 싶다면."

그녀가 덧붙인 말이 거슬렸지만, 나는 잠자코 맞은편 의자에 앉았다.

"아침부터 마시는 위스키는 색다르게 좋은 맛이 나죠. 몇 잔째 드시는 겁니까?"

"은근한 취조라도 하는 건가요? 알고 보니 영부인이 알코올중독자였다, 뭐 그런 가십거리를 직접 두 눈으로 확인했다고 생각하는 거예요?"

"중독까지는 모르겠지만, 술을 꽤 즐기시는 건 맞지 않나요? 하지만 그거야 개인의 취향이니 제가 뭐라고 말할 바는 아니죠. 그저 순수한 호기심입니다. 저는 밤새 글을 쓰고 아침 일곱시에 마시는 보드카 한 잔이 가장 맛있었더군요. 오렌지 주스와 얼음을 채워 넣은 이렇게 큰 잔으로 말이죠."

나는 엄지손가락과 새끼손가락을 벌려 보였다. 내 실제 생활과는 반대였지만, 최세희의 비위를 맞춰 그녀에게서 흥미로운 또 다른 이야기를 들을 수도 있다는 계산 때문에 임기응변식으로 나온 말 치고는 과히 나쁘지 않은 것 같았다. 나를 바라보는 최세희의 시선이 훨씬 부드러워졌으니.

"이제 보니 술꾼이었군요. 나도 비슷한 부류라고 해두죠. 대신 보드카는 내 취향이 아니에요. 난 시바스 리갈이 좋아요. 남편의 취향을 닮게 된 거죠."

"석 잔쯤 마신 겁니까? 아니면 한 잔 더?"

최세희는 나를 뚫어져라 바라보았다.

"두 잔 더."

"그런데 취하진 않으셨으니…… 비타민 B1 정제라도 같이 드신 건가요?"

"술꾼 맞네요. 그런 해박한 지식까지 갖추신 걸 보니."

"비타민 B1 정제는 알코올중독자가 자신의 비밀을 들키지 않고 일상을 그럭저럭 유지해나갈 수 있게 만들어주는 마법과 같죠. 그런데 남용하다보면 어느 날 '펑' 하고 터져버릴 수도 있습니다. 그야말로 추락에는 날개가 없는 것이니까요."

"만일 내가 추락하게 된다면, 스스로 그곳에 내려갈 거예요."

"추락하고 있다는 것도 모르고 있을 텐데요? 바닥에 닿는 순간에야 알 수 있을 겁니다."

"언제나 예외는 있는 법이죠. 대통령과 나, 우리 두 사람이 함께 있을 때엔 불가능이란 없었으니까요."

나는 리리궁이라는 장소를 잊고 휘파람을 길게 불었다.

"대단한 자신감이시군요. 무모해 보일 정도로."

"그것이 사실이니까요."

"시기적인 일치성 아닐까요? 두 분이 만나셨을 때 이미 각하는 유력한 정치인이셨지 않습니까. 원내 제1당 대표에 막 선출되신 직후였죠."

"당대표 부인이 됐다고 해서 리리궁 안주인이 될 수 있는 건 아니에요."

최세희가 자리에서 일어섰다. 응접실 안쪽에 꾸며진 조촐한 바로 걸어간 그녀는 자신의 빈 술잔에 시바스 리갈을 반쯤 채웠다. 얼음도 물도 섞지 않은 술을 한번에 들이켠 그녀는 다시 술을 반쯤 채우고 나를 향해 술잔을 들어 보였다.

"얼음? 물? 설마 오렌지 주스?"

"물만 조금 넣어주세요."

그러나 최세희는 술잔에 물을 섞지 않았다.

그녀의 입술 자국에 입을 대지 않기 위해 술잔을 살짝 돌려 술을 마셨다. 오전부터 스트레이트로 마시는 도수 높은 술이 식도를 넘어가면서 느껴지는 강한 작열감에 몸이 떨렸다. 빈속에서 확확 열기가 올라오는 것만 같았지만, 나는 술잔에 든 술을 모두 비웠다. 그 모습을 맞은편에서 지켜보던 최세희가 물었다.

"한 잔 더?"

"저는 이제 됐습니다. 더 하실 말씀이 없다면 가도 되겠습니까?"

"그건 안 돼요. 오늘의 대화에서 박상호 씨가 나에 대해 안 것이라곤 아침부터 술을 마시는 알코올중독자의 모습밖에 없잖아요? 정치인의 아내로서 치명적인 약점만 노출한 셈이니, 여기서 아무런 소득 없이 당신을 순순히 보내줄 수는 없어요."

"그렇다면, 영부인께서 제게 원하시는 걸 말씀해주세요. 왜 저를 굳이 여기까지 데리고 오신 겁니까?"

그녀는 손가락을 들어 나를 가리켰다.

"그쪽하고 내 남편이 오늘 무슨 이야기를 했는지 알고 싶어요. 이제는 당신도 알겠지만, 대통령은 대화를 나누기에 그리 적합한 사람은 아니에요. 남편은 다른 사람의 말을 듣기 위해 대화를 하지 않아요. 자신의 말을 확인하기 위해 다른 사람을 필요로 할 뿐이죠. 난 대통령이 무슨 말들을 당신에게 확인하려 했는지 알고 싶어요.

아마도 남편은 나 하나에게 확인하는 것만으로는 성에 차지 않는 것 같으니까요."

나는 그녀에게서 탁자에 놓인 빈 술잔으로 시선을 옮겼다.

"저는 각하께서 제게 뭔가를 확인하고 싶어 하신다는 인상까지는 받지 못했습니다. 지금까지 말씀하셨던 것들은 유년 시절에 관한 소소한 서너 개의 에피소드가 전부였습니다. 솔직히 저야 더 특별한 소재들을 원했지만…… 각하께서 앞으로도 그 이상의 말씀을 제게 해주실 것 같지는 않군요."

"만일 그 말이 사실이라면, 박상호 씨는 왜 리리궁에 계속 출입하는 건가요? 현직 대통령 전기의 흥행성에 대한 미련 때문에? 리리궁으로 상징되는 이 나라 최고 권력의 실체를 직접 두 눈으로 보기 위해서? 이유가 뭐죠?"

"영부인이 말씀하신 이유가 다 맞을 수도 있습니다. 덧붙인다면, 이렇게 대단히 흥미로운 분들과 대화할 수 있다는 점도 또 다른 이유가 될 수 있겠죠."

그녀는 양 손바닥을 들어 보였다.

"정말이지 박상호 씨는 예민한 주제에 관해 슬쩍 비켜가는 재주가 여느 정치인만큼 좋으시네요. 아부성 멘트도 수준급이시고."

나는 기분 좋게 웃어넘겼다.

"골방에서 일하는 작가라고 해서 사회성이 떨어질 것이라는 통념은 편견일 뿐입니다. 오히려 그런 편견을 불식시키기 위해 세상을 향해 오감을 활짝 열어젖히고 있으니까요."

"글쎄요, 제 생각엔 사회성이란 게 노력만으로 되는 건 아닌 것 같은데요. 그 사람의 타고난 품성이 지배적이라고 생각해요. 당신은 그 방면으로 타고난 것이고요."

"감사합니다. 영부인께서 호의로 말씀하시는 것으로 받아들이겠습니다."

우리는 서로를 바라보며 웃었다. 웃고 있는 최세희의 눈가에 두 개의 깊은 주름이 새겨져 있었다.

"벌써 열두시네요. 점심식사를 하고 가라는 의례적인 말은 하지 않겠어요."

나는 자리에서 일어섰다.

"저도 점심 약속이 있다는 식으로 우회적인 예의는 차리지 않겠습니다. 그냥 편하게 내 집으로 가서 두 발 뻗고 햇반이나 데워 먹고 싶은 생각뿐이니까요."

"잘 가세요. 햇반엔 스팸이 제격이죠. 빈속에 독주까지 마시게 해서 조금은 미안하게 생각하고 있어요."

"영부인께서 권하셔서 마신 건 아닙니다. 아름다운 분이 내민 술이라 받아 마신 거죠."

최세희는 응접실을 나가는 내게 아무 말도 하지 않았다. 문을 닫기 전 돌아봤을 때, 그녀는 쏟아지는 햇빛을 온몸으로 맞으며 창밖에 시선을 두고 있었다.

6

경호원 오준석이 관저 밖에서 차에 시동을 걸고 대기하고 있었다. 나는 검은 세단의 뒷좌석에 올라탔다.

"영부인께서 선생님을 오래 잡아두시더군요."

"각하에 대한 걱정이 많아 그러신 것 같습니다."

"까다로운 분이라는 건 리리궁 모두가 알고 있는 사실입니다. 무례하지 않은 범위 내에서 적당히 영부인과의 대면은 피하셔도 됩니다."

"피하다니요? 영부인께서 그 정도로 저를 힘들게 하시지는 않았습니다."

"이건 수석비서관님의 전언입니다. 영부인께서는 요즈음 신경쇠약 증상이 더욱 심해지셨습니다. 그래서 아침부터 저렇게 술을 드시고 계신 것이죠. 몇 년 되신 걸로 알고 있습니다. 리리궁 내에서도 영부인의 비밀을 지키기가 점점 힘들어지고 있는 상황입니다. 수석비서관님은 영부인께 가능한 한 자극이 되는 것들을 멀리하려고 최선을 다하고 계십니다. 죄송하지만, 선생님이 영부인의 증상을 악화시킬 가능성이 크다고 저희는 보고 있습니다. 제가 말주변이 없어서 두서없이 말씀드리는 점, 너그럽게 양해해주시기 바랍니다."

"이건 양해를 구하는 게 아닌 것 같은데요? 양해를 덧씌운 명령이군요."

"죄송합니다, 선생님. 저도 지시를 받은 사항이라 이렇게 말씀드릴 수밖에 없습니다."

"제가 보기엔 영부인의 신경쇠약도 알코올중독을 보기 좋게 포장하기 위한 일종의 꼼수인 것 같군요. 영부인께서 예민하신 건 사실이지만, 그렇다고 병적으로까지 보이진 않았으니까요."

"저는 일개 경호원일 뿐입니다. 지시받은 사항에 대해 판단을 할 처지가 아닙니다."

"저는 작가일 뿐이죠. 하지만 판단 여부는 제가 알아서 결정할 일입니다."

"선생님, 믿으실지 모르겠지만 저는 작가분들께 항상 존경의 마음을 품고 있었습니다. 저 같은 사람은 원고지 한 장 채우는 것조차 만만치 않은 일이니까요. 선생님이 하신 말씀이 지극히 상식적이고 옳다는 것쯤은 저도 잘 알고 있습니다. 하지만 리리궁에 대해서라면, 사고의 방식을 바꾸셔야 할 겁니다."

"만일 사고의 방식을 바꾸지 않는다면?"

오준석이 룸미러로 흘끗 나를 쳐다보았다.

"아니요. 선생님은 바꾸실 수 있을 겁니다. 이제는 엄연한 리리궁 관계자이시니까요."

오피스텔로 돌아와 샤워를 하고, 전자레인지에 데운 햇반과 스팸을 먹었다. 다 먹고 보니 영부인의 말을 얌전히 따른 착한 시종 같은 기분이 들었다. 그녀가 나에 대해 갖고 있는 생각이 쉽게 잡히지 않듯, 나 역시 그녀에 대해 어떤 생각을 품고 있는지 스스로에게 설명하기가 쉽지 않았다.

작업실에 앉아 네 시간째 한 문장도 완성하지 못했다. 하릴없이 죽치고 앉아 노트북 화면의 깜박거리는 커서만 노려보고 있는 것도 곤혹이었다. 아침 겸 점심으로 먹은 햇반과 스팸이 배 속에서 제멋대로 뒤엉켜 자꾸 트림이 나왔다. 이로써 '펜의 떨림'에 대한 야심찬 기대감은 인스턴트식품의 역한 뒷맛과 함께 사라져버렸다. 소설이었다면 미련 없이 더 이상의 진행을 멈추고 새로운 글로 넘어갔을 것이다. 그러나 이번 글은 온전한 나의 아이디어만으로 쓸 수 있는 글이 아니었다. 더군다나 여러 이해관계가 복잡하게 얽혀 있었다. 내가 대통령의 전기를 그만두겠다고 출판사 사장에게 말을 꺼낸다면, 그는 틀림없이 이렇게 외칠 것이다.

"이봐, 박 작가! 하나도 어렵게 생각하지 마. 부담 가질 필요도 없어. 이 글은 소설처럼 당신이 모든 스토리라인을 창작해야 하는 것도 아니잖아. 그냥 대통령이 불러주는 대로 잘 정리해서 가독성 좋은 문장으로 써내기만 하면 되는 글이야. 우리로선 호박이 넝쿨째 굴러온 격이라니까! 써! 쓸데없는 생각 하느라 시간 낭비하지 말고 계속 써! 물이 들어올 때 노를 저어야 한다고 하잖아. 대통령이 지금처럼 인기 절정일 때 책을 딱 내놔야 하는 거야. 그래야 박 작가도 좋고, 우리도 좋지!"

책임편집자인 오가진도 말할 것이다.

"제가 마지막 기회라고 말씀드렸잖아요! 반드시 하셔야 해요!"

휴대폰이 울렸다. 액정화면에 정율리라는 이름이 떠 있었다. 그녀의 번호를 입력한 기억이 나지 않아서 의아했다.

"어디야? 설마 아직 리리궁에 있는 건 아니지?"

"번호는 또 언제 입력해놓은 거야?"

율리는 기세 좋게 웃어댔다.

"자기가 할 수고를 내가 대신 해준 거잖아. 나한테 고맙다고 해야 되는 거 아닌가?"

뻔뻔스러울 정도의 당당함에 뭐라 딱히 대꾸할 말도 생각나지 않았다.

"몇 시쯤 볼까? 저녁을 같이 먹을까? 우리 집에 올래? 아님 오늘은 당신 집에서 볼까?"

"아침부터 불려 다녔더니 좀 피곤해. 내일이나 모레쯤에 보면 안 될까?"

"뭐야, 벌써부터 날 다 잡은 물고기로 분류해버린 거야? 미안하지만 난 내가 보고 싶을 때 남자를 만나. 내가 내키지 않는데 남자가 보고 싶어 할 땐 절대 만나지 않아."

"그러니까 당신은 오늘 꼭 나를 만나야겠다는 말이네."

"당연하지! 대신 장소와 시간은 당신이 정해서 문자로 보내줘."

"알았어. 요즘은 다 내게 지시만 내리려고 하는군."

"이건 지시가 아니야. 명령이지!"

정율리 기자의 발칙한 당돌함이 부담스럽게 느껴졌다. 이 막무가내인 여자를 집 안에 들인다면, 그녀가 제 발로 나간다고 하지 않는 이상 나가게 할 방도는 없을 것이다. 나는 그런 위험은 감수하고 싶지 않았기에, 일단 외식을 한 다음 분위기를 봐서 그녀의 집으로 가야겠다고 마음을 정했다.

오래 기다리게 하면 후환이 두려운 여자였다. 전화를 끊고 나서 오 분 후에 그녀에게 문자메시지를 전송했다. 한영동 '일 마레', 오후 여덟시. 약속 시간까지 두 시간 남짓 남아 있었지만, 나는 얼마 안 지나 오늘의 일용할 글쓰기를 과감하게 포기하고 책상에서 일어섰다.

*

"그러니까 대통령이 당신에게 자신의 글을 써달라고 의뢰를 했단 말이지?"

율리는 티본스테이크를 썰던 나이프로 접시를 톡톡 치면서 말을 이었다. 나이프에 핏물 섞인 육즙이 묻어 있었다.

"아하, 그거네, 전기. 내 말이 맞지?"

나는 하얀 크림소스로 범벅이 된 파스타를 포크로 뒤적거리고 있었다. 가뜩이나 점심으로 먹었던 인스턴트식품들 때문에 속이 좋지 않았는데, 맞은편에 앉아 십 분째 유도신문을 하고 있는 여기자가 그나마 남아 있던 약간의 식욕까지 모조리 상실하게 만들고 있는 중이었다.

"정율리 씨, 나는 대통령에 대해 아무 말도 하지 않았어. 지금 당신이 하고 있는 말은 전부 일방적인 추측일 뿐이잖아."

"전부는 아니지. 상호 씨가 말했잖아. 대통령이 자신에 관한 이야기를 하고 싶어서 당신을 부른 거라고."

"그래, 날 불렀다고 말했지. 하지만 전기를 써달라고 의뢰했다고는 하지 않았어."

"그게 그 말이잖아. 상호 씨는 작가야. 『그곳에 당신이 있었다』를 쓴 베스트셀러 작가! 유명 작가를 불렀다면, 원하는 건 뻔한 것 아니야. 글을 써달라는 것이겠지. 거기다가 대통령 자신에 관한 이야기를 작가에게 늘어놓았다면, 그 이야기로 전기를 써달라는 것이고. 어때? 이래도 눈 가리고 아웅 하는 식으로 나를 슬쩍 속이려고 할 거야?"

"그 말이 사실이라고 쳐. 난 정율리 기자를 그 분야에서 일류라고 알고 있었어. 그런데 고작 나한테 기삿감이나 얻으려고 당신이 이 자리에 앉아 있는 거야? 좀 저급하다는 생각이 들지 않아?"

"현직 대통령에 관한 사안인데, 고작 그 기삿감은 아니지. 그리고 기자의 열정적인 취재를 저급하다고 표현한다는 건, 당신의 편협함을 방증하는 것이 아닐까?"

"우리가 만난 첫날에 잠자리를 가졌다고 해서 그다음 날 서로에 관한 모든 걸 오픈해야 할 의무는 없는 거잖아. 오늘은 두 번째 만남이야. 당신이 얼마나 급진적인 진보주의자인지는 모르지만, 나는 이런 쪽엔 오히려 보수적인 성향에 가까운 남자야. 당신이 너무 앞서서 관계를 진행시켜나간다면, 남자 입장에서는 그만 도망쳐버리고 싶어질지도 모른다는 거야."

율리는 들고 있던 나이프를 접시 위에 쨍, 소리 나게 내려놓았다.

"도망가? 그것도 내가 급진적인 진보주의자라서? 지나가던 개도 웃을 소리는 하지 마."

나는 그녀에게서 시선을 돌렸다.

"박상호, 당신은 그럼 우리가 두 번쯤 데이트하다가 키스하고, 한 두 달 후에 섹스하는 우리 또래의 커플들처럼 정석적인 연애 과정을 거쳤어야 한다는 거야? 내가 첫 만남에서 당신을 내 집으로 끌어들였다고 지금 나를 헤픈 여자로 꽝꽝 낙인찍었다는 뜻이잖아. 뭐, 보수적인 남자라고? 어젯밤 당신이 보여준 그 현란한 기술을 떠올리면 그건 정말이지 아닌 것 같은데? 말해봐."

나는 기어들어가는 목소리로 말했다.

"뭘?"

"그래서 어젯밤 우리의 보수적인 성향에 가까운 아저씨께서는 너무나도 당혹스러운 상황에 그만 깜짝 놀라셔서, 급진보주의자 여자의 요구에 오직 수동적으로만 반응하느라 별반 감흥을 느끼지 못하셨다, 뭐 그런 것이냐고."

"그런 뜻은 아니야."

"그런 게 아니면 또 어떤 뜻이 있는 거야?"

"······."

"자기가 '못 말리는 윤리주의자'일 거라 생각했다고 말했었지? 그런데 이제 보니 자기는 '못 말리는 위선자'인 것 같아. 하마터면 나도 작가와 그가 쓴 작품을 동일시하는 어리석은 짓을 할 뻔했던 것이지. '정우진'이라는 인물은 당신이 쓴 소설에 등장하는 가공 인물 중 한 명일 뿐인데 말이야."

나는 항복했다.

"미안해."

"미안하다고? 그건 어느 행성에서 유행하는 말이야? 적어도 내가 살고 있는 이곳에서는 들어본 적이 없는 말 같은데?"

"정율리 씨, 당신에게 전적으로 내가 잘못했다고 말하고 있는 거야. 진심으로 미안해."

"오호, 진심으로?"

"진심을 다해."

"정말 당신이 내게 미안하다면……."

율리는 부러 말을 길게 끌었다. 그녀의 눈빛이 불길하게 반짝거렸다.

"이제 전적인 오픈도 가능한 거야?"

"아! 제발, 응?"

결국 나는 그녀의 말도 안 되는 집요함에 무너져버렸다. 작은 악마 같은 여자였다. 자신의 목적을 이루기 위해서라면 나를 실오라기 하나 남기지 않고 발가벗겨 매서운 눈보라 속에다 눈 깜짝하지 않고 내던질 여자였다. 나는 뻔히 알고 있는 사기꾼의 수작에 그야말로 눈뜨고 코 베이는 격으로 당하고야 말았다. 첫 마디 꺼내는 것이 어려웠을 뿐, 대통령이 내게 했던 제안을 그녀에게 고해성사하는 과정은 싱거우리만치 술술 이어졌다. 그래도 율리는 적어도 잠정적 취재원인 나에 대한 최소한의 예의는 지켜주었다. 내가 하는 말을 녹음하지도 않았고, 대통령과 면담할 때 내가 그랬듯이 필기도구를 꺼내지도 않았다. 일단 내가 말을 시작하자, 그녀는 잠시 내 말을 막고 자신의 스마트폰을 식탁 위에 보란 듯이 올려놓았던 것이다.

"이것 봐. 난 몰래 자기 말을 녹음하는 저급한 기자는 아니야."

또 다른 소형 녹음기가 있을지도 모른다는 생각은 당시엔 전혀 떠올릴 수 없었다. 그래서 내가 리아민이 말했던 대로 소위 '순진한 예술가'인 것인지도 모른다. 나는 그녀의 정의대로 '못 말리는 윤리주의자' 정우진이 되어 그녀의 취재 욕구에 부응해주었다.

이날 밤, 만족한 그녀가 내게 어떤 커다란 상을 하사했는지는 굳이 언급하지 않겠다. 그녀의 집에서 보낸 두 번째 밤에 대해 한마디만 덧붙이자면, 내 생애 최고의 섹스라고 손꼽을 수 있는 잊지 못할 열락의 밤을 보냈다는 것이다.

*

정율리의 햇살 좋은 방에서 깨어난 때는 토요일 오후 한시가 넘어서였다. 전날 밤 우리는 일 마레에서 나의 고해성사를 축하하며 레드와인 두 병을 나눠 마셨고, 그녀의 집에 와서 뽀얗게 먼지 긴 장식장에 놓여 있던 발렌타인 십칠년산 한 병과 캔맥주 아홉 개를 다시 나눠 마시는 폭음을 했다. 술이 센 나조차 잠에서 깬 순간 수십 개의 작은 별들이 폭죽을 터트리는 것처럼 어지럼증을 느꼈다. 옷을 반쯤 벗고 옆에 엎드려 누워 있던 율리의 상태도 그리 좋아 보이지는 않았다. 그 와중에도 두 사람이 마구 뒤엉켜 시근덕거렸던 전날 밤의 맹렬한 전투 같은 섹스 장면이 드문드문 머릿속에 떠올랐다. 그렇게 곤죽이 되도록 서로 흠뻑 술에 취해버렸으면서도 어떻게 관계를 맺을 수 있었는지 나조차 의문이 들 지경이었다. 아마도 율리와 나는 함께 있으면 서로의 숨겨진 기에 반응하여 색정광으로 돌변해버리는 어마어마한 커플인 모양이었다. 율리가 크게 숨을 들이마시며 몸을 바로 돌리자, 보기 싫게 화장이 번져버린 얼굴이 드러났다. 밀려드는 취기와 불타오르는 성욕에 미처 화장도 지우지 못하고 잠이 든 것이다. 피에로처럼 암적색 립스틱이 번진 입이 늘어지는 하품으로 크게 벌어지자, 까만 아이라인이 번진 판다 같은 두 눈이 가느다랗게 떠졌다.

"머리가 깨질 것 같이 아파. 어제 우리 정말 미쳤었나보다."

"당신과 내가 어울리면 항상 브레이크 없는 차같이 전속력으로 질주하는 것 같아. 이제까지는 다행히 큰 실수가 없었지만, 언제 어디서 갑자기 나타난 가드레일을 '쾅' 하고 박아버릴지도 몰라."

율리는 소리 내어 웃었다. 숙취 탓에 중년 남자처럼 걸걸한 웃음소리가 났다.

"뭐야, 영화 속 위험한 커플 같잖아. 제목으로는 '중독된 커플' 정도가 되려나?"

"아무런 지표가 없는 이 시대에 무언가를 갈망하다 못해 중독된다는 것이 경이롭잖아."

"에이, 진짜 홀릭들은 누추한 거야. 하긴 이 나라는 영부인부터가

대낮부터 술을 퍼마시는 알코올 홀릭인데, 나머지 미친한 우리들이
야 오죽하겠어?"

갑자기 나는 찬물을 온몸에 뒤집어쓴 기분이 들었다.

"영부인? 최세희가 알코올 홀릭이라고?"

"몰랐어? 리리궁에 그만큼 드나들었으면 알고도 남았을 텐데?
기자들 사이에선 이미 몇 년 전부터 공공연한 비밀인걸."

"영부인을 만난 적도 없는데 내가 그걸 어떻게 알 수 있겠어."

"어, 자기 왜 정색을 하고 그래? 정말 의심스러운걸?"

"뭐가 의심스러워?"

"고해성사할 땐 영부인과 대화한 적이 있다고 말했잖아. 그것도
두 번씩이나. 아무리 술에 취했어도 그렇지, 설마 그것까지 기억나
지 않는 거야?"

나는 속으로 아차, 했다.

"영부인 이야기를 했다는 건 기억나. 하지만 영부인이 술을 마시
거나 술에 취해 있는 모습은 한 번도 본 적이 없어."

"아주 의심스러워. 내가 기자 생활을 시작하고 취재한 사람 중에
서 한 번도 뭘 한 적이 없다는 사람치고 정말 그러지 않은 사람은
거의 없더라고."

"그럼 마음대로 생각하든지."

나는 화가 났다. 정율리라는 여자가 귀신같이 내 말의 허점을 찾
아내 반박하는 것에 그만 진절머리가 났다. 나는 주섬주섬 바닥에

던져두었던 옷을 집어 입기 시작했다. 셔츠의 단추를 잘못 채워 세 번이나 다시 채워야 했다. 한 팔을 머리에 괴고 누운 채 나를 쳐다 보던 율리가 말했다.

"오늘까진 자기의 과민 반응을 봐줄게. 영부인이 꽤나 매력적인 여자라는 건 나도 잘 아는 사실이니까. 하지만 다음번에도 바보짓 하면 더 이상 봐주는 건 없어. 유념해."

나는 대꾸하지 않았다. 집을 나가면서 거실 탁자 위에 그녀가 내게 주었던 전자키를 재킷 호주머니에서 꺼내 내려놓았다. 개선의 여지가 없는 이성 관계에서 누적된 피로감이 전능한 섹스를 이기는 순간이었다.

7

사흘 내내 지독한 감기 몸살에 시달렸다. 어찌나 몸이 아픈지 피부에 닿는 옷의 감촉이 다 쓰라릴 정도였다. 화장실에 가서 볼일을 보고 세수를 하는 것만으로도 진이 다 빠졌다. 약에 취해 빠져든 혼곤한 잠 속으로 여러 번 휴대폰 벨이 울리는 소리가 들려왔지만, 전화를 받을 여력도 없었기에 내처 잠만 잤다.

세상과의 격리가 나흘째 계속되던 날이었다. 집요하고 길게 끊어졌다 이어지기를 반복하던 휴대폰 벨 소리를 들으면서 나는 일부터 사십구까지 숫자를 세고 있었다. 오십까지 숫자 세기를 마치지 못해 아픈 와중에도 내심 아쉬워하고 있었다. 이번에는 현관 벨이 울리기 시작해 멈췄던 숫자 세기를 재개하려고 시도했지만, 역시 현관 벨의 소음에는 당해낼 도리가 없었다. 오십이까지 숫자를 세

다가 견디지 못하고 거의 기어가다시피 하며 현관문을 열었다. 누구냐고 물을 수도 없었다.

"대통령 각하께서 찾으십니다. 왜 전화를 받지 않으신 겁니까?"

오준석이었다. 잔뜩 굳은 표정의 그는 내게 뭔가를 더 말하려다가 이윽고 좀 누그러진 어조로 말했다.

"선생님, 혹시 어디 아프신 겁니까? 안색도 좋지 않으시고, 몸도 축나 보이시는군요."

"그저 몸살기가 있는 것뿐입니다. 며칠 더 쉬면 낫겠죠."

"며칠이라고요? 아, 이거 낭패네요. 수석비서관님과 통화를 좀 해봐야 할 것 같습니다."

오준석은 침실로 쓰는 작은방으로 들어가 문을 닫았다. 문틈으로 간간이 예, 예, 알겠습니다, 네네, 하는 소리가 들려왔다. 짧은 통화를 끝내고 오준석이 거실로 나왔다.

"수석비서관께서 내일 오후에 직접 선생님을 픽업해 가시겠다고 말씀하셨습니다. 부디 몸조리 잘하시라는 말도 함께 전해달라고 부탁하시더군요."

나는 약기운이 돌아 멍한 상태였지만, 직접 나를 픽업해 가겠다는 말에는 한마디 묻지 않을 수가 없었다.

"저를 어디로 데려간다는 겁니까? 게다가 내일 오후라면 제 몸 상태를 봤을 때 너무 촉박하지 않겠습니까?"

"선생님, 저도 자세한 사항에 대해서는 알지 못합니다. 아시다시피 저는 일개 말단 경호원일 뿐이라……."

"아무리 그래도 당사자인 제게 뭔가 최소한의 단서는 제공해주셔야죠. 그래야 대통령 각하를 만나뵐 때 더 효율적인 인터뷰를 이끌어낼 수 있지 않겠습니까?"

오준석은 작게 웃었다.

"선생님, 제가 굳이 리리궁 내에서의 지시 전달 체계에 관해 말씀드리지 않아도 어느 정도는 짐작하실 수 있으리라 생각합니다. 당연히 제가 알고 있다면, 선생님께 귀띔해드렸을 겁니다."

그의 말은 사실로 느껴졌다. 더는 뭐라 할 말도 없어서 나는 변명 같은 질문을 했다.

"만약 내일 오후까지 제 몸 상태가 그리 나아지지 않는다면 어떻게 하죠? 각하께 제 감기 몸살을 옮길 수도 있지 않겠습니까?"

오준석은 진지한 얼굴로 고개를 끄덕였다.

"그러니까 선생님께서는 내일 각하와의 만남 때까지 꼭 병이 낫도록 노력하셔야 합니다. 지금이 오후 두시군요. 아무래도 내일 오후라면, 제 생각엔 오후 대여섯시쯤에 수석비서관님이 선생님 집에 오실 듯합니다. 그러면 아직도 이십사 시간 하고도 최대 네다섯 시간쯤 여유가 있습니다. 이까짓 감기쯤은 너끈히 내쫓을 수 있을 만큼 충분한 시간이죠. 안 그렇습니까?"

나는 그의 말에 기가 차서 멀뚱하게 바라보았다. JUST DO IT, 의 리리궁 버전인 모양이었다. 그냥 하자!

"푹 쉬십시오. 전 이만 가보겠습니다."

오준석이 되지도 않을 무한 긍정주의를 설파하고 사라지자, 나는 오히려 전신의 힘이 더 쭉 빠져버리는 듯한 기분이 들었다. 그러다가 에라 모르겠다, 라는 생각이 들었다. 내일 오후까지 몸이 낫지 않는다 해도 설마 그들이 나를 침대째 둘둘 말아 리아민 앞으로 끌고 갈 수는 없지 않겠는가. 뭐, 정말 그렇게 끌고 간다면야 나로선 어쩔 도리가 없을 터였다. 휴대폰이 울렸다. 액정화면에서 '정율리'를 확인하고 나는 헛웃음을 지었다. 다른 건 몰라도 이 여자가 일류 기자라는 건 맞는 것 같았다. 지금이 아니었다면 나는 다시 침대에 누워 결코 걸려오는 전화를 받지 않았을 테니까.

"자기, 어디야? 보고 싶다."

"몸이 아파."

"그래? 그럼 내가 자기 집으로 갈게."

나는 갑자기 정신이 번쩍 들었다.

"여기로? 그건, 좀 곤란해."

율리의 목소리가 냉랭해졌다.

"왜?"

순간 에둘러서 표현할까 생각했지만, 이내 그러지 않기로 마음을 정했다.

"당신이 준 키를 되돌려준 것으로 대답은 충분하다고 생각해."

"무슨 키를 말하는 거야? 그리고 내 집 키는 그것 하나만 있는 게 아니야. 여러 개 있어."

"우리 더 이상 소모적인 말싸움은 하지 말자. 난 아직도 당신이 매력적인 여자라고 생각해. 하지만 당신의 직업적 열정을 감당하지 못하겠어."

"감당하라고 한 적 없어. 그리고 이렇게 허무하게 헤어질 수도 없어."

"그러면 어쩌라는 거야? 매번 당신을 만날 때마다 행동 하나하나 말 한 마디까지 신경 써야 한다는 거야? 난 이십대 젊은 남자가 아니야. 서른여섯 살의 남자라고. 날 편안하게 해주는 여자와 만나고 싶어. 사사건건 반론을 제기하는 여자와는 만나고 싶지 않아."

"난 우리가 대화를 했다고 생각했어. 그리고 드디어 말이 통하는 남자와 만났다고 생각했단 말이야."

"미안해. 하지만 나는 당신의 생각처럼 유연한 사고를 하는 사람이 아니야."

"도대체 결정적인 이유가 뭐야? 대통령과의 일에 대해 캐물어서? 아니면 영부인이 알코올 홀릭이라고 말해서? 찬찬히 기억을 떠올려봐. 우린 아직 이렇게 헤어질 만한 이유가 없어."

"내가 말을 확실히 전달하지 못한 것 같아. 전에도 말했듯이 나는 당신이 유능한 기자라고 생각해. 하지만 그 유능한 기자의 연인이자 취재 대상인 내 입장은 상당히 불편해."

율리는 숨소리만을 내고 있었다.

"내가 당신에게 했던 말들을 언젠가 기사로 낼 수도 있겠지. 한 가지만 더 말할게. 부디 모두에게 피해가 가지 않을 적절한 때에 그러길 바라. 당신의 착한 취재원인 내게 그 정도는 해줄 거라고 믿어."

"……."

"끊을게. 잘 지내."

"아직 끊지 마!"

느닷없이 율리의 목소리가 귀에 박혔다.

"내가 전에 말했지. 내가 만나고 싶을 때 남자를 만난다고. 헤어질 때도 마찬가지야. 내가 헤어지고 싶을 때 헤어지는 거야. 당신은 아무런 선택권이 없어. 내 말, 알겠어?"

"억지 부리지 마. 이만 끊을게."

"박상호!"

"……."

"내가 이혼했다는 말 했었나? 내 모든 취약점을 너무나도 잘 알고 있던 전남편 얘기도 내가 했어? 난 이혼할 때 아무것도 아니었어. 그땐 유명하지도 않았고, 당연히 돈도 없었지. 전남편은 동료 기자였어. 난 그를 사랑했다고 생각했지만, 그는 나를 사랑하지 않았던 것 같아. 이혼 과정도 지저분했고, 그 이후에는 더 지저분했지. 성공한 나를 내 전남편은 참 지긋지긋하게 안팎으로 이용해먹었어. 내가 보기보다 헛똑똑이라는 얘기도 했었나? 자기가 생각한 만큼 난 그렇게 영악한 여자는 아니야. 난, 나는…… 상호 씨가 어

쩌면 나와 잘 어울릴 수 있는 남자라고 생각했던 거야. 그게 전부
야."

예고 없이 율리의 전화가 끊겼다. 가뜩이나 컨디션이 좋지 않은
상태에서 스트레스를 받다보니 어지럼증이 심해지는 것을 느낄 수
있었다. 나는 노인같이 등을 구부린 채 침대가 있는 작은방으로 걸
음을 옮겼다. 하지만 서너 발자국을 채 옮기지 못하고 제자리에 멈
춰 섰다. 뭔가 내가 잘못을 저지른 것 같다는 생각을 지울 수가 없
었다. 마음이 아팠다. 나는 다시 거실로 되돌아갔다. 그리고 휴대폰
을 들어 율리에게 전화를 걸었다. 벨 소리가 오래 이어지더니, 끊어
졌다. 나는 그녀에게 문자메시지를 전송한 다음 소파 위에 무너지
듯 쓰러져버렸다. 거대한 날개 같은 잠이 나를 덮쳐왔다.

*

수석비서관은 소파에 널브러져 있는 내게 말했다.

"이불도 덮지 않고 있으면 어떡합니까? 그래서 내일 각하를 뵐
수나 있겠습니까?"

머릿속에 온통 뿌연 장막이 드리워진 것처럼 할 말이 제대로 떠
오르지 않았다. 몇 번이나 마른침을 삼킨 후에야, 겨우 나는 그의
모습이 눈에 들어왔을 때부터 의아했던 점을 물을 수 있었다.

"여긴 어떻게 들어오신 겁니까? 제가 문을 열어드린 기억은 없는

것 같은데."

김세원은 그게 뭐 어떠냐는 식으로 어깨를 추켜올렸다.

"아무리 벨을 눌러도 인기척이 없기에 열쇠공을 불렀습니다. 저 요란한 벨 소리를 듣고도 반응이 없다면 몸 상태가 꽤 좋지 않다는 방증 아니겠습니까?"

"고작 몸살기가 좀 심한 것뿐입니다. 제가 수석비서관님을 집 안에 들이길 원치 않아서 문을 열지 않았을 수도 있다는 생각은 해보지 않으신 겁니까?"

"그건 사실이 아니지 않습니까. 문을 열고 들어와보니, 박상호 씨는 이렇게 소파에 불편한 자세로 누워서 끙끙 앓고 있던데요?"

"이 집은 저만의 사적인 공간이라는 말씀을 드리고 있는 겁니다. 제아무리 위세가 대단한 대통령 수석비서관이라고 해도……."

김세원이 내 말을 잘랐다.

"이건 제가 수석비서관이라서 한 일이 아닙니다. 착한 사마리아인이 되어 홀로 앓고 있는 지인의 상태를 보살펴주려고 나름 최선을 다한 것뿐입니다. 박상호 씨에겐 내가 그 정도 냉혈한으로 보이는 모양이군요."

나는 잔뜩 약이 올랐다. 누가 봐도 그가 어떤 의도인지 뻔히 보일 텐데, 그럼에도 불구하고 그가 아주 태연하게 자신의 할 말을 하고 있는 모습이 얄밉기 짝이 없었다. 나는 몸살기가 더 심해지는 듯해 인상을 찡그리며 눈을 감아버렸다. 말로는 저 냉혈한을 도저히 이길 재간이 없으니, 차라리 보지 않는 것이 상책일 듯했다.

"내일 오후 다섯시에 뵙겠습니다. 그때 다시 말씀드리죠. 푹 쉬세요."

현관문이 닫히는 소리가 났다. 눈을 감고 있던 나는 어느샌가 진짜 잠이 들었던 것 같다. 깊은 잠에서 나를 깨운 것은 코를 자극하는 음식 냄새였다. 인스턴트식품을 제외하고는 웬만해선 요리다운 요리를 하지 않는 주방에서 나는 냄새였다. 나는 소파에서 몸을 일으켰다. 사흘 내내 즉석죽을 전자레인지에 데워먹는 것으로 끼니를 해결했던 터라, 파블로프의 개처럼 입안에 절로 침이 가득 괴었다. 마침 주방에서 음식이 담긴 쟁반을 갖고 나오던 한 젊은 남자가 내게 말을 걸었다.

"몸은 어떠십니까? 이것 좀 드셔보세요."

오준석이었다. 그는 조심스럽게 들고 있던 쟁반을 내 무릎에 내려놓고는 내가 좀 더 편안히 앉을 수 있도록 쿠션을 등 뒤에 받친 뒤 숟가락을 손에 쥐여주었다. 그의 사려 깊은 행동이 예사롭지 않게 보였다. 뜨거운 김이 오르는 단팥죽을 한술 떠먹었다. 달고 진한 팥의 풍미가 입안을 가득 채웠다.

"와이프에게 사랑받는 남편인가 봅니다. 아니면 대단한 바람둥이거나."

"아직 와이프는 없습니다. 바람둥이는 더더욱 아니고요. 십 년 넘게 거동이 불편하신 어머니가 계실 뿐입니다."

나는 머쓱해졌다.

오준석은 나의 등 뒤에 받쳤던 쿠션을 살짝 빼내어 머리 밑에 받쳐주었다. 그의 배려에 따라 나는 편안한 자세로 누울 수 있었다. 눈을 감았다. 솔솔 밀려드는 잠 속으로 오준석의 목소리가 들렸다.

"저는 생각이 많은 사람은 아닙니다. 그러나 가끔 마음이 복잡해질 때면 잠에서 위안을 얻습니다. 머리를 비워야 더 넓고 깊게 상황을 판단할 수 있으니까요."

8

    김세원은 정확한 시간에 현관 벨을 눌렀다. 나는 삼십 분 전에 일어나 대통령과의 만남을 위한 준비를 마친 상태였다. 내 집에서 하룻밤을 지낸 오준석은 줄곧 나의 충실한 간병인의 역할을 해주었다. 어젯밤에 먹었던 단팥죽을 시작으로 이른 아침엔 전복죽, 세 시간 뒤엔 호박죽, 점심부터는 계란국과 흰쌀밥을 주었다. 두 시간 전 먹은 간식은 우유에 두부와 각종 견과류를 갈아 넣은 스무디였다. 고소하니 맛이 좋아서 숟가락으로 그릇을 싹싹 긁어 먹었다. 오준석과 한집에서 지내는 시간이 만족스러운 나머지, 그와 같은 아내를 얻기 위해 결혼을 해야 하는 것 아닐까 하는 생각까지 들었다. 살뜰한 그는 옷장을 뒤져 내가 입고 갈 옷까지 꺼내주었다. 베이지색 폴라티셔츠에 짙은 청재킷, 하늘색에 가까운 밝은 청바지를 보고 내가 난감한 표정을 짓자, 그는 자신 있게 말했다.

"대통령 각하는 간편하면서도 깔끔한 옷차림을 좋아하십니다. 걱정하지 말고 입으세요."

"아무리 그래도 청청 패션은 심하지 않을까요? 저 바지만이라도 다른 걸로……."

"각하의 취향대로 입으셔야 좋지 않겠습니까. 오늘은 각하의 이야기를 듣기 위해 방문하시는 것이니까요."

결국 나는 오준석의 말을 따랐다. 옷을 다 입고 거울을 보니, 칠팔십년대의 젊은이가 세월을 거슬러 눈앞에 튀어나온 것만 같았다. 나는 김세원이 이런 내 모습을 보고 비판의 말을 해주기를 기대했다. 하지만 수석비서관조차 오준석과 다르지 않았다. 그 냉혈한이 씨익, 장난스러운 미소까지 띠며 나를 바라보았던 것이다.

"각하께서 좋아하실 차림입니다. 진작 좀 이렇게 입으셨으면 각하를 만나뵐 때 분위기가 한결 좋았을 것 아닙니까."

리리궁 사람 전체가 패션 테러리스트들인 것 같았다. 하긴 대통령이 그렇게 좋아하시는 옷차림이라는데 내가 뭐라고 하겠는가. 어서 빨리 면담을 마쳐야 이 촌스러운 옷들을 벗을 수 있을 것이다.

검정 세단에는 수석비서관과 나만 탔다. 운전을 하던 김세원은 아까부터 불만스러운 얼굴로 부어 있는 내게 먼저 말을 걸어왔다.

"각하가 이십대 청년이셨을 때의 옷차림입니다. 오늘은 각하의 젊은 시절에 대한 이야기를 듣는 날 아닙니까. 그렇게 입는 편이 각하에게서 더 많은 이야기를 유도해내실 수 있을 겁니다."

"각하께서 직접 말씀해주신 겁니까? 수석비서관께서는 사실 이일을 못마땅해하지 않으셨나요?"

"이 일에 대한 제 의견은 아직도 부정적입니다. 하지만 그건 중요하지 않습니다. 저는 대통령 각하께 속한 사람이고, 결국 그분의 지시를 충실히 따르는 것이 제가 맡은 일이기 때문입니다. 어차피 진행될 일이라면, 최상의 결과를 얻을 수 있도록 보좌해드려야 하지 않겠습니까."

"경호원을 시키지 않고 이렇게 직접 오신 이유가 뭔가요? 어제제게 뭘 말하려고 하셨던 겁니까?"

"여자들에 관해서 할 말이 있었습니다."

"여자들요? 혹시 정율리 기자와 영부인을 지칭하시는 건가요?"

"네, 그렇습니다. 정율리 기자와는 이쯤에서 잘 정리하고 있으신 것 같은데…… 영부인에 대해서는 처신이 좋지 않으신 듯합니다. 경호원에게 일러드리라고 지시를 내렸는데, 혹시 듣지 못하신 건 아닌지요."

이젠 내 휴대폰까지 감찰하고 있다는 말인가. 나는 하마터면 입밖으로 욕이 튀어나올 뻔했지만, 가까스로 참아냈다.

"아니요. 너무나도 잘 들었습니다."

"다행이군요. 제가 더 부연해서 말씀드리지 않아도 잘 들으셨다니 말입니다."

"한 가지만 여쭤봐도 되겠습니까?"

"말씀하세요."

"왜 저를 자꾸 영부인과 관련시켜 생각하시는지 이해가 잘 되지 않습니다. 제 생각에 영부인은 그저 일상의 무료함 때문에 저와 대화하시는 것뿐이지 그 이상도 이하도 아니라고 봅니다. 그런데 왜 그렇게 저를 경계하시는 겁니까?"

"잘 들으세요. 저는 박상호 씨가 문제라고 말한 적은 없습니다. 언제나 문제는 영부인께 있었죠. 그녀는 리리궁의 트러블 메이커예요."

나는 영부인을 '그녀'라고 지칭한 김세원에게 놀라 입을 다물었다. 김세원의 어조에는 오직 경멸만이 담겨 있었던 것이다. 평소의 정중함과는 거리가 먼 그의 태도에 새로운 의혹이 들었지만, 구체적으로 어떤 점이 미심쩍은지 표현하기는 아직 어려웠다.

그와 대화를 나누다보니 차창 밖의 풍경이 리리궁으로 가는 길과 다르다는 것을 한참 후에야 알아챌 수 있었다. 내가 살고 있는 오피스텔에서 리리궁까지는 아무리 길이 막혀도 이십 분을 넘지 않았던 것이다. 그런데 사십 분이 넘도록 우리는 아직 도착하지 못한 상태였다. 바깥 풍경도 번화가가 아닌 한적한 지방의 시골길이 펼쳐지고 있었다. 내가 자꾸 차창 밖으로 눈길을 돌리자 김세원은 좀 더 깊숙한 숲길로 핸들을 돌리며 말했다.

"각하께서 머리를 식히고 싶을 때마다 은밀히 오시는 별장으로

가고 있는 겁니다. 십 분만 더 지나면 도착합니다. 아마 민간인으로서는 박상호 씨가 그곳에 유일하게 초대받은 손님이 아닐까 싶습니다."

이윽고 별장이 눈에 들어왔다. 외관은 평범한 삼층 양옥집으로 보이는 소박한 곳이었다. 다만 양옥집을 중심으로 빙 둘러쳐진 허리선 높이의 통나무 담이 인상적으로 보였다. 김세원이 경적을 울리자, 담의 한 부분이 문처럼 안쪽으로 열렸다. 차에서 내려 별장으로 들어가려는 내게 김세원이 말했다.

"각하의 기분이 그다지 좋지 않으십니다. 참고하시라고 말씀드립니다. 그래도 이런 때에 박상호 씨를 찾으시는 걸 보면, 이번 일에 대한 각하의 애정이 얼마나 깊은지 알 것 같습니다."

나는 가벼운 목례를 하고 열린 문 안으로 들어갔다.

*

리아민은 불을 피운 벽난로 앞에 뒷모습을 보이며 앉아 있었다. 아직 십일월 초였고, 더군다나 오늘은 이상기후를 보여 영상 십칠도에 가까운 터라 예년보다 따뜻한 날씨였다. 오피스텔을 떠나기 전 오준석이 얇은 코트를 덧입으려는 나를 말리며 알려준 정보였다. 거실이라기보다는 응접실에 가까운 화려한 방이었다. 이 별장은 외관만 소박할 뿐 실내 인테리어는 최신형으로 꾸며져 있었다.

실내가 너무 더워서 나는 입고 있던 청자켓을 벗어 들었다. 이마와 겨드랑이에 땀이 맺혔다. 사우나에 들어온 것처럼 숨이 막혔다. 나도 모르게 눈으로 창문을 찾았다. 하지만 이 방엔 손이 닿지 않는 천장 쪽으로 다섯 개의 작은 창이 나 있을 뿐, 그 외엔 사방이 온통 자줏빛 암막 커튼이 드리워진 벽면이어서 직접 열어 환기를 시킬 만한 창문은 보이지 않았다. 나는 이마에 난 땀을 소매로 닦으며 리아민의 뒤로 다가가 인사했다.

"각하, 잘 지내셨습니까?"

대답이 없었다. 두 눈을 감고 있는 그는 잠이 든 것 같았다. 한 손에 든 술이 가득 채워진 유리잔이 금방이라도 떨어질 것처럼 위태롭게 보여 나는 조심스럽게 술잔을 그의 손에서 빼냈다. 그러나 술잔을 놓을 만한 탁자가 없어서 하는 수 없이 내가 들고 있어야 했다. 술잔을 들고 난처해하고 있는데 리아민의 목소리가 들렸다.

"그건 선생이 마실 술입니다. 나는 이미 오늘 마실 술을 다 마셨습니다."

아직 몸살기가 남아 있는 상태였다. 감기약에 술까지 마시면 오늘 밤의 면담이 제대로 진행되지 않을 것이다. 하지만 나는 그의 말에 뒷말을 달지 않기로 했다. 술이야 눈치껏 마시는 시늉만 하면 된다. 어차피 그는 이야기를 시작하면 내가 술을 마시고 있는지 어떤지 상관하지 않을 것이다. 리아민의 옆자리에 앉은 나는 술잔을 입에 대는 시늉만 했다. 시바스 리갈의 독한 향을 맡기만 했는데도 벌써 취기가 오르는 것 같았다.

"쭉 마시지 않고 뭐하고 있습니까? 그렇게 안 봤는데 보기보다 술이 약한가보네요."

나는 민망해졌다. 어쩔 수 없이 내 위장의 건투를 빌며 독주를 두 모금에 삼켰다.

"진작에 그랬어야죠. 내 나이대 남자들은 술잔을 앞에 두고 찔끔거리며 마시는 놈들을 보면 그걸 잘라버리라고 농을 치곤 했습니다. 모름지기 남자란 호기롭게 술을 마실 줄 알아야 합니다. 나이 먹은 기성세대 티를 낸다고 선생같이 젊은 나이대의 사람들은 진절머리를 내겠지만, 뭐 어쩌겠습니까. 이게 바로 내가 살아온 방식인데요. 무려 육십 년하고도 오 년이나 줄곧 이어오고 있는 생활방식을 이제는 구닥다리라고 해서 단번에 바꿔버릴 수도 없는 노릇 아닙니까. 내 말에 거부감이 듭니까?"

"제가 각하의 방식을 다는 이해할 수 없겠죠. 하지만 공감이 가는 부분도 분명 있습니다. 비교적 젊은 세대인 저조차 더 나이 어린 세대의 과격한 사고방식을 이해하기엔 어려운 점이 많으니까요."

"우리나라의 가파른 성장이 세대 간의 단절에 더 큰 영향을 주고 있다는 건 널리 알려진 바가 아닙니까. 내가 어렸을 땐 세끼 밥을 굶지 않고 먹을 수 있는 집이 동네에 많지 않았습니다. 외할머니가 바지런하셨던 탓에 나야 밥은 굶지 않았지만, 학교에 다닐 때도 점심 도시락을 싸오지 못하는 아이가 종종 있었습니다. 허기를 이기지 못해 물배를 채우는 불쌍한 아이들을 보면서 안됐다는 생각은 들었지만 내 도시락을 나눠 먹자는 말까지는 하지 않았습니다. 딱 일 인분의 도시락을 같이 나눠 먹는다면 오후 수업 시간을 마치기도 전에 둘 다 배가 고파질 테니까요. 평범한 사람의 이타심은 어느 정도의 여유가 있을 때 비로소 발휘될 수 있다는 걸 그때 배웠습니다. 난 지금도 내가 도시락을 다른 아이와 나눠 먹지 않은 것을 아이다운 현실 감각이라고 생각합니다."

"저야 그런 경험은 없는 세대니까 그저 각하의 말씀을 경청할 수밖에 없을 것 같습니다. 적어도 저희 세대는 배고픔에서는 일부 극빈층을 제외하고는 자유롭다고 할 수 있으니, 어느 면에서는 그 정도만으로도 만족해야 할지 모르겠습니다. 하지만 지금은 단순히 허기지지 않는다고 해서 행복을 느끼는 시대가 아니지 않습니까. 더 많은 부와 더 많은 유명세와 더 많은 권력을 탐닉하는 시대입니다. 그리고 저 역시 제가 속한 세대의 탐욕적인 속성에서 자유롭지 못한 인간일 뿐입니다."

리아민은 허공으로 손을 들어올렸다. 그러자 응접실의 문이 열리고 미니바처럼 만든 작은 카트를 밀며 한 여자가 들어왔다. 단아한 외모를 가진 여자였다. 밀착되는 검은 레이스 소재의 원피스를 따라 날씬하고 굴곡 있는 몸매의 윤곽이 드러났다. 미처 의식하지 못하는 새에 내가 여자를 너무 대놓고 쳐다보고 있었던 듯했다.

"예쁘지 않습니까?"

당황한 나는 여자에게서 얼른 눈을 돌렸다.

"요즘 저 애가 날 재워줍니다. 그럼 난 갓난아이처럼 잠이 들지요."

나는 할 말을 잊었다. 이보다 더 노골적인 표현이 있을까.

"오래전부터 지독한 불면증에 시달려왔습니다. 나는 홀로 잠들 수 없는 사람입니다. 누군가 나를 잠으로 인도해줘야 하지요. 원래 희생과 배려란 여자에게 더 어울리는 단어 아니겠습니까. 여자의 풍만한 젖가슴에 얼굴을 묻는 것만큼 훌륭한 수면제가 없더군요. 저 애의 작고 앙증맞은 손을 봐요. 저 손이 내 사타구니를 살살 어루만지면 나는 그만 어린애처럼 눈물이 나곤 합니다. 대단한 재주를 가진 아이예요."

여자는 물과 술을 반반씩 섞어 두 잔의 술을 만들었다. 술잔을 건네받은 리아민은 원피스 위로 드러난 여자의 엉덩이를 끈적한 손길로 어루만졌다. 내게도 술잔을 건네주던 여자의 손끝이 내 손을 살짝 스쳤다. 그러자 그 찰나의 스침만으로도 심장이 마구 뛰기 시작했다. 확확 달아오르는 낯빛을 숨기기 위해 다시 술을 마셨다. 취기가 더해지자 갑작스러운 흥분감이 가라앉는 것 같았다. 리아민은 여자를 밖으로 내보냈다.

"박 작가, 내가 부도덕하게 보입니까?"

나는 숨을 깊게 들이마셨다가 내쉬었다. 어떤 말을 해야 할지 판단이 잘 서질 않았다.

"대통령으로서는 그렇습니다. 그러나 한 인간으로서는 잘 모르겠습니다."

"기혼자로서는 어떻습니까? 내가 돼먹지 못한 인간이라고 생각합니까?"

"일반적인 의미에서는 그렇겠죠."

"세희와 난 그런 면에선 자유로운 부부입니다. 우린 잠자리를 하지 않아요. 실은 이게 다 내 탓입니다. 육 년 전부터 난 성적으로 불능 상태이니 말입니다."

나는 벽난로의 타오르는 불빛을 응시했다.

"……제게 이런 말씀을 하시는 의도를 모르겠습니다."

"내 전기를 쓰고 있는 작가의 숙명이라고 여기시면 되지 않겠습니까? 작가는 자신의 작품 전부를 장악하고 있어야 합니다. 주인공인 나에 대해서도 예외는 아니겠지요. 나는 선생에게 모든 것을 오픈하는 중입니다. 그러니 그 많은 정보들을 취합해 하나의 그럴듯한 작품으로 만들어보라는 겁니다. 작가 생활을 한두 해 한 것도 아닌데, 설마 그 정도도 알아듣지 못하는 건 아니겠지요? 날 이해하라고 강요하는 것이 아닙니다. 한 번쯤은 진정으로 내 입장이 되어서 생각해보시란 말입니다."

서해대학교 법학과에 입학한 리아민의 대학 생활은 순탄했다. 법학 공부는 리아민이 추구했던 막연한 이상과 잘 들어맞았다. 예외가 없는 엄격한 적용, 순차적으로 정리된 조문들, 일반적인 상식과 종종 충돌하는 소위 리걸 마인드(legal mind)까지. 돌이켜보면, 그 당시 리아민이 원했던 것은 강한 아버지와 같은 존재였는지도 모른다. 외할머니와 단둘이 이십 년 넘게 살아오면서 때때로 흔들리고 휘청거렸던 자신의 마음을, 그것이 옳든 그르든 간에 강력한 언행으로 이끌어줄 수 있는 존재. 젊은 리아민에게는 숭배할 대상이 절실했다. 한 해가 지날 때까지 그 대상은 법학이라는 학문이었고, 다음 해가 도래했을 때엔 한 여자가 그 자리를 대신했다.

그녀는 갓 스무 살의 신입생이었다. 처음 강의실에서 마주쳤을 때 리아민은 그녀가 중학생인 줄 알았다. 다섯 살 때의 자신처럼 몰래 대학교에 숨어 들어온 어린 학생이라고 생각했다. 작고 동그스름한 하얀 얼굴에 짧은 커트머리가 합해져 도저히 열여섯 살 이상으로는 보이지 않았다. 세계사 개론이라는 교양과목 시간이었다. 담당교수가 강의실에 들어와 출석부를 부르기 시작하고 얼마 되지 않았을 때 앞자리에 앉은 그녀가 손을 들고 대답했다. 유영. 그녀의 이름이었다. 쉬는 시간에 리아민은 그녀의 바로 뒷자리에 앉았다. 몸을 앞으로 최대한 숙이자 그녀의 머리에서 나는 샴푸 향을 맡을 수 있었다. 백합 향이었다. 그때부터 리아민에게 유영은 백합 향의 여자로 기억됐다. 교수의 수업 내용은 아예 귀에 들어오지도 않았다. 그는 유영이 입고 있는 하늘색 스웨터 위로 드러난 희고 가는 목덜미와 좁은 어깨를 눈으로 내내 좇았다. 수업이 끝나고 그녀가 강의실 밖으로 나가자, 그도 홀린 듯 따라나섰다. 다음 수업이 있었지만 그녀의 뒤를 쫓느라 강의를 듣지 못했다. 그녀를 따라 도서관에 들렀고, 세 시간 뒤에는 대학교 앞 작은 식당에서 그녀의 옆 테이블에 앉아 저녁으로 똑같은 오므라이스를 시켜 먹었다. 이후에는 버스를 타고 집으로 가는 그녀를 쫓았다. 그녀가 한 연립주택 이층에 올라가 현관 벨을 누르고 집 안에 들어가 자신의 방에 불을 켜는 것까지 확인한 리아민은, 그날 밤 환희에 들뜬 나머지 외할머니와 함께 살고 있는 이층집까지 무려 두 시간을 뛰어갔다.

리아민은 한 달간이나 그 생활을 계속했다. 그는 유영의 생활 패턴을 알게 되었고, 그것만으로도 그녀와 충분히 가까워진 기분이 들었다. 하지만 언제까지나 스토커처럼 굴 수는 없는 노릇이어서, 리아민은 유영에게 자신의 마음을 고백할 적절한 타이밍을 고심하고 있던 차였다.

그녀의 집으로 가는 어두운 골목길에서 일어난 일이었다. 앞서가던 유영에게 어둠 속에 숨어 있던 불량배 두 명이 슬금슬금 따라붙었다. 리아민은 당황했고, 설마 하는 마음에 전봇대 뒤편에 숨어 그들을 지켜보았다. 순식간에 놈들은 유영의 양팔을 붙잡고 입속을 뭔가로 틀어막고는 몸부림을 치는 그녀를 담벼락에 함부로 떠밀었다. 킬킬거리는 놈들의 웃음소리가 유영의 필사적인 몸부림에 섞여서 들려왔다. 얼어 있던 리아민은 정신없이 몸을 떨며 주변을 살핀 끝에 벽돌을 찾을 수 있었다. 벽돌을 부서져라 한 손에 쥐고 냅다

놈들에게 달려간 그는 괴성을 질러대며 닥치는 대로 놈들을 내리쳤다. 대부분은 빗나갔지만 그래도 한 놈은 벽돌에 눈가를 빗맞아 피를 철철 흘렸고, 다른 한 놈은 리아민의 괴성에 깜짝 놀라 줄행랑을 쳤다. 어느 집 창문이 열리며 누군가 고함을 질렀다.

"뭐하는 놈들이냐!"

피를 흘리던 불량배가 느닷없이 리아민의 얼굴에 주먹을 날리며 알아들을 수 없는 욕지거리를 하더니 뒤이어 도망쳤다. 유영은 담벼락에 기대 주저앉은 채 바들바들 떨고 있었다. 리아민은 떨고 있는 그녀가 너무 애처로워 보여서 가슴이 아팠다. 리아민은 가만히 그녀의 이름을 불렀다. 뜻밖에 듣는 자신의 이름에 놀라 유영은 큰 눈을 더욱 크게 떴다. 그녀의 눈가에 맺힌 이슬 같은 눈물을 본 리아민은 떨고 있는 그녀의 몸을 무작정 자신의 몸으로 감싸듯 안았다.

그녀는 네 살 때 부모를 교통사고로 잃었다. 집안 상황이 비슷했던 리아민과 유영은 급속도로 가까워졌다. 그녀의 집이라고 생각했던 연립주택은 이모 가족에게 얹혀 사는 곳이었다. 리아민은 외할머니에게 형편이 어려운 학우를 위해 이층집 다락방에 하숙을 치자고 졸랐다. 그리고 다락방에 유영을 데려와 같은 대학 후배라고 소개했다. 외할머니도 두 사람의 관계를 어느 정도는 눈치챈 것 같았으나 유영이 마음에 들었는지 별다른 말은 하지 않았다. 다만 하숙비를 시세보다 터무니없이 적게 받는 것으로 미래의 며느릿감에 대한 자신의 생각을 간접적으로 전했다. 외할머니의 이층집에서 리아민이 대학을 졸업할 때까지 두 사람은 사실상 동거를 한 것이나 다름없이 살았다. 아직 학생 신분이라 결혼식만 올리지 못했을 뿐, 리아민과 유영은 어엿한 부부였다. 그들은 행복했고, 같이 있으면 아주 오래전부터 한 집에 살았던 것처럼 평온함을 느꼈다. 사랑스러운 유영을 두고 군대에 가기 싫어서 미루고 미룬 끝에 리아민은 결국 대학 졸업 후 뒤늦게 입대를 하게 되었다. 입대하기 전날 밤, 외할머니는 부러 친척집을 방문한다며 두 사람만의 자리를 만들어주었다. 리아민과 유영은 그날 밤 둘만의 결혼식을 올렸다. 리아민이 제대하는 날 다시 정식으로 많은 사람의 축복을 받으며 결혼식을 하기로 약속했다. 한동안 떨어져 지낼 것을 생각하면 한시가 너무 아쉬워서 그들은 밤새 서로의 체온을 깊이 느끼며 다시금 서로의 감각들을 확인해나갔다. 리아민은 자신의 품에서 작은 고양이 같은 신음 소리를 내던 유영의 벌려진 붉은 입술을 기억하고 있었다. 한손에 쏙 들어오는 앙증맞은 젖가슴과 함께 다디단 사탕처럼 자신이 부드럽게 입술을 얹었던 유두의 감촉까지 사십 년이 넘은 지금도 눈을 감으면 떠올릴 수 있었다.

군에 복무하던 시절에도 두 사람의 애정은 변함이 없었다. 유영과 리아민은 서로에게 첫 남자이자 첫 여자였고, 처음이자 마지막 사랑이 될 것이라는 굳은 믿음이 있었다. 그래서 리아민이 제대를 두 달 앞둔 시점에 유영이 임신 두 달차라는 것을 병원에서 확인받자, 그들은 세상을 다 얻은 것처럼 기뻤다. 이제 젊은 부부의 앞날엔 아무런 부족함이 없을 것만 같았다.

그러나 그로부터 반년 후, 리아민의 아내가 된 여자는 유영이 아니었다. 리아민이 복무하던 제5사단 사단장의 외동딸이 그의 아내가 되었다. 결혼식 당일에도 유영의 부푼 배 속의 아기는 멀쩡히 살아 있었다. 그녀는 리아민의 애원과 협박에도 불구하고 아이를 떼지 않았던 것이다. 리아민은 아직도 그녀를 사랑했지만, 사단장의 딸이라는 장차 출세의 발판이 될 여자를 포기할 수는 없었다. 그는 출신도 보잘것없는 자신에게 그야말로 굴러들어온 복을 차버릴 만큼 야망이 없는 사내가 아니었다. 그의 인생을 통틀어 몇 안 되는 기회라는 것을 모를 만큼 멍청하지도 않았다. 리아민은 유영에게도 자신보다 더 나은 남자를 만날 수 있는 기회가 얼마든지 있을 것이라고 애써 자신과 그녀를 설득하려 노력했다.

결혼 전 마지막으로 만났던 유영은 그에게 아무런 비난의 말도 하지 않았다. 어린 나이에 크게 당한 배신이었음에도 그녀는 자신의 불행에 대해 시종 차분하고 의젓하게 처신했다. 그를 붙잡기 위해 울고불고 추한 모습을 보이지도 않았고, 그의 아내와 주변 사람들을 찾아다니며 그의 비열한 행동을 떠들고 다니지도 않았다. 유영이 그에게 한 말은, 원망이 아니라 모두의 행복을 빌어주는 축복의 말이었다. 유영은 장차 태어날 아기를 '이새'라는 이름으로 부르고 있었다. 그녀는 아기 이새와 자신 둘만으로도 행복할 것이라고, 그에게 말했다. 그녀 자신은 가족 없이 자랐지만, 이새에게는 엄마가 있으니 다행이라고도 했다. 그녀는 그를 진심으로 사랑했고, 그래서 그가 이루게 될 가족의 행복을 빌어줄 것이며, 그의 외할머니의 건강과 행복도 바란다고 말했다. 이 바보 같은 여자의 말을 듣고 리아민은 하마터면 그녀의 무릎을 끌어안고 납작 엎드릴 뻔했다. 그리고 왜 죄책감이 없었겠는가. 그저 자신의 보잘것없는 조건과 대책 없이 커다란 야망이 원망스러울 뿐이었다. 언젠가 그가 꿈을 이루게 되면 그녀와 자신의 아이에게 보상을 해주리라 생각했다. 리아민은 스스로를 그렇게 설득했던 것이다.

그러나 유영과 아직 태어나지 않은 아기 이새는 그가 결혼식을 올린 후 이 주일 만에 교통사고를 당해 숨을 거뒀다. 아이러니하게도 그녀의 부모와 똑같은 죽음이었다. 녹색 신호등이 바뀐 것을 무시하고 지나가려던 대형 트럭에 치여 그 자리에서 즉사했다. 리아민은 그녀의 이모에게서 이 소식을 전해 듣고 극심한 허탈감에 빠졌다. 사단장 딸과의 결혼을 앞두고 유영의 존재를 자신의 인생에서 지우기 위해 그토록 노심초사했던 때가 불과 반년 전이었다. 그런데 그녀의 죽음 앞에서 왜 그렇게 순전한 슬픔에 심장이 메어오는지 스스로를 이해할 수 없었다. 세상이 별안간 그의 주위에서 무너져 내리고 있었다. 리아민은 슬픈 감정이 제어할 수 없이 지나치면 눈물조차 메말라버린다는 것을 깨달았다. 그는 종일 목적지도 없이 거리를 헤매었고, 이윽고 너무 지쳐버려 걸을 수 없게 되자 걸인처럼 공원의 벤치에 몸을 웅크리고 누워 잠을 청했다. 새벽의 찬 바람에 온몸을 덜덜 떨며 잠에서 깨어났을 땐 신고 있던 구두와 지갑을 누군가 훔쳐가버린 것을 알았다. 신발도 없이 공원을 터덜거리며 걸어나가 택시를 잡아타면서 그는 비로소 자신의 가장 소중한 것이 영영 사라져버렸다는 것을 실감했다. 그는 앞으로 펼쳐질 자신의 인생이 어떤 면에서는 계속 나락을 향해 떨어질 거라는 걸 새롭게 차오르는 슬픔 속에서 알 수 있었다.

"박 작가, 이제 알겠습니까? 내가 얼마나 개잡놈인지 말입니다."

나는 숙고한 끝에 입을 열었다.

"네, 각하가 나쁜 남자였다는 것은 잘 알겠습니다."

"단순히 나쁜 남자가 아닙니다. 나는 잡놈 중에서도 개잡놈이란 말입니다."

감기약과 알코올이 함께 상승작용을 일으켜 정신을 어지럽히고 있었다. 그런데 리아민의 이 절절하고 장황한 이야기를 말없이 듣고 있자니 밀려오는 졸음을 참기가 힘들어졌다.

"각하, 너무 자책하지 마십시오. 분명 각하 개인에게는 지극히 불행한 과거이겠지만, 사실 그만한 악행을 저지르는 남자들은 우리 주변에 심심찮게 있습니다. 예전에 제 친구였던 녀석이 애인에게 임신과 낙태를 번갈아가며 하게 하더니만, 결국엔 다른 조건 좋은 여자와 결혼을 하더군요. 버림받은 애인은 그때 세 번째 임신을 한 상태였습니다. 그래서 그 친구는 임신한 여자를 떼어버리기 위해……."

"박 작가!"

리아민이 나를 노려보았다.

"네, 각하."

"지금 도대체 뭐하자는 거야!"

"저는 그저 각하의 죄책감을 덜어드리기 위해……."

"난 그걸 원치 않아! 다시 한번 말해줘야 알아듣겠나!"

나는 앉은 자세를 바로 잡았다. 잔뜩 열 받은 대통령의 벌건 얼굴이 내게 바짝 다가와 있었다. 분을 참지 못하겠다는 듯 리아민은 주먹 쥔 손으로 의자의 팔걸이를 있는 힘껏 내리쳤다.

"작가라면 모름지기 공감 능력이 있어야 하는 거야. 왜 그렇게 매사를 삐딱하게만 보려고 하는 거야!"

벽난로에서 타오르는 불처럼 리아민의 두 눈동자에서 분노의 불길이 일렁거리고 있었다. 나는 후퇴하기로 했다. 그것도 어서 빨리.

"죄송합니다, 각하. 제가 몸살기가 있어서 지금 컨디션이 정상이 아닙니다. 각하의 심중을 헤아려 좀 더 말을 조심했어야 하는데 미처 그러지 못했습니다. 진심으로 사과드립니다."

내 사과를 받고도 리아민이 뿜어대는 분노의 콧김은 얼마간 잦아들지 않았다. 나는 다시 한 번 나 자신에게 단단히 일러두었다. 리아민 대통령의 이야기가 어떤 식으로 흘러가든 절대 토를 달지 말 것! 만약 이 밤에 한 번 더 대통령의 심기를 제대로 건드린다면,

내년에 나올 대통령 전기의 저자는 내가 아닌 다른 작가의 이름일 것이다. 그것만은 어떻게든 막아야 할 것이 아닌가. 나는 속이 울렁거리는 느낌을 꾹 참으며 리아민에게 그의 이야기처럼 장황하고 지루한 당근을 던져주기로 마음을 먹었다.

"각하의 가슴 아픈 젊은 날의 사랑은 그 비슷한 유의 어떤 이야기보다 확실히 듣는 이의 감성을 자극하는 지점이 있는 것 같습니다. 그 지점은 매우 미묘해서 작가인 저도 뭐라 표현하기가 어렵습니다. 각하의 이야기를 듣다보면, 이처럼 뜨거운 심장을 가진 지도자를 갖는 특별한 행운을 이 나라 국민들이 누리고 있다는 생각이 들지 않을 수 없습니다. 전기를 쓰는 제 입장에서야 이보다 더 좋은 소재가 있을까 싶을 정도입니다."

되지도 않는 찬사를 억지로 늘어놓다 보니, 말이 조금씩 이상하게 꼬여버리는 것을 느낄 수 있었다. 내 처지가 한심했지만, 이제 와서 뭘 어쩌겠는가.

리아민의 코에서 나오는 콧김이 조금씩 잦아드는 것을 곁눈으로 살펴보면서 나는 당근 하나를 더 투척했다.

"각하, 또 다른 사랑 이야기는 없으십니까? 시작이야 조건 때문이라고 하셨지만, 각하께서 첫 번째 부인이셨던 고(故) 김지선 여사와 유난히 금슬이 좋으셨다는 것은 널리 알려져 있는 사실 아닙니까. 거기다가 현재 영부인이신 최세희 여사와의 러브스토리도 상당히 드라마틱하다고 알고 있습니다. 제 생각엔 지금부터 각하가 말씀하실 이야기에 독자들이 상당한 호기심을 가질 만한 내용들이 많을 듯한데요. 상상만 해도 흥미진진합니다. 어서 제게 말씀해주시겠습니까? 정말이지 듣고 싶습니다."

두 번째 당근이 대통령의 마음을 제대로 저격한 모양이었다. 그는 흠흠, 숨을 고르며 한 손에 든 술잔을 입으로 가져갔다. 대통령의 입꼬리가 슬쩍 올라갔다 내려왔다. 그 모습을 지켜보는 나의 입꼬리도 함께 올라갔다.

"죽은 첫 번째 아내와 사이가 좋았던 것은 사실입니다……."

리아민의 어조가 평소처럼 정중하고 차분해졌다. 나는 속으로 안도의 숨을 내쉬었다.

"비록 조건 때문에 결혼을 결심한 것은 부정할 수 없지만, 죽은 아내를 사랑했다는 것도 부정할 수 없는 사실입니다. 유영이에게 가졌던 감정이 풋사랑이라면, 죽은 아내에게는 좀 더 애틋한 부부의 정이 있었습니다. 사단장님께 불려가 지선이를 처음 봤을 때, 참 단정한 여자라는 생각이 들었습니다. 물론 예쁘장하기도 했지만, 머리부터 발끝까지 어느 곳 하나 흐트러짐 없는 양갓집 규수 같은 인상이었습니다. 남자라면 누구나 결혼하고 싶어 할, 그런 여자였지요. 지선이가 나와 처음 눈이 마주쳤을 때 시선을 내리깔면서 살포시 미소 짓던 발그레한 얼굴이 떠오르는군요. 처녀다운 태도였어요. 이런 말은 같은 남자들끼리만 주고받을 수 있겠지만, 그때 당시 유영이가 나와의 육체관계에 매우 익숙해져서 처녀의 느낌이 사라진 여자였다는 것도 지선이에게 호감을 가지게 된 큰 이유가 될 것입니다. 내가 선생에게 말하지 않았습니까? 난 개잡놈이라고 말입니다. 유영이와 동갑임에도 불구하고 지선이에게서는 장차 안주인이 될 여자의 진중함이 느껴졌습니다. 내게 이름을 말하고 허리를 깊숙이 숙여 예를 다하는 모습까지 지켜봤을 때엔, 이미 그녀를 아내로 점찍을 수밖에 없었습니다. 내 선택은 틀리지 않았습니다. 우리의 첫날밤, 순결한 그녀의 몸을 취하던 그날 밤의 긴장과 설렘이 떠오르는군요. 아파하며 우는 지선이의 눈물을 내 손으로 닦아주며 다시금 그녀의 젖가슴을 부드럽게 어루만지던 그 아름다운 순간들도 떠오릅니다. 죽은 아내는 여자로서도, 아내로서도 나무랄 데 없이 좋은 여자였습니다. 솔직히 내겐 어느 모로 보나 과분한 여자였습니다."

완벽했던 첫 번째 아내와의 사이에서 단 한 가지 부족했던 것은 아이가 생기지 않았다는 것이었다. 앞서 유영과의 관계에서 임신이 되었던 것을 보면 문제는 지선에게 있는 것이 틀림없었다. 그러나 리아민은 아내가 이 문제로 얼마나 고심하고 상처를 받고 있는지 잘 알았기 때문에, 아내에게 아이 문제에 관해 될 수 있으면 말을 꺼내지 않으려고 노력했다. 오히려 임신에 대한 이야기를 자주 꺼냈던 쪽은 아내였다. 산부인과 병원에서도 별다른 이상을 찾지 못한 채 결혼한 지 팔 년 넘게 도통 임신이 되지 않는 답답한 상황이었다. 최악의 경우, 리아민은 아쉽기는 해도 그냥 아이 없이 아내와 단둘이 살아도 될 것이라고 생각했지만 아내의 생각은 달랐다. 그녀는 곁에서 지켜보기에 안쓰러울 만큼 강박적으로 임신에 집착했다. 의술의 힘으로도 해결이 되지 않자, 점점 종교에 빠져들기 시작했다. 교회와 절, 성당에 다니는 걸로도 모자라 급기야는 전국에 용하다고 소문난 점집과 무당들을 찾아다니면서 과도한 돈을 뿌리고 아이가 생기기를 빌고 또 빌었다. 이런 아내의 행태는 이제 막 정치인으로 입문한 리아민에게 큰 골칫거리였다. 그는 점점 정상에서 벗어나려고 하는 아내를 어떻게든 설득해보려고 노력했다.

"난 당신을 사랑해. 우리 사이에 아이가 있다면 좋겠지만, 그렇지 않다 해도 당신을 사랑하는 마음은 변함이 없을 거야. 하지만 당신이 정 아이를 원한다면, 나중에 입양을 하는 방법도 생각해보자. 당신이 이렇게 망가지는 걸 나는 더는 지켜볼 수가 없어."

지선은 리아민의 말에 서럽게 울고, 또 울었다. 사랑한다는 말은 그녀의 귀에 전혀 들리지 않는 것 같았다. 그녀는 오직 남의 아이까지 데려다가 길러야 할 수도 있다는, 그 말에만 귀를 기울였던 것이다. 입양을 운운했던 건 아내를 사랑하는 리아민의 배려에서 비롯되었으나, 지선은 남편에게서 그런 말까지 들어야 하는 자신의 처지를 비관했다. 몇 날 며칠을 식음을 전폐하다시피 하며 자리에 누워 울기만 하는 아내를 보다 못한 리아민은 손수 흰죽까지 끓여 그녀의 입에 떠넣어주었다. 그러나 한사코 자신이 내미는 흰죽을 거부하는 아내에게 리아민은 마음에도 없는 폭언을 퍼부었다.

"이것도 안 먹고 그렇게 계속 속을 썩이려면 이 집에서 나가버려! 도대체 왜 내 말을 들어먹질 않는 거야! 그러려면 지금이라도 당장 나가!"

집을 나가라는 말은 리아민의 본심이 전혀 아니었다. 음식을 거부하는 아내에게 너무 화가 나 그만 이성을 잃고 내뱉은 화풀이 같은 말이었다. 그는 아내의 절망을 이해해보려고 노력했지만, 그녀의 아이에 대한 집착을 완전히 헤아릴 수는 없었다.

그날 밤 지선은 기어코 일을 저질렀다. 세간에는 리아민의 첫 번째 아내가 불의의 교통사고로 즉사했다고 알려져 있었다. 하지만 리아민은 아내가 부러 자동차에 뛰어든 것이 아닐까, 하는 의심을 품고 있었다. 그가 잠든 밤늦은 시각, 지선은 집에서 불과 오십 미터가량 떨어진 골목길에서 차에 치인 처참한 모습으로 이웃 사람들에게 발견되었다. 아마도 지척에 있는 작은 교회에 기도를 드리러 가던 것으로 나중에 경찰은 추정했다. 한적한 주택가였고, 사고가 일어날 만한 장소가 전혀 아니었다. 중소기업의 대표라는 만취한 한 중년 남자가 중형차를 몰고 골목길을 질주하는 바람에 일어난 참사였다. 경찰의 연락을 받고 달려온 리아민에게 뺑소니범은 무릎을 꿇고 읍소했다.

"회사가 곧 부도가 날 판이라 제정신이 아니었습니다. 용서해주십시오. 한 번만 용서……."

리아민은 분노를 참지 못하고 그 뻔뻔한 놈의 면상을 향해 주먹을 날렸다. 경찰이 말리지 않았다면 뺑소니범을 죽였을지도 모른다. 세상에 태어나서 처음으로 느낀 맹렬한 살의였다.

"그때까지 나는 사람이 사람을 죽일 수 있다는 사실에 늘 의문을 품고 있었습니다. 설혹 그런 상황이 닥친다 해도, 인간에겐 최악의 순간을 제어할 수 있는 이성이란 존재가 있다고 생각했습니다. 그런데 그게 아니더군요. 사람은 누구든지 다른 사람을, 마치 파리나 모기를 때려잡듯이 그렇게 죽여버릴 수도 있다는 것을 알았습니다."

첫 번째 부인을 그렇게 허망하게 떠나보내고 리아민은 깊은 실의에 빠졌다. 지선은 그에게 인생의 전부였다.

"맹세코 나의 육십오 년의 인생을 통틀어서 죽은 아내만큼 사랑한 여자는 아무도 없었습니다. 그녀의 빈자리는 그 어떤 여자도 대신할 수 없을 만큼 절대적인 것이었습니다."

나는 그의 말에 불편함을 느꼈다. 질문을 하지 않기로 결심하고 있었지만, 도저히 묻지 않을 수가 없었다.

"각하의 곁에는 지금 최세희 여사가 계시지 않은지요?"

리아민은 웃었다. 그의 웃음소리가 불편했다.

"그 얘긴 나중에 합시다. 이렇게 또 돼먹지 못한 인간이라는 것을 증명하는 것 같군요."

"과거는 시간이 지날수록 실제보다 윤색되어 아름다운 면만 기억된다고 하더군요. 각하께서는 이 말을 어떻게 생각하십니까?"

"그럴 가능성이 많겠지요. 하지만 내 경우엔 실제로 그랬습니다."

우리는 각자 생각에 잠겨 침묵했다. 리아민만큼 오랜 시간이 흐른 기억을 아직 갖고 있지 못한 나는 그의 단언이 미심쩍게만 들렸다.

"저는 각하의 그런 확신이 부럽습니다. 저란 인간은 아무리 해도 어떤 기억에 관해서 그 정도의 확신은 가질 수 없을 것 같기 때문입니다."

"확신이란, 믿음과도 거의 동일한 단어 아니겠습니까? 나는 내가 기억한 것들을 믿습니다. 그 믿음이 지금의 나를 만들어준 7할이라고 할 수 있지요."

"나머지 3할에 대해서 여쭤봐도 되겠습니까?"

"나는 정치인입니다. 정치인에겐 자신의 능력만으로는 가능하지 않은 영역이 있는 겁니다. 이를테면 시기적인 운이라든가, 유능한 참모진들의 역할, 또는 예측할 수 없는 국민들의 표심의 향방 같은 것들이 복잡하게 얽혀 있는 것입니다. 나는 확실히 행운의 사나이였습니다. 뭐, 의도한 것은 아니었지만 어쨌든 내 또래의 사내들이 부러워하는 것처럼 장가도 사실상 세 번이나 갔으니까요. 말년에 세희 같은 연하의 미녀까지 얻지 않았습니까. 나는 성공의 정점에 선 사내입니다. 그것만은 누구도 부정할 수 없는 사실이지요."

나는 말없이 고개를 끄덕여 동의를 표했다.

"다시 그 후의 이야기로 돌아가볼까요? 술을 마셔서 그런지 오늘 밤은 선생에게 들려주고 싶은 이야기가 아주 많습니다. 어쩌 밤새 이야기를 해도 끝나지 않을 것 같군요. 선생의 몸 상태는 어떻습니까? 감기 몸살을 심하게 앓았다고 들었는데 시간이 늦어져도 괜찮겠습니까? 무리가 간다면 다음 기회로 미룹시다."

말은 그렇게 하지만 그는 결코 자신이 하고 싶은 이야기를 멈추지 않을 거라는 걸 나는 잘 알고 있었다. 나이를 먹으면서 사람들이 하는 말이 진심에서 나온 말인지, 아니면 의례적으로 하는 영혼 없는 말인지 정도는 구별할 수 있게 되었다. 지금 대통령이 하는 말은 후자였다. 그는 자신의 이야기에 심취한 나머지 내 상태가 어떤지에 관해서, 실은 관심조차 두지 않았다. 나는 엷은 미소로 대답을 대신했다.

"박 작가가 괜찮다고 하니, 그럼 이야기를 계속하겠습니다. 아까 지선이가 죽은 사연까지 이야기했지요? 그렇게 사랑하는 아내를 잃고도 나는 미처 슬퍼할 겨를도 없이 곧장 국회의원 출마를 위해 본격적으로 정치판에 뛰어들어야 했습니다. 나의 성공적인 정치 입문을 위한 이 모든 시나리오를 장인어른이 뒷받침해주셨습니다. 아시다시피 장인어른은 사단장과 특전사 사령관을 거쳐 육군 참모총장까지 지낸 거물이셨으니, 군사정권 시절이었던 당시 상당한 권력을 가진 분이셨습니다. 그때 이육종 대통령과도 육군사관학교 선후배 관계였으니 장인어른의 위세가 얼마나 대단했을지 박 작가도

가히 짐작할 수 있을 겁니다. 군인 출신 특유의 날 선 눈빛과 강직함으로 명성이 자자했던 분이셨습니다. 장인어른은 내 아내가 죽은 후에도 사위에 대한 지원과 신뢰를 굳건히 이어가셨습니다. 나는 장인어른의 존재가 없었다면 정치인은커녕 아무 이름도 없이 그저 웬만한 회사에 들어가 고만고만한 월급쟁이로 살다가 은퇴해서 지금쯤 집에서 손주나 보고 있을 겁니다. 지역구 공천도 사실상 장인어른의 조력으로 된 것이나 다름없었습니다. 국회의원 배지를 달고 장인어른을 찾아가 큰절을 올리며 저는 그 한량없는 은혜에 감읍해서 그만 눈물을 글썽였던 기억이 납니다. 그때 저는 장인어른께 결례를 무릅쓰고 여쭤보았습니다. 왜 제게 그토록 조건 없는 은혜를 베풀어주시느냐고 말입니다. 혹자는 장인어른이 나를 이용해 자신의 정치적 야망을 대신 이루려 했다는 다분히 악의적인 비방을 마치 사실인 양 퍼트리기도 하더군요. 하지만 그 소문은 전혀 사실이 아닙니다. 만일 장인어른에게 정치적 야망이 있었다면 스스로 그 자리까지 충분히 오르실 수 있는 분이었는데, 왜 굳이 나를 이용해 그렇게까지 하셨겠습니까. 내 질문에 장인어른은 파안대소를 하셨습니다. 그리고 내게 아직도 잊히지 않는 말씀을 하셨습니다. '아민아, 너는 내 아들이야. 아들에겐 아까울 게 없는 거야. 너도 자식을 낳아보면 내 말을 이해할 수 있을 게야.' 나는 그 말에 무너졌습니다. 지금까지 그때처럼 흐느껴 울었던 적은 없는 것 같습니다. 울어도, 울어도, 눈물이 계속 흘러나왔습니다. 그것은 감사와 기쁨의 눈물이었습니다. 장인어른은 내가 삼선 의원이 되는 해에 그만 지병인 간암으로 별세하시고 말았습니다. 장인어른이 살아계셨다면 대통령이 된 나를 보고 얼마나 기뻐하셨을까요. 삼선 의원에 당선이 확정되었을 때도 같이 TV 화면을 보던 나를 껄껄 웃으시며 얼싸안아주셨던 분입니다. 아버지가 없는 내게 기꺼이 양손을 벌려 아들로 맞아주셨던 분입니다. 왜 세상의 아버지들은 자식이 정말로 그를 필요로 할 땐, 이미 그 자리에 없으신 건지 모르겠습니다. 이렇게 늙어버린 이 리아민이 아직도 아버지의 존재를 마음속 깊이 그리고 있다면 선생은 믿기십니까? 누군가의 아버지가 되었어야 할 내가, 왜 거꾸로 어린애처럼 굴고 있는지 스스로도 한심하다는 생각이 드는군요."

리아민의 얼굴이 너무 슬퍼 보여 나는 술잔에 든 술을 한 모금 입에 머금었다. 입안을 채우는 강한 작열감이 식도를 따라 내려가는 것을 천천히 음미하면서 나는 다시 한 모금의 술을 마셨다.

"나의 정치 인생에서 매스컴을 통해 알려지지 않은 이야기는 없습니다. 선생도 알고 있겠지만, 좌절이 없는 성공가도만을 달려왔으니까요. 이것이 정치인인 나의 가장 큰 장점이자, 가장 취약한 아킬레스건이 될 수 있을 겁니다. 인생을 살아가면서 흔히 성공보다는 더 많은 실패를 통해 어떤 중요한 교훈을 얻고, 나중의 진정한 성공을 위한 발판으로 삼지 않습니까? 그런데 나는 그 부분이 완벽한 공백인 것입니다. 투표를 하는 국민들은 나를 향해 열광만을 보내왔습니다. 거의 무조건적인 지지였습니다. 그들은 내가 정치판에 처음 뛰어들었을 때부터 일관되게 그 모습을 유지해왔습니다. 대중의 변덕스럽고 믿지 못할 표심은 나에 한해서만은 마치 일편단심 짝사랑하는 애인을 향한 연정처럼 변함이 없었습니다. 그래서 나역시 국민들을 위해 사적인 행복을 포기하다시피 하며 정치인 리아민으로만 이 나라에서 살아왔던 것입니다."

별안간 나는 술기운에서 깨어났다. 리아민의 말을 이해할 수 없었던 것이다.

"각하."

나는 대통령을 불러놓고도 내가 과연 말을 꺼내야 하는지를 고민했다.

"대통령 각하께서 어떤 식으로 사적인 행복을 포기하셔야 했는지 좀 더 자세히 알고 싶습니다. 무례한 질문이 아니라면 전기 작가인 제게 부디 말씀해주실 수 있으신지요."

내가 말하고도 후폭풍이 두려워 얼른 들고 있던 술잔으로 시선을 돌렸다. 술잔에 담긴 술이 미세하게 떨리는 모습을 보면서 나는 진심으로 내가 아무것도 아닌 한심한 인간이라는 사실을 깨달아야 했다.

"어떤 식으로라니요?"

의외로 리아민은 감정이 담기지 않은 어조로 되물었다.

"선생의 말은, 그러니까 구체적인 예를 들어 내가 설명해주기를 바란다는 것입니까?"

"그렇게 해주신다면 저야 감사할 따름이지요."

"첫째, 나는 고위 정치인이라는 내 지위를 이용해서 사리사욕을 채운 바가 전혀 없습니다. 오히려 나의 막대한 재산을 국민들의 복지를 위해 아낌없이 사용했지요. 선생도 매스컴의 보도를 통해 알고 있지 않습니까? 죽은 아내의 장인어른이 돌아가실 때 재산의 상당 부분을 사위인 내게 물려주셨습니다. 장인어른은 내가 단순히 국회의원으로 정치 인생을 마감하지는 않을 것이라고 혜안을 통해 미래를 내다보신 것이지요. 장인어른이 항암 치료를 받으며 입원해 계실 때였습니다."

그날은 유난히 맑고 청아한 사월의 봄날이었다. 구름 한 점 없는 하늘이 어찌나 시리도록 맑은지 마치 반투명한 푸른 유리벽을 통해 따스한 봄의 햇살이 흩뿌려지는 것 같은 날이었다고, 리아민은 기억을 더듬어 말했다. 아침 일곱시가 조금 넘은 시간이었다. 장인어른을 간병하던 아주머니가 리아민에게 전화를 걸어왔다. 장인어른이 급히 그를 찾는다는 것이었다. 리아민은 경황이 없이 허둥지둥 서둘러 병원으로 갔다. 이즈음 병세가 깊어진 장인어른은 거의 종일 의식이 없는 상태가 지속되고 있었지만, 이날 아침만큼은 강건했던 예전처럼 정신이 아주 또렷했다. 장인어른은 병실에 들어서는 그에게 환한 웃음을 지었다. 머리카락이 다 빠져 두건 같은 천을 두른 머리 아래, 바싹 말라버린 얼굴에 박힌 퀭한 두 눈을 마주하자

리아민은 그만 슬픔으로 심장이 찢기는 것만 같은 통증을 느꼈다. 주책없이 마구 흘러내리는 눈물을 도저히 참을 수가 없었다. 장인어른은 자신의 손을 꼭 붙잡은 채 울고 있는 리아민을 다독이며 말했다.

"아민아, 울지 말거라. 늙은이란 죽기 마련인 게야. 너는 장차 이 나라를 넘어 아시아의 지도자가 될 인물이야. 나의 죽음이 너를 더욱 굳건한 반석 위에 올려놓게 될 게다. 자식이란, 아버지의 존재가 부재할 때 비로소 진정한 어른으로 성장할 수 있게 되는 것이니 말이다."

가쁜 숨을 몰아쉬며 장인어른은 끝까지 말을 이어갔다.

"……그러니 슬퍼하지 말거라. 나는 늘 네 곁에 있을 테니."

장인어른의 눈이 점차 초점을 잃어갔다. 리아민은 그의 손을 으스러져라 잡고, 또 잡았다. 자신의 힘으로 죽음에 다가가려는 그를 다시 생으로 이끌 수 있다는 듯이. 몇 시간을 더 하염없이 병실에 앉아 있던 리아민은 그날의 지역구 일정에 따라 하는 수 없이 장인어른의 곁을 떠나야 했다. 그리고 다음 날 새벽 네시경, 리아민의 진정한 아버지였던 장인어른은 아직 젊은 오십팔 세의 나이로 세상을 하직했다.

"알려진 바와 같이 장인어른은 내게 당시 수백억 대에 달하는 어마어마한 재산을 남겨주셨습니다. 자신이 근검절약하며 모았던 재산이 장차 내가 대통령 경선과 선거에 나설 때 소용되기를 바란 것이었습니다. 하지만 나는 대통령 경선에 나서면서 그 재산의 절반을 사회 소외계층을 위한 복지재단 설립에 기증했습니다. 나머지 절반도 문화예술계의 융성에 쓰이기를 바라며 기부했습니다. 나는 투명한 선거를 이 땅에 정착시키기 위해 국민들로부터 십시일반 모금한 선거자금의 입출금 내역을 전부 언론에 공개하기도 했습니다. 자랑 같아서 좀 민망하기도 하지만, 어느 정치인도 나처럼 공정하고 깨끗한 방식으로 선거캠프를 꾸린 사례는 찾아보기 어려울 것입니다."

그 부분에 대해서는 나도 공감하고 있었기에, 고개를 몇 번이나 끄덕거렸다.

"두 번째로, 나는 친인척이나 지인들을 리리궁에 끌어들인 바가 전혀 없습니다. 물론 혹자들은 내가 거의 고아나 진배없는 사람이어서 그렇게 하고 싶어도 애초에 할 수가 없었던 것이라고, 함부로 내 청렴함의 진정성을 훼손하려 한다는 것을 잘 알고 있습니다. 하지만 내게도 이른바 비선이 될 만한 주변 인사들은 많이 있었습니다. 특히 외가 쪽으로는 정부에서 기용을 고려했을 만큼 총명한 친척들이 어림잡아 대여섯 명은 있었습니다. 그분들은 이 리아민이 대통령이 아니었다면 얼마든지 요직에서 일할 수 있는 출중한 경력과 능력이 있었습니다. 하지만 불필요한 오해를 살 여지가 있었기 때문에 아예 추천에서조차 배제되었습니다. 어쩌면 이 같은 리리궁의 처사가 그분들에게 역차별이 되었다는 것을 나도 안타깝게 생각하고는 있지만, 현 정부의 도덕성을 위해 어쩔 수 없는 선택이었습니다. 초등학교부터 대학교에 이르기까지 나와 동문인 인재들도 정부인사에서 일차적으로 배제되었습니다. 물론 아주 가끔 기용된 사례가 없지는 않습니다. 반드시 그 자리에서 일해야 하는 유능한 사람을 다섯 손가락에 꼽을 정도로 리리궁에 불러들이긴 했습니다. 그러나 모두 철저하게 검증된 인사들이었고, 역시 불필요한 오해를 막기 위해 나는 웬만하면 독대하지 않고 비서관을 통한 간접 루트로 보고받고 지시를 내렸습니다."

"하지만 각하, 기왕에 리리궁에 불러들인 분들이라면 굳이 그렇게까지 조심하실 필요가 있었을까요? 보고와 지시까지 대면하지 않고 내리셨다면, 리리궁의 지휘 체계에 어떤 혼선을 빚을 소지가 있지 않았을까 하는 우려가 듭니다."

리아민은 벌컥 화를 냈다.

"혼선? 무슨 혼선이 일어나! 도대체 박 작가는 자신이 무슨 소리를 하고 있는지나 알고서 말하는 거야? 내가 누누이 말하고 있잖아. 불필요한 오해를 막기 위해서라고 말이야."

"알겠습니다, 각하. 잘 알겠습니다. 제가 생각이 짧았던 것 같습니다. 사과드립니다."

"박 작가, 오늘 밤 자네가 내게 몇 번이나 불필요한 사과를 하고 있는지 알아?"

"죄송합니다, 각하."

"세 번이야! 무려 세 번이나 나한테 사과를 하고 있다고! 왜 사과를 하나! 사과를 할 만한 행동을 하지 않으면, 그럴 필요가 없는 것 아니야! 내 말이 틀리나?"

"각하의 말씀이 다 맞습니다. 전부 저의 불찰입니다."

나는 진땀이 났다. 속이 타서 술잔에 남아 있던 술을 마셨는데, 그게 오히려 더 역효과를 불러일으켰다. 돌연 격렬한 위통이 시작되었던 것이다. 나는 벽난로의 타오르는 불을 노려보면서 일이 분간 이어진 쥐어짜는 듯한 통증을 견뎠다. 그러면서도 옆에 앉은 리아민의 노기가 좀 잠잠해졌는지 살펴보기까지 해야 했다. 고통에 온전히 집중할 수 없다는 것이 나를 힘 빠지게 만들었다. 아무래도 오늘 밤은 내 인생에서 최대의 시련으로 남을 시간이 될 것이다. 리아민과 나, 우리 두 사람은 한 공간에 앉아 각자의 생각에 빠져들었다.

너울거리는 불꽃들 사이로 리아민의 낮은 목소리가 들렸다.

"……세 번째 이유는 내가 최세희라는 여자와 결혼을 했기 때문입니다."

아직 남아 있는 위통의 여파에서 헤어 나오지 못한 나는 생각 없이 그에게 질문을 할 뻔했다. 그 순간 아랫입술을 피가 배어나도록 꽉, 이로 깨물어 튀어나오려는 말을 막았다. 자칫 위태로울 수 있었던 찰나였다.

"나는 첫 부인이 죽고 나서 이십육 년 넘게 홀아비로 살아왔습니다. 유력 정치인이었던 내게 재혼에 대한 혼담이 없었다면 새빨간 거짓말이겠지요. 기회는 수없이 많았습니다. 주로 재력과 권력을 갖춘 상류계층의 여식과 나를 혼인시키려는 노력이 가장 많았고, 개중에는 자신의 뛰어난 미모를 빌미로 내게 접근하는 여배우도 종종 있었습니다. 어떻게 내 개인 전화번호를 알았는지 노골적으로 자신의 번호를 남겼던 당대의 톱스타도 기억이 나는군요. 아마 박 작가같이 젊은 세대도 이름을 익히 알고 있는 여배우일 겁니다. 그 여배우는 그 후 네 번의 결혼과 이혼을 거듭하며 자신의 남성 편력을 유감없이 만천하에 드러냈으니, 내가 자칫 그녀의 유혹에 넘어갔다면 이 리아민도 그녀가 소유한 남성백과사전에 떡하니 이름이 올랐을 것입니다. 다행히 나는 옛날 남자라, 아무리 매력적인 여자라도 그쪽에서 먼저 내게 접근을 시도하면 그만 일말의 관심도 싹 사라지는 편이어서 그런 여자들과 얽혀 지저분한 스캔들의 주인공이 되지는 않을 수 있었습니다. 그렇다고 나도 명색이 남자인데 그 오랜 세월을 꼬박 수절과부마냥 살지는 않았습니다. 뭐 솔직히 고백하자면, 적당히 즐길 만큼의 짧은 관계들은 이어나갔습니다. 주로 문제의 소지가 없는 일반인 여성들이 많았고, 간간이 아나운서나 혹은 선거캠프에서 만난 여성들도 있었습니다."

리아민은 자신의 잔에 술을 따르고 나서, 나의 빈 잔에도 술을 따라주었다.

"사람은 어떤 특수한 상황이라도 오래 그 상황을 견디다보면 자신도 모르는 새에 적응을 하게 되어 있습니다. 나도 예외는 아니었지요. 독신 생활을 계속하다보니, 그것도 나름 나쁘지 않았습니다. 물론 내가 돈과 영향력이 있는 나이 든 남자이기에 그랬을 것이라고 반론을 제기하면 딱히 할 말이 없는 것도 사실입니다. 쉰 살이 넘어 다시 결혼이라는 제도의 울타리에 들어간다는 것이 몹시 번거롭고 피곤하게만 느껴졌습니다. 이대로도 잘 살 수 있는데 굳이 내 인생을 복잡하게 만들 이유가 없다고 생각했으니까요. 정치인으로서 독신의 이미지는 좋지 않다고 어떻게든 나를 기혼자로 만들기 위해 혈안이 되었던 참모진들도 세월이 지나는 동안 더 이상 결혼을 권하지 않게 되었습니다. 무엇보다 내가 독신자라는 이유 때문에 지지율에 별반 영향을 받지는 않았으니까요. 오히려 일각에서는 나를 무슨 간디와 비슷한 금욕주의자라고 칭하며 은근히 존경의 눈초리를 보내는 일까지 생겼습니다. 내가 의도한 바는 아니었지만 어떤 성스러운 이미지까지 덧입혀져서 정치인으로서도 긍정적인 효과를 누릴 수 있었습니다. 세희는 그런 내게 불현듯 내리꽂힌 벼락과도 같은 여자였습니다. 그런 과한 표현조차 강렬했던 세희와의 첫 만남을 충분히 표현하긴 어려울 것입니다. 우리가 처음 만난 곳은 한 영화 시사회였습니다. 한창 격론이 벌어진 사회 이슈를 다룬 영화였던 터라 나 같은 영 문외한도 어쩌다보니 참석하게 된 행사였습니다. 세희는 그 영화의 비중 있는 조연으로 출연한 여배우였지요. 나는 선약이 있는 바람에 상영 시간보다 사십 분이나 늦게 시사회장에 도착했습니다. 깜깜한 상영관에 들어가 아무 자리나 빈 곳에 대충 앉아서 영화를 좀 보다가 이내 잠이 들어버렸습니다. 그렇게 영화가 끝날 때까지 나는 다디단 잠을 청했습니다. 바쁜 지역구 일정과 바로 그다음 해에 치러질 대통령 경선까지 준비하느라 그즈음 아주 녹초가 되어 있었기 때문에, 귀중한 휴식의 시간이었습니다. 단잠에서 깨어났을 때, 누군가의 어깨에 기대어 있었습니다. 아니, 기대어 있었다기보다는 안겨 있었다는 것이 정확한 표현이겠지요. 나의 한 손은 그녀의 어깨에 다른 한 손은 그녀의 허벅지에 놓여 있었는데, 참으로 민망하게도 내 얼굴이 그녀의 한쪽 젖가슴에 거의 파묻힌 듯한 묘한 자세로 안겨 있었습니다."

당황한 리아민은 엉거주춤하게 몸을 일으켰다. 그나마 엔딩 크레디트가 다 올라가기 전에 잠에서 깨어난 것이 다행이었다. 환한 불빛 아래 리아민이 여자에게 안겨 깊이 잠들어 있는 것을 사람들이 목격했다면, 금방 언론을 통해 수많은 가십 기사가 양산되었을 것이 분명했다. 리아민이 여자의 얼굴도 제대로 보지 못하고 쩔쩔매고 있는데, 갑자기 여자의 낮은 웃음소리가 들려왔다. 허스키하고 거친 질감의, 은밀한 의미를 내포하고 있는 듯한 웃음이었다. 그 웃음소리를 듣는 순간 리아민은 머리카락이 쭈뼛 곤두서는 충격에 빠졌다. 리아민은 그동안 자신이 성적으로 비교적 담백하다고 여기고 있었던 것이다. 그런데 그것은 섣부른 판단이었다. 그는 자신의 내면에 소용돌이치는 일대 파란 가운데 스스로가 어떤 사람인지 완벽히 오해하고 있었다는 사실을 깨달았다. '그 누구도 성(性)

에 관해서는 자유로울 수 없다'라는 문장이 떠올랐다. 리아민은 여자의 웃음소리만 듣고도 그녀의 몸속에 자신의 일부를 집어넣고 싶은 격렬한 욕망에 사로잡혔다. 앞뒤 가릴 것 없이 리아민은 무작정 그녀에게 자신의 연락처가 적힌 명함을 건넸다. 여자의 얼굴조차 제대로 보지 않은 상태에서.

그의 명함을 손가락으로 집어든 여자는 다시금 낮은 웃음소리를 냈다. 리아민은 아무런 이유도 댈 수 없었지만, 그 웃음소리를 두 번째로 들으며 여자가 자신에게 연락을 할 것이라고 확신했다. 리아민과 최세희, 이 나라의 정치사에서 가장 극적인 커플이 만들어지는 순간이었다.

"세희는 그날 밤 내게 연락을 해왔습니다. 나는 너무 감격해서 겨우 집 주소를 읊어주었지요. 그녀가 오지 않을 것이라는 생각은 아예 하지도 않았습니다. 반드시 올 것이라는 걸 알았으니까요. 그리고 그녀는 정말 이십 분도 되지 않아 내 집으로 왔습니다. 그날 밤, 우리는 평생 잊지 못할 격정적인 밤을 보냈습니다……."

리아민은 최세희가 여배우라는 사실에 그리 개의치는 않았다고 말했다. 그녀가 어떤 사람인지는 중요치 않았다. 오직 그날 밤 리아민이 만났던 여자가, 바로 그를 향해 낮은 웃음소리를 냈던 최세희라는 점만이 중요했다.

대부분의 육체적 관계에서 비롯된 연애가 그렇듯이 리아민과 최세희의 만남도 그리 오래가지 못할 것이라는 예상이 지배적이었다.

그래서 결혼을 발표하기 일주일 전, 이미 그들의 관계를 알고 있던 언론은 제대로 된 특종을 터트리기도 전에 두 사람이 싱겁게 결별할 것을 우려하여 기사를 내는 것을 미루고 있던 중이었다. 괜히 유권자들의 절대적인 지지를 받고 있는 리아민을 흠집 내는 기사를 냈다가는 별것 아닌 가십성 기사라고 역풍을 맞을 위험이 있었던 것이다.

리아민과 최세희는 그런 예상을 가볍게 뒤집으며 시사회장에서 처음 만난 지 두 달 만에 보란 듯이 결혼을 발표했다. 무려 열아홉 살의 나이 차(실제로는 스물네 살 차이가 맞다)를 뛰어넘어 사랑의 결실을 맺은 집권 여당의 강력한 차기 대선 후보와 인기 여배우의 결혼은 결과적으로 보면 정치인 리아민의 경력에 긍정적인 영향을 미쳤다. 그의 인간적인 면모를 보여주는 하나의 인상적인 사건이 되었던 것이다. 쉰 살의 나이에 대책 없는 사랑에 빠진 귀여운 악동 같은 남자라는 이미지가 리아민에게 더해졌다. 남성 유권자들은 열아홉 살이나 어린 미인을 아내로 맞이할 수 있는 리아민의 능력을 부러워했고, 여성 유권자들은 겉으로는 심드렁한 반응을 보이면서도 남몰래 리아민의 남성적인 매력에 대해 재평가했다. 전국이 리아민의 드라마틱한 연애와 결혼 그리고 신혼 생활에 대한 기사의 홍수 속에서 열광했다. 리아민과 최세희는 이 나라에서 영국의 찰스와 다이애나비에 버금가는 셀러브리티 커플이었다. 최세희가 임신까지 연이어 했다면 그 열풍은 한동안 더 오래 이어졌을 것이다.

"……세희는 나와 결혼하기 전부터 임신을 할 수 없는 몸이었습니다. 선생은 혹시 '조기 폐경'에 대해 알고 있습니까?"

"네, 들어본 적은 있습니다."

"세희는 스물일곱 살에 이미 생리가 끊겼다고 내게 말했습니다. 결혼 전에 숨긴 것은 아닙니다. 우리가 세 번째 밤을 보냈을 때, 세희가 말해주었습니다. 혹시라도 젊은 여자에게서 아이를 원해 만나는 것이라면 자신은 자격이 없다고 했습니다. 나는 세희의 고백에 놀랐지만, 그것이 우리가 헤어질 만한 이유가 되지는 않는다고 대답했습니다. 그 말은 진심이었습니다."

"각하 나이대의 남자들 중에서 과연 몇 명이나 그렇게 관대한 대답을 할 수 있었을까요. 각하는 제가 본 누구보다 유연한 사고를 가진 분입니다."

"선생, 그건 관대함과 유연한 사고의 문제가 아닙니다."

리아민은 술잔에 든 술을 벽난로의 불 속에 모조리 부었다. 날름거리는 긴 혓바닥 같은 불꽃이 위태롭게 이리저리 요동치며 치솟아 타올랐다.

"인생의 어느 부분은 포기할 수 있어야 한다고 생각했기 때문입니다. 선생도 다 들었지 않습니까? 내게 아버지가 될 기회가 과연 있었습니까? 어떻게 보면 딱딱 아귀가 들어맞은 일입니다. 아버지의 존재조차 모르는 나이기에, 역으로 아버지가 될 기회를 얻지 못한 것이겠지요. 그래서 나는 대통령이라는 이 자리를 그토록 열망

했는지도 모르겠습니다. 내 개인의 삶에선 아버지가 부재했지만, 공적인 삶에선 이 나라 국민들의 아버지와 같은 존재가 되고 싶다는 그 열망 말입니다."

이 말을 할 때 리아민의 그 비장한 표정이란! 마치 고대 그리스 신화의 비극 속 주인공과 같은 장엄한 슬픔이 그의 몸짓에서 묻어나고 있었다. 나는 이 뜻밖의 내밀한 고백에 놀라서 몸이 잔뜩 굳어버렸다. 대통령 리아민이 자국민들에 대해 가지고 있는 이 같은 애정과 충성심이 절대 잘못되었다는 말은 아니다. 문제는 그의 발언이 너무…… 대통령의 역할에 대한 모범 답안을 그대로 베낀 듯한, 좀 더 솔직하게 말하자면 구닥다리 같다는 것이었다. 한마디로 창의력 항목에서는 영점이었다. 나는 지금 시대의 국민들이 대통령을 아버지와 같은 존재로 여기지는 않는다고 생각한다. 우리가 그를 대통령으로 뽑은 이유는 간단하다. 이 나라를 효율적으로 잘 경영하기를 간절히 바라는 마음에서다. 그가 유능한 인재들을 잘 기용하여 국가 위기 상황이 닥칠 때마다 가장 최선의 선택을 해주기를 바라는 것이지, 지나치게 감상적인 대통령을 원하는 것이 아니었다. 자기 연민에 빠져 허우적거리는 대통령은 더더욱 원치 않았다. 나는 머리가 지끈지끈 아파왔다.

"박 작가, 우리 건배할까요?"

갑작스러운 대통령의 건배 제의에 앉아 있던 의자에서 튀어나갈 만큼 당황했다. 하긴 내가 튀어나가봤자 고작 벽난로의 불꽃 속으로 몸을 날리는 바보 같은 짓밖에 더 되겠는가. 건배를 하려고 보니 내 손에 든 술잔이 바닥을 보이고 있었다. 그러자 리아민은 때를 놓치지 않고 또다시 시바스 리갈을 가득 따라주었다. 나는 울고 싶어졌다. 얄밉게도 리아민은 나와 비슷하게 바닥을 드러낸 자신의 빈 잔에는 정작 술을 따르지 않았다. 나는 카트에서 술병을 낚아채 그의 잔에 콸콸 쏟아붓고 싶은 욕망을 애써 억눌러야 했다.

리아민이 호기롭게 외쳤다.

"이 땅의 모든 출세한 남자들에게!"

술잔이 부딪치는 쨍 하는 소리와 함께 리아민은 내게 눈짓으로 어서 술을 마시라는 독려를 보냈다. 나는 죽기를 각오하고 한 번에 술을 다 마셨다.

"아, 정말 멋진 밤 아닙니까! 박 작가, 내 말이 틀립니까?"

그날 밤 내가 들었던 리아민의 마지막 말이었다. 무식한 폭음의 대가로 나는 기어코 인사불성이 되어 앉아 있던 의자에서 굴러떨어졌으니까. 다행히 타오르는 불 쪽으로 널브러지지는 않았다. 온몸의 힘을 쭉 빼고 무거운 깃털처럼 카펫이 깔린 바닥으로 우아하게 착지했다. 둔중한 충격을 느낀 것도 잠시, 나는 정신을 잃고 말았다.

9

따가운 햇살 속에 알몸으로 내던져진 기분이었다. 수십 마리의 딱따구리가 머릿속에 들어앉아 쪼아대는 끔찍한 두통 속에서 깨어났다. 잠시 나는 내 오피스텔에 돌아와 있는 것 같은 착각이 들었다. 벽 한 면을 가득 채우는 큼직한 통유리창을 통해 쏟아지는 햇빛을 볼 수 있는 곳이 그리 흔한 것은 아니지 않은가. 무한한 빛의 세례를 받으며 눈앞이 캄캄해졌다가 밝아졌다. 그러고는 이곳이 내 집이 아니라는 것을 깨달았고, 내 집과 가장 유사했던 율리의 침실도 아니고, 그렇다면 어제저녁에 도착한 대통령의 이층 양옥 별장에 있는 방 가운데 하나일 거라는 추측이 들었다. 창밖으로 보이는 태양의 방향을 어림잡아보니 정오는 훌쩍 넘은 시간인 것 같았다. 방에 시계가 없어서 휴대폰을 찾아 이리저리 둘러보았다. 침대 밑으로 긴 나무발판 같은 것이 놓여 있었는데, 그 위에 내 옷가지와 가방이 얌전히 놓여 있었다. 재킷 호주머니를 뒤져 휴대폰을 확인했다. 오후 두시 이십구분. 잠들어 있는 동안 모르는 번호로 부재중전화가 수십 통 걸려와 있었다. 스팸전화들 중간중간 율리가 세 번 전화를 걸어왔고, 오가진이 두 번 전화를 걸고는 문자메시지를 한 개 남겼다.

　선생님, 메시지 확인하시면 전화주세요.

　나는 오가진에게 전화를 걸었다. 신호음이 두 번인가 울렸을까, 오가진은 기다렸다는 듯이 전화를 받고는 대뜸 소리를 질렀다.
　"선생님, 어디세요?"
　오가진에게 여기가 어디인지 일일이 설명해야 한다는 것이 귀찮게만 느껴졌다. 대통령 별장에서 밤새 양주를 퍼마시고 지금까지 뻗어 있었다고 책임편집자에게 꼭 말해줘야 할 의무는 없었다. 나는 대신 그녀에게 물었다.
　"무슨 일이라도 생긴 거야?"
　그러자 오가진은 잔뜩 흥분한 목소리로 대답했다.
　"아직 기사 못 보셨죠? 중정일보의 정율리 기자가 선생님에 대한 기사를 썼어요. 어디서 그렇게 소상하게 얻어들었는지, 선생님이 리아민 대통령의 전기를 쓰기 위해 리리궁을 드나들고 있다는 것을 다 풀어놨더라고요. 그 기자, 꽤나 이름 있는 정치부 기자잖아요. 중앙일간지가 어떻게 이런 가십성 기사까지 쓰는지 모르겠어요. 기자들의 윤리 의식이라는 것도 요즘은 전부 실종된……."

"됐어! 다 알아들었으니까 이제 그만해."

순식간에 내 머릿속 딱따구리가 수십 마리에서 수백 마리로 늘어난 것 같았다. 사실 나도 율리가 내게 접근했을 때부터 이 같은 상황을 예감하고 있지 않았던가. 하지만 그녀가 하필 이때, 이런 식으로 나를 엿 먹일 것이라고는 미처 생각지 못했다. 기자와는 결별할 때에도 자신에게 책잡힐 만한 약점이 없는지 면밀히 따져보고 용의주도하게 안녕을 고해야 하는 것일까. 심지어 나는 그녀와 완전히 헤어진 상태도 아니었다. 그녀와 헤어지려고 했으나 결국엔 내 말을 번복하는 문자메시지를 보내지 않았던가.

내게 시간을 줘. 당신을 좋아하는 마음에는 변함이 없으니.

아픈 몸으로 인해 한껏 센티멘털한 상태였으나 당시엔 진심으로 보냈던 메시지였다.

기사는 이미 세상으로 나와 모든 사람에게 공개되었다. 바야흐로 인터넷 시대였다. 한 시간만 인터넷에 새로운 사실이 유포되면, 거의 전 국민이 이 사실을 알게 되는 것이다. 어차피 알려질 일이었고, 반년 후에 공개될 일이 좀 더 빠르게 알려진 것에 불과하다고 체념하는 것이 현명한 처신일 것이다. 내가 심란한 마음을 정리하는 와중에도 오가진은 계속 걱정과 우려의 말들을 늘어놓고 있었다.

"……이제 어떻게 하죠?"

오가진은 우는소리를 냈다.

"뭘?"

나라고 특별한 수가 있을 리 없었다.

"기자들이 출판사로 계속 전화를 걸어와요. 사장님이 수화기를 내려놓으라고 하셨어요. 선생님께 사장님이 전화를 직접 하시려고 했는데 여기까지 기자들이 찾아오는 바람에 그냥 댁으로 일찍 들어가셨단 말이에요. 사장님께는 뭐라고 말씀드려야 할까요?"

"이미 일어난 일이야. 어차피 알려질 일이니까 그냥 마음을 내려놓고 대응하라고 말씀드려. 사장님께는 이따가 내가 직접……."

방문이 열렸다. 수석비서관 김세원이 내게 눈을 부라리며 안으로 들어왔다. 나는 나중에 다시 전화하겠다고 말하며 오가진과의 전화를 황급히 끊었다.

"정율리 기자가 기어코 일을 저지른 걸 알고 있습니까?"

김세원이 평정을 잃고 버럭 고함을 질렀다. 나는 멍한 눈으로 그를 쳐다보았다.

"리리궁에서 손을 써 기사를 인터넷판에서는 삭제하긴 했지만, 이미 수많은 네티즌이 그 기사를 복사해간 터라 더는 막을 수가 없었습니다. 도대체 박상호 씨는 정 기자에게 어디까지 이야기한 겁니까? 단순히 대통령 각하의 전기를 쓴다는 식으로만 말했어도 제가 이렇게 화가 나지는 않았을 겁니다. 사실 그 정도로는 아무리 억지로 살을 갖다 붙인다 해도 그리 임팩트 있는 기사가 나오기는 힘드니까요. 그런데 이건 뭐, 할 말 못 할 말 다 해준 티가 팍팍 나더군요. 정 기자는 기사를 쓰기 위해 별반 노력을 할 필요도 없었겠지요. 이렇게 애인이자 작가 선생님인 박상호 씨가 알아서 척척 기사를 손수 읊어주는데 뭐가 어려웠겠느냐 말입니다."

"하실 말씀은 다 하신 겁니까?"

"아니요, 아직 다 안 끝났습니다. 듣자 하니 정율리 기자는 이차 폭탄을 준비 중이라고 하더군요. 그래서 박상호 씨에게 묻겠습니다. 도대체 어디까지 정 기자에게 말해준 겁니까? 이 자리에서 다 말씀해보십시오."

꼼짝없이 심문을 당하게 된 나는 스스로가 아주 작은 벼룩같이 느껴졌다. 쓸모없고, 곧 내던져질 미미한 존재. 나는 스스로 공을 몰고 가 내가 속한 팀의 골대에 보란 듯이 자살골을 넣은 얼간이였다. 입이 열 개라도 할 말이 있을 리가 없었다. 기꺼이 자신의 대죄를 인정하고 단두대 밑에 목을 내놓아야 하는 인간이었다. 기가 죽은 나는 고개를 푹 수그린 채 속삭이듯 입을 열었다.

"저도 잘 모르겠습니다."

"뭐라고요? 지금 잘 모르겠다고 했습니까?"

김세원이 내 말을 믿지 못하겠다는 듯 되물었다. 더 그럴듯한 말을 하고 싶었지만, 나도 어쩔 수 없었다.

"수석비서관님은 자신이 과거에 했던 말들을 전부 기억하실 수 있습니까? 저는 기억할 수 없습니다. 물론 대강은 기억하고 있지만, 그것도 확실하지는 않습니다. 화기애애한 대화 중에 홀리듯 말했던 것들에 대해 과연 그 누가 정확한 기억을 갖고 있겠습니까? 또 그런 대화들은 상대방의 반응 여하에 따라 조금씩 부풀려지는 것이 흔한 일 아닌가요?"

김세원은 웃었다. 그가 정말 웃겨서 웃음소리를 내는 게 아니란 걸 잘 알고 있었기에, 내 심장은 아주 작게 오므라드는 것 같았다.

"박상호 씨가 작가란 건 이럴 때 상당한 이점으로 작용하는 것 같군요. 변명도 아주 예술적으로 교묘하게 잘 늘어놓으시니 말입니다. 제 말을 정정하겠습니다. 전부 말하라고 요구하지는 않겠습니다. 그러니 정 기자에게 어떤 중요한 말들을 했는지 생각나는 몇 가지만이라도 말씀해주십시오. 이 정도라면 할 수 있지 않겠습니까?"

내가 빠져나갈 곳은 어디에도 없었다. 나는 정율리에게 했던 고백을 김세원에게도 빠짐없이 전했다. 내 말을 들으며 김세원은 일체 토를 달지 않고 내내 듣기만 했다. 그러나 간간이 미간에 깊은 일자 주름을 새겼다. 십오 분 동안 이어진 고백 끝에 그는 모든 정보를 얻고 방을 나섰다. 죄인인 나는 방에 홀로 남아 수석비서관이 전해줄 대통령의 최종 선고를 기다렸다.

"각하께서 별다른 말씀은 하지 않으셨습니다."

운전대를 왼쪽으로 돌리며 김세원이 말했다.

"박상호 씨가 더 좋은 글을 쓰기 위해 겪는 일이니 너무 책망하지 말라고 하신 말씀이 전부였습니다. 그러니 박상호 씨도 전기를 집필하는 일에만 전념하시기를 바랍니다."

최악의 상황을 염두하고 있던 나는 어안이 벙벙해졌다.

"정말 그 말씀이 전부셨습니까?"

"네, 그리고 이 말씀도 하셨습니다. 박상호 씨는 순진한 예술가가 맞다고 전해주라고 하시더군요. 비단 예술가를 전제로 하지 않아도 한 남자로서도 순진하다고 말씀하셨습니다."

나는 얼굴이 화끈거렸다.

"각하의 말씀은 이게 다지만, 수석비서관인 저는 한 말씀 더 안 드릴 수가 없군요. 정 기자와는 이 시간 이후로 완전히 끝내셔야 합니다. 약속하실 수 있습니까?"

나는 고개를 끄덕였다. 김세원은 다시 물었다.

"대답해주시기 바랍니다. 약속하시겠습니까?"

"네, 약속드립니다."

"그 말을 믿겠습니다. 정 기자가 두 번째 관련 기사로 무엇을 준비했는지는 모르지만, 그 기사가 매스컴에 보도되는 일은 없을 겁니다. 그 걱정은 하지 않으셔도 됩니다."

"알겠습니다."

"대신 글을 아주 잘 쓰셔야 할 겁니다. 예전과 달라서 지금은 기사를 막는 것이 그리 쉽지 않으니까요. 저희들로서는 박상호 씨에게 후한 배려를 해드린 겁니다. 이 점을 유념해주시길 바랍니다."

"저도 잘 알고 있습니다. 최선을 다해 전기를 쓰는 일에 전념하겠습니다. 그 점은 걱정하지 않으셔도 됩니다."

오피스텔로 돌아와 침대에 드러누웠다. 불과 하루 남짓한 시간 동안 일어난 일인데도 오랜 시간이 흐른 것처럼 이상한 기분이 들었다. 나와는 무관한 과거의 사건들에서 가까스로 벗어난 듯한 느낌이었다. 전기에 전념할 것을 수석비서관에게 약속하긴 했지만 사실 나는 글에 대한 흥미를 이제 거의 느끼지 못하고 있는 상태였다. 보다 적나라하게 말한다면, 대통령에 대한 전기를 책상 서랍 속에 넣어두고 스스로 이야기가 발효되기를 기다리거나 아니면 과감히 휴지통에 넣어야 하는 시점이었다. 나는 잠 속에서도 평안하지 못했다.

요란한 현관 벨이 마치 불길한 선고라도 내리듯 울리고 있었다. 나는 무언가에 이끌리듯이 문을 열기 위해 비틀거리며 일어섰다. 율리의 모습을 보았을 때에도 그리 놀랍지 않았다. 그녀 또한 내가 자신의 얼굴을 말없이 빤히 쳐다보고만 있는데도 당황하는 표정이 아니었다. 우리가 어제 뜨거운 밤을 보낸 사이인 양 아무 거리낌 없이 엉거주춤 서 있는 나를 제치며 안쪽으로 들어갔다. 거실에서 나를 돌아본 그녀는 비로소 내가 아직도 자신을 따라 집 안으로 들어오지 않았다는 사실을 깨달은 것처럼 소리쳤다.

"들어오지 않고 뭐 해?"

나는 거실로 갔다.

"왜 전화를 받지 않았어? 사정이 있었다면 메시지라도 남겼어야지."

책망하는 듯한 그녀의 말투에 그만 쓴웃음을 지었다. 딱히 대꾸하고 싶은 마음도 들지 않았다.

"내가 쓴 기사를 읽고 당신이 오해라도 할까봐 전화했던 거야. 참, 기사는 읽었지?"

"아니, 읽지 않았어."

"출판사에서 연락을 했을 텐데도? 아 참, 리리궁에서 먼저 연락했겠지?"

"이 상황에서 당신이 내게 또 무슨 할 말이 남아 있는지 궁금해야 하는 건가? 매우 미안하게도 난 별로 궁금하지 않은데 말이야."

율리는 이 정도의 냉담함에는 눈도 깜짝하지 않는 여자였다. 그녀는 나의 전용 집필석에 털썩 걸터앉았다.

"상호 씨는 아직 내 기사를 읽지 않았다고 말했어. 대통령 전기를 쓰게 된 박상호 작가의 기사를 사 단 기사로 내긴 했지만, 그렇다고 자기의 작가 경력에 마이너스가 될 기사는 아니었어. 내 기사를 읽고 화가 난 사람들이 있다면, 이번 책을 출간할 출판사나 리리궁 관계자들이겠지."

"당신의 자기합리화는 가히 예술적 수준이야. 일류 기자들은 애인 겸 취재원에 대한 최소한의 도덕적 기준조차 없는 건가? 내가 아직 당신 기사를 읽지 않은 건 한 인간에 대해 내가 품고 있는 최소한의 호의는 간직하고 싶어서야. 이것도 당신 말대로 유아적인 감상에서 비롯된 것이라고 말하고 싶어?"

율리는 의자에서 일어나 내 곁으로 다가왔다. 나는 반사적으로 그녀에게서 한 걸음 뒤로 물러섰다.

"자기야, 내 말 잘 들어."

"......"

"나만이 아니야. 다른 기자들도 이미 냄새를 맡았어. 기사는 조만간 나왔을 거야, 어디에서든. 될 수 있으면 당신과의 약속을 지키고 싶었어. 설마 내가 단지 특종만을 좇는 비윤리적인 기자라고 생각하는 거야? 날 똑바로 봐봐. 이래 봬도 난 스스로가 정한 기준에 따라 행동하는 기자야. 정말 아닌 건 아닌 거라고. 그런데 상황이 여의치 않았어. 실은 그게 전부야. 이래도 내가 상호 씨의 말처럼 그렇게 형편없는 기자일까? 말해줘."

나는 혼란스러워졌다. 그녀가 말한 것들에 대해 생각할 시간이 필요했다.

"나 말고 또 누군가가 이번 일에 대해 홀리고 다닌다는 말이야?"

"이제야 스마트한 박상호 작가로 돌아온 것 같네. 맞아, 누군가 있어."

"그게 누구야?"

"윗선을 통해 접촉하는 사람이야. 내 선에서 알 수 있는 사람이 아니야."

"왜 이래, 정 기자님. 당신이 모르면 다른 기자들도 당연히 모르는 거야. 누군지 말해줘."

"확실한 팩트가 아니야. 알아서 자기에게 좋을 게 없어."

"좋고 좋지 않고는 당신이 정하는 게 아니야. 판단은 내 몫이지."

그녀는 얼마간 나를 마주보았다.

"리리궁 고위 관계자야. 나머지 추리는 상호 씨 몫이야."

"……혹시 김세원이야? 맞아?"

"대답할 수 없어."

"아니라고는 하지 않네. 잘 알아들었어."

율리는 시선을 피했다.

"난 그렇다고도 대답하지 않았어. 이건 우리의 영역을 벗어난 얘기야. 난 자기가 이것만 기억해줬음 좋겠어."

"사람은 누구나 선택적 기억을 할 수 있는 존재가 아니야. 나도 마찬가지고. 만일 당신이 그걸 원했다면 애초에 여기로 오지 말았어야지."

"그랬다면 자기는 날 두 번 다시 보지 않았을 테니까!"

율리의 눈시울이 붉어졌다.

"알고 있어? 자기가 실은 냉정한 사람이라는 걸? 당신은 스스로 상대방에게 발목 잡힐 만한 행동을 절대 하지 않아. 상대방이 먼저 그런 행동을 하도록 교묘히 유도하지."

나는 스스로도 느낄 만큼 경직돼버렸다. 이 여자와 함께 있으면 왜 이토록 피로가 몰려오는 건지 모르겠다. 잠시라도 생각의 끈을 놓지 말아야 하는 것이다. 이래서 혹자들은 백치미를 그토록 선호하는 것일 수도 있다. 육체관계에 느닷없이 논리적 사고가 끼어든다면, 그건 남자의 욕구를 지속시키는 데 거의 재앙과도 같은 결과를 가져올 것이다. 그래서 지금 그녀가 두 눈에 맺힌 눈물을 무기 삼아 책상 위로 자신의 옷을 하나씩 벗어던지고 있는 이 순간에도 전같이 제어하기 힘든 욕구 따위는 생겨나지 않았다. 게다가 그녀가 스트립쇼의 마지막 피날레를 장식하며 던진 블랙 레이스 팬티가 노트북 화면 위로 떨어지자 절로 눈살이 찌푸려졌다. 보호기 기능이 켜진 화면 위에 떡하니 걸쳐진 팬티가 내 글에 대한 그녀의 모욕적인 암시처럼 느껴졌기 때문이다.

남자를 짐짓 멸시하는 여자와의 내키지 않는 섹스가 그리 잘될 리가 없었다. 하지만 나는 그럭저럭 여자를 거의 끝까지 만족시킬 수는 있었다. 율리가 내 소파에 누워 잠들지 않기를 바랐는데, 그녀 역시 그럴 생각까지는 없는 것 같았다. 그녀는 다른 선약이 있는지 섹스가 끝나자마자 바쁘게 옷을 챙겨 입었다. 오히려 그녀가 황급히 가버리는 것에 불만을 느낀 쪽은 나였다. 군청색 캐시미어 코트를 입고 벨트까지 채운 그녀는 나의 못마땅한 기색을 알아차린 듯 소파에 비스듬히 기대어 앉은 나의 두 뺨에 쪽쪽 소리가 나도록 뽀뽀를 하고는 명랑하게 말했다.

"안녕, 못 말리는 윤리주의자 우진 씨!"

율리는 내 머리카락을 한 손으로 마구 흩뜨려놓더니 현관문을 나섰다.

기자들의 전화는 그 후로도 이틀 정도 더 이어졌다. 나는 더 이상 숨길 것이 없었기 때문에 그들의 질문에 사실대로 말해주었다. 그러나 불필요한 소문이 확대되는 것을 방지하기 위해 되도록 단답형으로 답변하려고 노력했다.

"리아민 대통령의 전기를 박상호 작가가 집필하시는 것이 사실입니까?"

"네, 사실입니다."

"현직 대통령이 재직하는 동안 베스트셀러 작가가 이런 식으로 전기를 쓰는 것은 극히 이례적인 일이라고 생각합니다. 어떻게 이 일을 맡게 되신 건가요?"

"각하께서 제 소설을 좋게 보셔서 직접 연락을 취해오셨습니다.

저도 처음엔 어리둥절했지만 각하를 만나뵙고는 이 일에 대해 긍정적인 생각을 갖게 되었습니다."

"그럼 리리궁에서 각하를 직접 대면하여 인터뷰하는 형식으로 진행하고 계시는 겁니까?"

"네, 그렇습니다."

"전기는 어떤 식으로 집필하실 예정입니까? 각하께서 특별히 요구하신 사항이 있거나, 혹은 박상호 작가가 염두하고 있는 방향 같은 것이 있습니까?"

"그런 건 없습니다. 저는 대통령이 하시는 말씀을 독자들이 잘 읽을 수 있도록 충실히 써나갈 뿐입니다."

"글은 얼마나 진행된 상태입니까? 그리고 구체적인 출간 일정은 어떻게 되나요?"

"아직은 초기 상태입니다. 출간 계획은 글이 완성되지 않은 만큼 확실하게 말씀드리기는 어렵습니다. 다만 막연한 계획으로는 내년 여름 이전에는 출간되지 않을까 조심스럽게 예측하고 있습니다."

"마지막으로 리아민 대통령과 아름다운 영부인에 대해 질문드리겠습니다. 박상호 씨가 보시기엔 두 분의 가장 큰 매력이 뭐라고 생각하십니까? 물론 자세히 설명해주신다면 질문하는 입장에서야 더할 나위 없겠지만, 작가분 입장에서는 아무래도 부담스러우실 수 있겠지요. 그래서 제 생각엔 박상호 작가가 독자들의 뇌리에 보다 더 확실한 인상을 남길 수 있도록 간단한 키워드로 말씀해주시면 더욱 좋을 것 같습니다. 가능하시겠습니까?"

"키워드라…… 이거 어렵군요. 마지막 질문이라 더 어렵게 하시는 겁니까?"

"죄송합니다. 하지만 역시 독자들이 궁금해하는 건 알려지지 않은 대통령 내외분의 모습이니까요."

"저도 고작 서너 번 정도의 만남이었기 때문에 그분들에 대해 그리 많은 것을 알고 있지는 않습니다. 하지만 질문해주신 기자분의 성의를 봐서 최대한 제가 받은 인상을 설명해보도록 노력하겠습니다."

"감사합니다. 다시 질문드리죠. 대통령 내외분을 지칭할 수 있는 키워드는 과연 무엇입니까?"

"우선 리아민 대통령 각하를 보면 '열정'이라는 단어가 떠오릅니다. 그리고 하나 더 덧붙이자면, '추진력'이란 단어도 꼽을 수 있겠군요. 영부인은 색감의 이미지로 설명할 수 있을 것 같습니다. 빨강. 이 단어가 가장 적합하게 느껴집니다."

"이유를 설명해주실 수 있을까요?"

"그건 어려울 듯합니다. 작가로서의 직관으로 떠올린 단어들이니까요. 구구절절 이유를 설명한다면 오히려 직관적 의미가 퇴색되지 않겠습니까?"

"그렇다면, 정말 마지막으로 묻겠습니다. 최세희 여사도 '빨강' 이외의 단어를 하나만 더 꼽아주시죠. 부탁드립니다."

"어려운 질문만 하시는군요. 뭐, 좋습니다. 저도 정말 마지막이라 생각하고 답변해드리죠. '빨강'에 덧붙여 '파랑'이란 단어가 떠오르는군요. 영부인은 이 두 가지 색감에서 느껴지는 특징들을 모두 갖추고 계신 드문 매력의 소유자이시니 말입니다."

문단의 지인들로부터도 심심찮게 전화가 걸려왔다. 비록 대놓고 비난하는 전화는 아니었지만, 그들은 이미 나를 일종의 '변절자'로 여기고 있는 듯했다. 가장 절친한 문인인 이기성 작가가 심각한 목소리로 전화를 걸어왔을 때 나는 이 같은 문단의 분위기를 전해들을 수 있었다. 그는 내 첫 책이 나왔던 해에 장편 공모에 당선되어 등단한 문단 동료였다.

"당신 머리가 어떻게 된 것 아니야?"

이기성은 내가 휴대폰을 받자마자 버럭 고함을 질러댔다.

"천하의 박상호 작가가 나처럼 돈이 궁해서 할 수 없이 리아민 전기를 쓴다고 해도 문단에서는 손가락질을 하며 욕을 바가지로 할 거라고! 돈과 명성 때문에 문인으로서 최소한의 양심도 저버린 놈이라고 말이야. 그런데 박상호 당신은 돈도 꽤 벌었잖아! 작가계에서는 부르주아에 속하지 않느냔 말이야. 도대체 뭐가 더 아쉬워? 얼마나 더 돈을 벌고 싶은 거야? 엄연히 지식인으로서 하지 말아야 할 짓이잖아. 사람들이 당신 뒤에서 뭐라고 떠들고 다니는지 알기나 하는 거야?"

굴비 두름처럼 엮여 나오는 그의 비난의 말들에 당황해서 나는 한동안 숨소리만 내었다.

"……뭐라고들 하는데?"

"그걸 정말 몰라서 묻는 거야? 내가 똑똑히 말해줄까? 변절자! 돈과 명성에 환장한 놈! 상종 못 할 인간! 동료라고 말하기에도 부끄러운 자식! 계속 더 말해줘?"

"내가 아니더라도 누군가 했을 일이야. 일방적으로 비난을 퍼붓는 건 온당치 못해"

"이 사람아! 그러니까 그 빌어먹을 누군가의 역할을 왜 하필 당신이 도맡아서 하고 있느냔 말이야. 일을 맡기 전에 나한테라도 물었어야지."

"이미 엎질러진 물이야. 나도 이젠 마음대로 한다 안 한다 말할 수가 없어."

"아니야! 지금이라도 늦지 않았어. 당장 지금 리리궁에다 연락해. 사정이 생겨서 못 한다고 해. 그럴듯한 이유야 만들면 되는 거 아니야. 리아민이 헌법까지 뜯어고치면서 독재를 계속하고 있지만, 그게 얼마나 더 갈 수 있겠어? 짧으면 사 년, 정말 길어야 팔 년 내외야. 박상호 당신은 그 후로도 계속 작가 생활을 해야 되잖아. 이 시점에서 이렇게 옴팡 똥물을 온몸에 뒤집어쓰면 앞으로 정말 글쓰기 힘들어질 거라는 걸 아직 모르는 거야?"

"나도 미칠 것 같아! 하지만 리리궁에 이제 와서 그만둔다고는 절대 말할 수 없다니까! 당신도 알잖아? 난 어느 면에선 평범한 소시민에 불과해. 나는 그들이 무섭고 두려워. 당신은 몰라. 그 사람들은 지금도 이 통화를 틀림없이 도청하고 있을 거란 말이야!"

"내 말 잘 들어. 지금 그만둔다고 그쪽에다 말하는 게 앞으로 벌어질 일들에 비하면 덜 악몽이 될 거야. 난 인간 박상호를 믿어. 뭣 때문인지는 모르지만, 어쨌든 자신이 한 큰 실수를 결국엔 바로잡을 거라고 말이야. 이 전화 끊고, 리리궁에 그만둔다고 연락해. 내가 아는 박상호 작가라면 그럴 거라고 믿어."

전화를 끊고, 나는 한참 동안 손에 든 휴대폰을 물끄러미 바라보았다. 이기성 작가는 몇 안 되는 좋은 작가이자, 나의 진정한 문인 친구였다. 평소 그의 성격이라면 그냥 부드럽게 한두 마디 권고하는 식으로 통화를 맺었을 것이다. 그런 그가 이렇게까지 화를 내며 강하게 말을 하는 것을 보면, 사태가 생각보다 한층 더 좋지 않게 흘러가는 듯했다. 나는 쓸데없이 넓고 밝은 거실을 서성였다. 노트북이 놓인 책상이 부담스럽게만 보였다. 내가 과한 욕심을 부려 너무 많이 나아가려 했던 것일까. 정말 이기성 작가의 말대로 이쯤에서 이 일을 그만 접어야 하는 것은 아닐까. 아무래도 나는 심각한 결정 장애가 있는 것 같았다. 어느 쪽으로도 결정을 내릴 수가 없었던 것이다. 휴대폰 벨 소리가 울리고 있었다. 요 며칠간 평생 걸려올 전화의 대부분이 줄기차게 걸려오고 있는 중이었다. 나는 체념하며 발신자를 확인했다. 출판사 사장이었다. 지금 상태로서는 웬만한 기자들만큼 출판사 사장 또한 상대하기 피곤한 인물이었지만, 나는 매도 먼저 맞는다는 기분으로 전화를 받았다.

"박 작가, 왜 전화를 안 주는 거야?"

사장은 잔뜩 화가 난 목소리였다. 문득 왜 전화를 걸어오는 사람들마다 내게 화를 내는지 모르겠다는 생각이 들었다. 더군다나 출판사 사장은 나와 같은 배를 탄 사람이 아닌가. 적어도 그러면 내 기분을 헤아려 화를 내서는 안 되는 게 아닌가 말이다.

"내가 박 작가한테 전화를 몇 통이나 걸었는지 알아? 자그마치 서른두 통이야. 내가 일일이 세보기까지 했단 말이야. 서른두 통 전화 걸다가 내가 두통 나서 미치는 줄 알았어. 알기나 해?"

나는 피식 웃었다. 그토록 화가 많이 났다면서도 되지도 않는 옛날 개그를 시도하는 사장의 능글맞은 태도가 우스웠던 것이다. 아니나 다를까, 사장은 나의 웃음소리를 좇아 자신도 웃기 시작했다. 그렇게 웃고 나니 무거웠던 마음이 조금은 가벼워지는 것 같았다. 돌연 사장이 진지한 목소리로 말을 꺼냈다.

"박 작가가 지금 어떤 입장일지 내가 모를 거라고는 생각하지 마. 나도 다 잘 알고 있어. 사방에서 박 작가를 쪼아대지 못해 안달이 나 있잖아. 내 생각을 솔직하게 말해줄까? 난 아직도 박 작가가 대통령 전기를 쓰는 일을 했으면 좋겠어. 아니, 좋겠다는 정도가 아니라 그 일을 맡아서 해주기를 바라. 가진이나 나나 이 일이 우리 출판사뿐만 아니라, 멀리 보면 박 작가의 작가 경력을 이어나가는 데 아주 좋은 기회가 될 것이라는 생각엔 변함이 없어. 문제는 색안경을 끼고 박 작가를 바라보는 소위 지식인 집단들이지. 박 작가도 그 속에 속한 사람이니까 그들의 삐딱한 시선을 결코 무시할 수는 없다는 건 나도 알고 있어. 하지만 말이야, 우리 이번 일만큼은 두 눈 딱 감고 철저히 우리 자신만 생각하는 이기적인 사람이 되자. 솔직히 박 작가도 이번에 출간된 새 책의 반응이 시원치 않잖아. 고백하자면 우리 출판사도 요즘 상황이 좀 위태위태해. 둘 다 뭔가 획기적인 반전의 기회가 필요한 거야. 그런데 그 기회가 우리에게 마술처럼 적시에 주어진 것이지. 박 작가도 알지? 비판도 관심이 있어야 한다는 걸. 이 일을 그냥 포기해버리면 나중에 이 많은 비난의 말들이 오히려 그리워지는 때가 올 수도 있어. 근데 그때가 되면, 이미 너무 늦어버리게 되는 거야. 인생의 모든 일에는 다 그 상황에 알맞은 때가 있으니까. 출판사 사장으로서 한마디 하자면, 난 박 작가를 과거에도 그랬듯 미래에도 우리 출판사를 대표할 자랑스러운 작가라고 생각해. 그래서 박 작가가 아주 잘되었음 좋겠어. 출세작이었던『그곳에 당신이 있었다』를 가뿐히 뛰어넘는 역작을 앞으로도 몇 권이나 더 써낼 수 있는 저력이 충분한 작가라고 믿어. 내가 해줄 수 있는 말은 다 했어. 그러니 박 작가에게 마지막으로 한 가지만 다짐받고 싶어. 이 일, 계속할 거지? 어떤 일이 있어도 포기하지 않을 거지? 말해봐."

　나는 늘 사장이 싫지 않았다. 실은 그를 우스갯소리 잘하는 믿지 않은 큰형처럼 좋아했다. 그런 그가 이제까지 서로 알고 지내는 동안 이런 식으로 자신의 속마음을 진지하게 토로한 적은 한 번도 없었던 것이다. 한편에선 결사반대, 다른 한편에선 결사찬성의 극단적인 의견을 내게 강요하고 있는 중이었다. 문제는 이 서로 다른 두 개의 관점을 말하는 이들이 '자신들 입장'에서는 모두 나를 위해서 하는 조언이라는 데 있었다. 결국 다시금 원점으로 돌아왔다. 최종 선택은, 나의 몫인 것이다.

"……생각해보겠습니다."

"환한 대로가 앞에 보이는데 바보같이 먼 길을 우회해서 가지는 말란 말이야. 알았지? 박 작가는 스마트한 사람이니까 내 말뜻을 잘 헤아릴 수 있을 거야. 박 작가를 믿어."

날 믿는다는 말을 서너 번이나 반복하며 사장은 전화를 끊었다. 내가 확실한 대답을 해주지 않아 실망한 기색이 역력했다. 그러나 이번만은 리아민에게처럼 기분을 맞춰주기 위해 마음에도 없는 의례적인 말을 할 수 없었다.

시간은 저 홀로 잘도 흘러가고 있었다. 벌써 저녁 아홉시가 막 지났다. 그동안 정율리 기자와 출판사 사장과 책임편집자 오가진 그리고 이기성 작가와 그 외 수십 명의 기자들이 내 휴대폰에 부재중 전화와 문자메시지를 남겼다. 나는 사장과의 전화를 끝으로 어느 누구와도 연락을 주고받지 않고 있었다. 나는 불도 켜지 않은 깜깜한 거실 창가에 기대어 창문 아래로 지나는 사람들을 멍한 눈길로 쳐다보기만 했다. 자정에 가까운 시간, 휴대폰이 울렸다. 오늘의 지굿지굿한 마지막 전화였다. 모르는 번호여서 잠시 주저했으나, 이상하게도 나는 어느새 전화를 받고 있었다.

"최세희예요. 이쪽으로 와줄 수 있나요?"

최세희라는 이름을 듣고도 잠시 그녀가 누구인지를 생각해야 했다. 나는 크게 숨을 몰아쉬었다가 내쉬었다.

"네, 가겠습니다."

"좋아요. 경호원을 보내죠."

전화가 끊어졌다. 나는 늘 입는 검정색 재킷과 청바지로 갈아입고 경호원을 기다렸다.

11

최세희가 날 부른 곳은 리리궁 관저가 아니었다. 차로 세 시간을 꼬박 달려 도착한 바닷가의 어느 작고 허름한 단층집이었다. 사실 허름하다는 표현도 에두른 것이다. 그 작은 집은 곧 무너져내릴 폐가처럼 군데군데 페인트칠이 벗겨지고 굵은 금이 쩍쩍 가 있는 심각한 상태였다. 외따로 떨어진 집이라 을씨년스럽기까지 했다. 영부인이 왜 이런 곳으로 나를 불렀는지 의문이 들었다. 아무리 주변을 둘러봐도 영부인과 관련된 어떤 것도 보이지 않았다. 게다가 집 안에서는 어떤 불빛도 새어 나오지 않고 전부 깜깜하기만 했다. 경호원의 안내에 따라 나는 곧 떨어져나갈 것처럼 보이는 낡은 문을 조심스럽게 열고 어둠에 묻힌 집 안으로 들어갔다.

"늦은 시간에 불러서 미안하게 생각하고 있어요."

어둠 속에서 최세희의 목소리가 들렸다. 나는 본능적으로 불을 켜려고 스위치를 찾아 가까운 벽면을 더듬거렸다.

"불은 켜지 말아요. 잠시 몇 초만 눈을 뜨고 있어요. 그러면 금방 두 눈이 어둠에 익숙해질 거예요."

별수 없이 나는 어두운 방 안에 우두커니 서 있었다. 그녀의 말대로 두 눈은 어둠에 쉽게 익숙해졌다. 그러자 텅 빈 방 가운데에 놓여 있는 의자 두 개와 탁자가 보였다. 그녀는 창가를 등진 채 앉아 있었다. 나는 빈 의자에 앉았다.

"무슨 하실 말씀이라도 있으신 겁니까?"

"그쪽이 여기 오기 전엔 있었어요. 그런데 막상 이 어두운 방에 홀로 앉아 세 시간이나 보내다보니 할 말을 그만 다 잊은 것 같네요."

어둠 속에서도 싱긋 웃는 그녀의 하얀 치아가 보였다. 나는 좀 힘이 빠져서 의자에 깊숙이 몸을 밀어 넣었다.

"박상호 씨."

최세희가 내 이름을 낮게 불렀다. 나는 대답하지 않았다.

"사랑에 빠져본 적이 있나요? 그 사람이 아니라면 내 인생이 더 이상 아무 의미 없을 것 같은 직감을, 느껴본 적이 있나요? 그 느낌은 마치 벼락이 내리꽂히듯, 온몸을 뜨겁게 관통당하는 고통이자…… 쾌락 같은 것이죠. 그런 직감을 느끼게 한 여자가 단 한 명이라도 있었나요?"

"아니요, 아직 그런 여자는 없었습니다."

"난 그 남자가 리아민이었어요."

그녀는 한 손으로 이마를 짚었다. 다른 한 손은 보이지 않는 허공의 악기를 연주하듯 움직임을 반복하고 있었다.

"내겐 그가 첫사랑이자 첫 남자예요. 대통령이 그쪽에게 이런 말도 했나요?"

"아니요, 그 말씀은 하지 않으셨습니다."

"그이는 몹시 놀라더군요. 내가 당연히 경험이 많은 여자일 것이라고 여겼던 듯했어요. 그가 나와의 결혼을 그렇게 전격적으로 발표한 이유 중에 내가 처녀였다는 점도 크게 작용을 했을 거예요. 아실 테지만, 그는 옛날 남자니까요."

나는 그녀의 말에 이의를 제기했다.

"하지만 각하는 첫사랑과는 결혼하지 않으셨지요."

"그땐 그 옛날 남자도 젊었으니까요. 그래서 자신의 실수를 연출된 고백의 형식으로 만회하려고 하는 것이 아닐는지요."

나는 극심한 피로를 느꼈다. 오늘 밤 그녀의 호출에 따른 것이 잘못이었다는 생각이 계속해서 머릿속을 맴돌고 있었다. 이제 그만이 불편한 자리를 떠야 하지 않을까. 그런데 문제는 이곳이 어디쯤인지 도무지 알 길이 없다는 것이었다. 나는 심각한 길치에, 기계치였다. 서른여섯 살이 된 지금까지 운전면허조차 따지 못한 인간이었다. 좀 더 거칠게 말하자면, 그나마 할 줄 안다고 내세울 수 있는 건 글쓰기가 유일했다. 일상생활에서도, 인간관계에서도, 영 젬병이었다. 영부인이 날 집으로 보내주지 않는다면, 내가 이곳에서 빠져나갈 수 있는 방법은 없을 것이다. 나는 조심스럽게 입을 뗐다.

"오늘 최세희 여사님과의 대화는 여러모로 유익한 시간이었던 것 같습니다. 그런데 오늘은 시간이 너무 늦었으니 이만……."

영부인은 내 말을 듣고 있지 않은 것 같았다.

"내가 왜 이곳으로 박상호 씨를 초대했다고 생각하나요?"

뜬금없는 질문이라 바로 대답할 수 없었다. 나는 고개를 저었다.

"저야 알 수 없죠."

"상상력을 발휘해보세요."

"뭐, 아름다운 풍경이 보이는 곳이라 저를 오라고 하신 것 같지는 않습니다. 가장 쉽게 할 수 있는 추측은, 이곳이 영부인께 개인적으로 의미 있는 곳이기 때문이지 않겠습니까?"

"한 번만 더요. 내게 어떤 개인적인 의미가 있을까요?"

나는 개인적으로 스무고개식의 질문은 질색인 사람이었다. 게다가 피로했기 때문에 자꾸 대답을 강요하는 영부인에게 심한 반감이 들었다. 하지만 영부인은 어디까지나 영부인으로 대접할 수밖에. 나는 떠오른 생각을 기계적으로 말했다.

"……이곳에서 유년기나 성장기를 보내셨을 수도 있겠네요. 그런 생각이 들었습니다."

"작가 맞네요. 단번에 맞추시는 걸 보면."

나는 절로 한숨이 나왔다. 유년기 혹은 성장기라면, 이 밤을 다 지새워도 최세희의 이야기가 계속될 것이라는 불길한 예감이 들었기 때문이다.

"난 이곳 바닷가에서 외할머니에게 키워졌어요. 어머니는 이 한적한 바닷가 마을에서 유일한 젊은 여자였죠. 어머니는 태어날 때부터 여타 아이들과 달랐어요. 다섯 살 아이의 지능으로 열여섯 살이 되었죠. 당연히 교육을 받는 것은 엄두도 내지 못했고, 거의 이 집에 갇혀 살아가고 있었어요. 외할머니는 해녀 일로 어머니와 함께 두 식구만의 단출한 집안 살림을 꾸려나가셨죠. 외할아버지는 어머니가 네 살 때 뱃일을 하다가 사고로 그만 바다에 빠져 돌아가셨다고 들었어요. 외할머니는 죽은 남편에 관해 얘기하는 것을 극도로 꺼려하셨어요. 천하의 난봉꾼에 술꾼이었다고 나중에 동네 어른들께서 뒷말하시는 것을 듣기는 했지만, 외할머니는 돌아가실 때까지 끝끝내 외할아버지에 대해 함구하셨어요. 아마도 얘기를 꺼내는 것만으로도 죽은 남편과의 불행했던 결혼 생활이 떠올라서 그러셨을 거예요. 또 어쩌면, 가끔씩 어린 나에게 음탕한 눈빛을 던지곤 했던 한 할아버지가 술에 취해 떠들었던 말이 사실이었을 수도 있어요. 젖가슴이 조금씩 올라오던 열한 살의 나를 껴안고 예쁘다, 예쁘다, 를 연발하며 이곳저곳 만져대던 변태 노인이었어요. 그 늙은이가 한사코 싫다고 도망가려는 나를 무릎 위에 앉히고는 내 귓가에 속닥거렸어요. '아가, 네 어미가 얼마나 이뻤는지 아니? 그 이쁜 네 어미가 실은 네 할애비가 밖에서 계집질해서 데려온 애라는 것도 아니? 하, 요년 지 어미 닮아 참 이쁘네.' 난 어린 나이였지만, 틈만 나면 날 주물러대는 그 늙은이가 하는 말을 외할머니에게 전해서는 안 된다는 걸 본능적으로 알 수 있었어요. 내가 그런 말을 했다가는 외할머니가 분명 크게 화를 내시리라는 걸 어렵지 않게 예상할 수 있었죠. 외할머니가 금기시하는 단어에는 '외할아버지' 뿐만 아니라, 내 '어머니'도 포함되어 있었죠. 외할머니가 바닷가로 잠수질을 하러 나간 어느 날, 열여섯 살의 어머니는 문을 열고 집 밖으로 나왔어요. 외할머니가 여느 때처럼 문고리를 단단히 노끈으로 동여매고 나가지 않아서였죠. 어머니는 문고리에 헐겁게 동여맨 노끈을 다 풀어내고는 처음으로 혼자만의 힘으로 집 밖에 나올 수 있었던 것이죠. 어머니가 얼마나 기뻤을지, 또 얼마나 마음껏 바깥을 돌아다니고 싶었을지, 그 광경이 마치 내가 직접 지켜본 것처럼 눈에 선해요. 바닷가 모래사장을 맨발로 마구 뛰어다니다가 틀림없이 바닷물에 첨벙 뛰어들었을 거예요. 난 가끔 리리궁이 답답하게 느껴질 때마다 다섯 살 지능을 가진 나의 어머니가 그때 처음으로 바닷가를 떠돌며 느꼈을 그 해방감을 떠올려요. 그러면 마음이 한결 부드러워지는 것을 느껴요. 틀림없이 어머니는 짙푸른 바닷물에 들어가 헤엄을 치려고 시도도 했을 거예요. 난 어머니가 비록 수영을 배우지 않았어도 누구보다 능숙하게 헤엄쳤을 거라고 생각해요. 어머니는 내내 다섯 살짜리 여자아이였으니까요. 어린아이의 맑은 마음에는 아직 어떤 고정관념이나 편견도 자리 잡고 있지 않잖아요. 그러니 어머니는 그저 가볍게 몸을 물속에 띄우기만 해도 됐을 거예요. 그럼 본능적으로 양팔과 양다리를 움직여 우아한 인어마냥 바닷물을 가르며 앞으로 나아갈 수 있었을 거예요. 해가 질 무렵 외할머니가 바닷가 외딴집으로 돌아왔을 때, 어머니는 어디에도 보이지 않았어요. 휑하게 열린 방문 앞에는 허물 벗은 뱀 껍질 같은 노끈만이 떨어져 있었죠. 가슴이 철렁해진 외할머니는 들고 있던 바구니를 내팽개친 채 어머니의 이름을 목놓아 부르며 바닷가를 향해 달려나갔어요. 정순아! 정순아! 외할머니의 다급한 외침이 바닷가를 에워싼 절벽에 부딪혀 메아리로 되돌아왔어요. 정순아! 정순아! 외할머니는 근방의 모래사장을 뛰어다니다가 이윽고 어머니의 것으로 보이는 작은 발자국 두 개가 좀 더 깊숙이 들어간 해안가로 향해 있는 것을 발견했어요. 그리고 얼마 안 가 그 위로 그보다 큰 발자국 여러 개가 어지럽게 흩어져 이어지는 것을 보았어요. 안 좋은 예감으로 외할머니의 심장은 마구 뛰었죠. 정순아! 외할머니는 후들거리는 두 다리를 필사적으로 움직여 뛰어갔어요. 해녀인 외할머니는 오랜 잠수 경력 덕에 남들보다 심장이 튼튼한 편이었어요. 흉골이 밖으로 튀어나갈 듯 격렬하게 뛰어 숨을 쉬는 것조차 힘들었지만 그래도 뛰기를 멈추지 않았어요. 뾰쪽한 바닷가 바위틈에 발바닥과 무릎이 부딪히고 스쳐서 피가 맺히고 퍼런 멍이 져도 외할머니는 어머니를 찾는 것을 멈추지 않았어요. 깊숙이, 더 깊숙이 발걸음을 옮겨 절벽 안쪽에 있는 좁은 동굴까지 갔을 때, 외할머니는 동굴 안에서 들리는 희미한 울음소리를 들을 수 있었어요. 외할머니는 어머니의 이름을 다시금 안타깝게 외치며 동굴로 들어갔어요. 어머니는 그 안에 있었어요. 입고 있던 치마와 저고리는 반쯤 풀어헤쳐진 상태였죠. 허벅지를 따라 흐른 붉은 피를 보자마자 외할머니는 딸에게 어떤 일이 일어났는지 짐작할 수 있었어요. 저고리 사이로 드러난 하얀 젖가슴에 선명한 잇자국이 새겨져 있었죠. 예쁜 얼굴은 심하게 얻어맞아서 퉁퉁 부어 있었어요. 울음을 터트리며 딸을 부축해 일으키려던 외할머니는 딸의 뒷머리에서 흘러내리는 선명한 핏자국을 보고는 울분을 참지 못해 몇 번이나 짐승 같은 외마디소리를 내지르고 말았어요. 가까스로 딸을 집으로 옮겨다 놓은 외할머니는 밤새 고열과 심한 통증에 시달리는 딸을 간호하며 뜬눈으로 밤을 새워야 했어요……."

외할머니는 딸에게 이런 몹쓸 짓을 저지를 만한 동네 남자들을 하나씩 머릿속에 떠올려보았다. 어쩌면 범인은 가끔씩 배를 얻어타고 바다낚시를 즐기는 외지인일 수도 있다는 생각이 들었다. 외할머니는 절망했다. 딸은 엄연한 피해자였고, 순결한 딸을 무참히 짓밟은 그놈들을 마땅히 벌줘야 했지만, 현실적으로 모녀는 너무 무력했던 것이다. 분하고 억울했으나, 이런 일을 마을 사람들과 경찰에게 알리면 오히려 딸이 더럽혀진 여자라고 손가락질 받을 것이 뻔했다. 외할머니는 그 어둡고 좁은 동굴 속에서 끔찍한 일을 당해야 했던 딸의 고통을 떠올리면서 하염없이 눈물을 흘렸다. 이럴 때 그 망나니 남편이나마 살아 있었다면, 어떻게든 딸에게 도움이 되었을 것이라고 생각하니 더 괴로웠다. 그녀는 딸에게 더 이상의 불행한 일은 부디 일어나지 않기를 간절히 바라고 또 바랐다.

그러나 외할머니의 이같은 바람은 이뤄지지 않았다. 두 달 후, 딸의 몸에 이상이 생긴 것을 안 외할머니는 새로운 절망에 휩싸였다. 누구의 씨인지도 모를 생명이 딸의 몸에서 자라나고 있는 중이었다. 아무리 머리를 싸매고 궁리해도 도무지 배 속의 아이를 뗄 수 있는 방법을 떠올릴 수 없자, 외할머니는 우선 어쩔 수 없이 딸이 품은 불행의 씨앗을 받아들이기로 했다. 대신 더욱 철저하게 딸을 집 안에 가둬놓았다. 누구도 임신 중인 딸을 봐서는 안 되었고, 당연히 출산도 비밀리에 해야 했다. 아이를 낳으면 마을에서 제일 부잣집이라고 손꼽는 이장 집 대문 앞에 몰래 갖다놓을 생각이었다. 외할머니는 그렇게 해서라도 딸과 자신의 명예와 미래를 지키고 싶었던 것이다. 태어날 아기에게 아무 잘못이 없다는 것은 모르지 않았지만, 아기를 볼 때마다 떠오를 그 나쁜 놈들의 그림자를 외할머니는 결코 견뎌낼 수 없을 것이었다.

외할머니는 자신의 계획을 놀랍도록 잘해냈다. 마을 사람들 누구도 딸에게 일어난 일을 알지 못했다. 외할머니는 출산 당일에도 행여 딸의 비명이 집 밖으로 새어 나갈까봐 반나절을 꼬박 진통을 겪어야 했던 딸의 입을 천으로 단단히 묶었다. 태어난 손녀를 손수 받아 탯줄을 가위로 잘랐다. 출산의 흔적을 집 안에서 모두 깨끗이 지웠을 때는, 사방이 칠흑같이 어두운 한밤중이었다. 마침 아이를 이장 집 앞에 갖다놓을 절호의 시간이라, 외할머니는 딸 곁에 눕혀놓았던 손녀를 품에 안으려던 참이었다. 돌연 누워 있던 딸이 오랜 출산의 피로로 핏발 선 두 눈을 번뜩이며 자신의 어머니가 아이에게 손대지 못하도록 양팔을 마구 휘두르기 시작했다. 그것으로도 모자랐는지 산욕이 남아 있는 몸을 벌떡 일으켜 외할머니에게서 아이를 필사적으로 막아서는 것이었다. 다섯 살짜리 지능의 딸에게 어떻게 그런 강한 모정이 존재할 수 있는지 실로 경이롭게 느껴지는 순간이었다. 그러나 외할머니의 고집도 만만치 않았다. 모자란 딸이 정말 모자란 짓을 하고 있는 꼴을 두고 볼 수만은 없었다. 외할머니는 딸이 핏덩이를 갓 낳은 산모라는 것도 잊고는, 땀으로 흠뻑 젖은 딸의 등짝을 몇 번이고 후려치며 소리쳤다.

"이것아! 이 모자란 것아! 이 애가 어떤 앤데 네가 엄마 노릇을 하려고 해!"

딸은 어머니의 말을 듣지 않았다. 아이를 품에 꼭 안고 어머니의 거친 손길로부터 아이를 보호했다. 한동안 계속되던 실랑이 끝에 결국 외할머니는 딸의 모정을 꺾지 못하고 두 손 두 발 다 들고 말았다. 외할머니는 아이를 품에 안은 딸을 닥치는 대로 때리며 울었다. 딸도 어머니의 품에서 아이를 보호하며 흐느껴 울었다. 어느새 날은 밝아오고 있었다. 산파 역할과 실랑이까지 해야 했던 외할머니는 몰려오는 졸음을 참지 못하고 아직 피비린내가 진동하는 방에서 잠이 들어버렸다. 그래서 자신의 모자란 딸이 아이를 품에서 내려놓고 바깥으로 나가는 것을 전혀 알아채지 못했다.

"어머니는 그 후 영영 집으로 돌아오지 않았어요. 외할머니는 시체가 발견된 적은 없으니, 그래도 어머니가 어딘가에 살아 있을 것이라고 돌아가시는 날까지 믿고 싶어 하셨죠. 누군가 좋은 남자의 눈에 띄어 오순도순 가정을 이루고 아이를 낳아 행복하게 잘 살지도 모른다는 상상만으로도 외할머니는 조금은 행복한 기분을 느꼈을 거예요. 하지만 나나 외할머니나 비록 입 밖으로 말하지는 않았지만, 그런 일은 일어나지 않았을 것이라는 걸 알고 있었죠. 어머니는 틀림없이 자신이 겁탈당한 그 바닷가에 몸을 던지셨을 거예요. 나와 닮은 아주 예뻤던 어머니. 다섯 살 지능에 머물러 있었던 그분이 외할머니의 바람대로 행복한 삶을 살아갈 수 있을 만큼 세상은 그렇게 마냥 아름다운 곳이 아니잖아요. 외할머니는 딸에 대한 죄책감과 회한 때문에 날 버리지 않고 키워주셨어요. 외할머니가 날 볼 때마다 어떤 생각이 드셨을지, 생각만 해도 구정물을 온몸에 뒤집어쓴 것처럼 나 자신이 혐오스러워질 때가 있어요. 그리고 나 역시…… 어머니의 예쁜 얼굴을 닮은 죄로 그녀와 똑같은 일을 열네 살 때부터 당해야 했어요."

담담하게 이어지는 그녀의 이야기를 듣고 있던 나는 그야말로 깜짝 놀라고 말았다. 나는 지금 들은 것을 도저히 가슴으로 소화해 낼 수가 없어 다시 묻고야 말았다.

"지금 영부인께서 말씀하시는 일이란 게…… 제가 생각하는, 차마 말로 할 수 없는 그 끔찍한 일과 동일한 것인가요?"

"네, 맞아요."

"열네 살 때부터였다면, 그 이후로도 지속적으로 그런 일을 당하셨다는 말씀이십니까?"

"네, 무려 오 년간이었어요. 어린 나를 주무르던 그 변태 늙은이와 비슷한 또래의 마을 남자 다섯 명이 나를 공깃돌 가지고 놀듯 날을 바꿔가며 그 짓을 했어요. 처음에는 내 어머니가 당했던 바닷가의 그 좁은 동굴로 날 강제로 끌고 갔지만 시간이 점점 흐르면서 그들은 더 뻔뻔해지고 거리낌이 없어졌죠. 말년에 외할머니는 중풍을 앓아 집 안에 거의 누워만 계셨죠. 바로 그 옆방에서 손녀인 난 그놈들에게 그 짓을 당해야 했어요. 말도 행동도 자유롭지 못했던 외할머니는 날 위해 하실 수 있는 일이 없었어요. 다만 울면서 벽을 힘없이 두드리는 것밖에는. 난 그들의 예쁜 인형이자, 공동변소였어요. 네 번의 낙태와 두 번의 자연유산 끝에 난 다시는 아이를 가질 수 없는, 망가진 반쪽짜리 여자가 되고 말았죠. 나는 연예인이 될 수밖에 없었어요. 공동변소의 신세를 벗어나기 위해 무작정 서울에 올라와 할 수 있는 일이 그것밖에 없었죠. 다른 건 몰라도 얼굴 하나만큼은 기획사 오디션에 합격할 만큼 예뻤으니까요."

나는 최세희의 이야기에서 큰 오류를 찾을 수 있었다. 그녀가 밤을 지새우며 내게 늘어놓고 있는 이 이야기들이 근본적으로는 거짓말에 불과하다는 근거였다.

"하지만 영부인께서는 불과 두 시간 전에 제게 말씀하시지 않으셨습니까? 리아민 대통령이 영부인의 첫 남자였다고 말입니다."

"박상호 씨는 참 순진한 남자군요."

"네? 무슨……."

"내가 연예인이 되어 첫 배역을 맡고 받은 돈으로 했던 일이 무엇이었는지 아시나요? 난 그 돈으로 나의 잃어버린 처녀성을 다시 샀어요. 아주 간단한 수술이더군요."

나는 의자에서 일어섰다. 탁자 주위를 초조하게 오고 갔다. 도저히 앉아 있을 기분이 아니었다. 나는 이런 이야기를 듣기 위해 이곳에 온 게 아니었다.

"도대체 왜 그렇게까지 하신 겁니까? 영부인께 일어났던 일은, 분명 아주 불행한 사건이었습니다. 그 나쁜 놈들이 만일 살아 있다면 지금이라도 벌을 받아야 한다고 생각합니다. 하지만 지금이 어떤 시대인데 그렇게까지 순결에 집착하셨던 겁니까? 적어도 요즘 남자들은, 아니 저만 하더라도 같이 잠자리를 하는 여자의 처녀성 유무에 관해 별반 상관하지 않습니다. 영부인의 그런 고착화된 옛날 사고방식 때문에 오히려 스스로를 괴롭게 만들고 있지 않습니까? 전 아무래도 이해가 되지 않네요."

돌연 최세희가 울음을 터트렸다. 몸부림을 치며 두 손으로 가슴을 마구 두들겨대는 그녀의 행동에 당황한 나는 바깥으로 도망쳐버리고 싶은 마음을 애써 억누르며 의자에 엉거주춤 도로 앉았다.

"당신은 몰라! 어린 내가 느꼈던 그 치욕! 더럽혀진 기분! 자신의 몸 하나 지킬 수 없는 조그만 여자아이의 가슴속을 가득 채웠던 그 무력감! 증오심! 당신이 알 턱이 없지!"

"그래요. 저는 아무래도 알 수 없겠죠. 그래도 지금은 이 나라 대통령의 부인이시지 않습니까? 어떤 사람도 영부인을 무력한 존재로 볼 수는 없을 겁니다."

"내가 최고 권력자와 한 침대를 쓴다고 해서 내 지난날의 상처가 지워지는 건 아니에요. 오히려 인생의 정점에 있는 지금, 난 그 어느 때보다 상처받고 비참한 기분이 들어요. 남편은 날 사랑하지 않아요. 예전에도 그랬고, 현재도 마찬가지죠. 가장 사랑하는 사람에게서 이해받을 수 없는 심정을 당신은 절대 알 수 없을 거예요."

"영부인께서는 지나치게 스스로를 비하하시는군요. 각하와 영부인께서는 단순히 한 침대를 나눠쓰시는 사이가 아닙니다. 부부에게 섹스만이 전부라면, 굳이 결혼이라는 번거로운 제도에 속할 필요가 없지 않겠습니까. 사실 그것은 일부가 전부로 보이는 허상일 뿐입니다. 왜 각하가 영부인을 사랑하지 않는다고 단정하시나요? 나 자신도 스스로의 마음을 제대로 헤아리기 어려운 법입니다. 그런데 타인인 남편의 마음을 어떻게 완벽하게 헤아릴 수 있다고 생각하시는 겁니까?"

"박상호 씨, 내가 그이와 결혼한 뒤 가장 먼저 권력의 힘을 깨달 았던 일이 무엇이었는지 아나요? 권력이란 게 얼마나 치명적으로 사람을 중독시키는지 극명하게 알았던 때를 말해줄까요?"

"말씀해보세요."

"내가 리아민 씨와 결혼하고 나서 맨 처음 했던 일은 이 한적하 고 외딴 바닷가 마을에 주먹을 잘 쓰는 남자 세 명을 보낸 것이었 어요. 그들이 누구를 찾아 어떤 일을 했는지는 내가 굳이 말로 하 지 않아도 익히 짐작할 수 있을 거예요. 날 반쪽짜리 여자로 만든 그 짐승 같은 인간들에게 내가 당했던 것 이상의 폭력을 기꺼이 되 돌려줬어요. 얼마나 무섭게 울러대고 협박을 했던지 초주검이 되도 록 얻어맞고도 아무도 경찰에 신고를 하거나 자신들이 당했던 일 을 가족에게조차 발설하지 못했죠. 그래요, 권력이란 건 아주 특별 하게 매혹적인 것이더군요."

"잘하셨습니다. 비록 공개적으로 박수까지 쳐드리진 못하겠지만, 때론 법보다 주먹이 정의를 좀 더 강력하게 실현해주기도 하죠. 저 는 민주주의 사회에서 모든 일을 법으로만 해결해야 한다는 것에 때론 거부감을 느끼는 사람이라, 어느 정도의 융통성은 늘 필요하 다고 생각합니다."

"그쪽의 말은 내가 원하는 대답이 아니에요."

"제가 꼭 영부인께서 원하는 답변을 해야 할 의무가 있는 것은 아니죠. 그렇다면 제게 어떤 대답을 원하셨습니까?"

"나는 단지…… 위로를 원했을 뿐이에요."

최세희는 나를 바라보고 있었다. 나는 어둠 속에서도 그녀의 시선을 느낄 수 있었다.

"최세희 씨, 저는 리아민 대통령의 대용품이 아닙니다. 제게 위로를 구하지 마세요."

"이 방에 다른 사람이 있었다면 난 그이에게 말했을 거예요. 하지만 유감스럽게도 지금 제 눈엔 한 남자밖에 보이지 않아요."

나는 눈을 감았다. 그리고 잠시 어둠 속에서 쉼 없이 부딪혀오는 파도를 떠올렸다. 그러자 마음이 이상하리만치 가라앉는 것을 느낄 수 있었다.

"……사람들에겐 숨기고 싶은 어두운 기억이 있습니다. 영부인께서만 그런 기억을 가진 것이 아니란 말입니다."

"……"

"제 첫 소설이 실은 직접 경험한 사건에서 모티브를 얻어 쓰였다는 사실을 아십니까? 주인공 정우진이 그토록 과도한 윤리주의자가 된 이유가, 소설에서는 한 소도시에서 일어난 윤간 사건에서 비롯된 일종의 트라우마 탓이라고 간접적으로 서술되고 있지요. 정우진은 다른 여섯 명의 열일곱 살 동갑내기 친구들이 외지에서 전학 온 지 일주일밖에 안 된 여학생을 차례로 돌아가며 강간할 때 망을 보는 역할을 했죠. 물론 강간에 참여하지는 않았습니다. 그저 순결한 여학생이 짐승처럼 다뤄지는 것을 목격하면서 여느 남자들처럼 성적인 흥분감을 느꼈을 뿐이죠."

이야기를 계속하자 그때처럼 강한 흥분감이 온몸에 퍼져 나갔다.

"이후 정우진은 평생토록 그때의 죄책감을 떨쳐버리지 못합니다. 비록 직접 그 가련한 여학생을 범하지는 않았지만, 만일 다른 친구들이 자신에게 좀 더 강하게 참여할 것을 권했더라면 그 애들과 똑같은 범죄를 기어이 저지르고 말았을 거라는 사실을 잘 알고 있었던 겁니다."

최세희가 내 말을 자르며 말했다.

"왜 그 얘기를 그토록 장황하게 하나요? 우리의 대화와 좀 많이 동떨어진 주제인 것 같은데."

"그렇지 않습니다. 제가 여기서 이 이야기를 하는 까닭은, 그 죄질 나쁜 범죄에서 망을 봤던 소년이 실은, 저였기 때문입니다."

나는 크게 숨을 몰아쉬었다가 내쉬었다.

"제 추잡한 경험이 『당신이 그곳에 있었다』에 강력한 리얼리티를 제공했던 것이죠."

"그럼 소문이 사실이었군요."

"제게도 숨기고 싶은 어두운 과거가 있다는 취지로 드린 얘기였습니다."

나는 벌써 후회하면서 의자에서 일어섰다. 더는 이곳에 있어서는 안 된다는 위험신호가 머릿속에 울리고 있었다.

"이만 가보겠습니다. 오늘 밤 제게 해주신 이야기들은 어느 지면에서도 발표되지 않을 겁니다. 저도 그 정도의 사리 분별은 할 수 있는 작가니까요."

문 손잡이에 막 손을 얹었을 때였다. 등 뒤로 최세희의 목소리가 들려왔다.

"내가 보내준다고 허락해야 갈 수 있을 텐데요. 보다시피 여긴 택시도 들어오지 않는 외진 곳이에요."

"제가 어떻게 해야 보내주실 겁니까?"

"난 말했어요. 날 위로하라고."

나는 영부인이라는 지위의 막강한 영향력이 내게서 썰물처럼 빠져나가는 것을 느꼈다. 이 상황이 지긋지긋했다.

"모래사장을 가로질러 바닷물을 헤엄쳐 간다고 해도 저는 여기서 나가겠습니다. 예술가를 얕잡아보지 마세요. 우린 하고 싶지 않은 일을 강요받는다고 해서 권력에 굽히고 들어가는 그리 호락호락한 족속들이 아닙니다. 쥐뿔도 없어도 최고 권력자 부인 앞에서 고개를 빳빳이 치켜들 수 있는 인간들이란 말입니다."

"화내라고 한 말은 아니니까 오해 마세요. 그렇게 가고 싶다면, 보내드려야죠. 대신 가기 전에……."

최세희가 내 등 뒤로 바싹 다가와 있었다. 발끝으로 걷는 도둑고양이처럼.

"나는 단지 사람의 온기를 느껴보고 싶었어요. 그게 전부예요."

그녀의 한 손이 내 등에 얹혔고, 다른 한 손은 허리에 둘렸다. 그때 나는 그녀의 슬픔에 진심으로 공감했다. 이상한 경험이었다. 그녀의 온몸을 흐르고 있는 붉은 피가 내게도 스며들어 내 피와 함께 섞이는 느낌이 들었다. 만일 다른 사람이 우리의 그런 포즈를 봤다면, 그 순간 우리가 느꼈던 공감을 흔한 남녀 간의 욕망으로 오해할 수도 있었으리라. 그녀는 내게서 이해를 구했고, 나는 비로소 그녀를 이해했다. 그것이 그날 밤의 전부였다.

12

리아민과 최세희, 이 개성적인 두 남녀가 나의 일상을 서서히 지배하기 시작하고 있었다. 경호원이 나를 오피스텔로 데려다준 시간은 오전 열시가 넘어서였다. 평소의 내 작업 스타일이라면 벌써 한 시간 전에 책상에 앉아 노트북 키보드를 두드리고 있어야 하는 시간이었다. 나는 잠시 눈부시게 환한 작업실 겸 거실과 침실을 번갈아 쳐다보면서 고민에 휩싸였다. 어디로 가야 할까. 사실 답은 이미 나와 있었다. 기꺼이 나는 잠을 포기하고, 작업실의 책상 앞에 앉았다. 그러자 이제야 내 삶이 제대로 흘러가고 있다는 안도감이 들었다. 결벽증에 가깝게 위생에 철저한 내가 외출을 끝내고 돌아왔는데도 샤워는커녕 손도 씻지 않고 노트북의 자판을 신명나게 두들기고 또 두들겨대고 있었다. 무려 A4 종이 열 장 분량의 글을 단숨에 카드를 긁어대듯 써버렸다. 다섯 시간 동안의 승리였다. 그렇게 초집중하여 글을 쓰고 나자 뿌듯한 만족감과 함께 손가락 하나 까딱하기 힘들 정도로 그야말로 탈진해버렸다. 나는 비틀거리며 작은 방으로 갔다. 침대 위로 날다람쥐처럼 팔과 다리를 쭉 뻗고 누웠다. 기분이 좋아 저절로 배시시 웃음이 자꾸 나왔다. 그때 나는 세상을 다 가진 것 같은 기쁨을 느꼈다. 조만간 '펜의 떨림'이 나타날 날도 머지 않았다는 생각이 들었다. 작가 박상호의 경력에서 바야흐로 두 번째 중요한 글이 쓰이고 있다는 그 가슴 벅찬 예감 속에서 나는 기억나지 않는 꿈에서조차 행복했다.

그렇게 나흘 내내 꼬박 김밥만 먹으며 다섯 번째로 날다람쥐가 되어 잠이 들기를 반복하자, 일곱 시간의 단잠으로도 기력을 회복할 수 없게 되었다. 완전히 기진맥진한 상태가 된 것이다. 침대에서 몸을 일으킬 수 없었다. 불과 열 걸음만 걸으면 노트북이 놓여 있는 책상 앞으로 갈 수 있는데도, 도저히 몸이 움직여지지 않았다. 잠이 들었다. 아주 선명한 색감의 악몽이 계속 이어졌다. 나는 진수성찬이 차려진 거대한 식탁 앞에 앉아 있었다. 수십 명이 족히 앉을 수 있을 법한 식탁에 앉아 있는 이는 오직 나 혼자였다. 기이한 느낌 속에서 나는 가장 가까운 접시 위에 놓여 있는 음식에 손을 뻗었다. 갓 구운 향을 풍기는 먹음직스러운 빵이었다. 그 빵을 두 손으로 들고 막 입에 넣으려는 순간, 앞니가 바스라져버렸다. 마치 비스켓처럼. 이어서 아랫니도 바스라졌다. 그러더니 이가 모조리 바스라졌다. 끔찍한 공포가 밀려와 나는 입을 벌려 비명을 지르려 했다. 그러나 물고기마냥 빠끔거리기만 할 뿐, 입에서는 어떤 소리도 나오지 않았다. 나는 계속해서 몸부림치며 비명을 지르려 했다. 빠끔빠끔. 한 마리의 인간 붕어가 되어.

휴대폰 벨이 울리고 있었다. 나는 누운 채로 몇 번이고 길게 이어졌다가 끊어지는 벨 소리를 들으면서 극도의 혼란에 빠져 있었다. 꿈속의 환상이 지나치게 강렬했던 나머지 지금 내 귓가에 들리는 벨 소리가 과연 현실에서 들려오는 소리인지 확신할 수 없었던 것이다. 벨 소리가 환상이 아니라는 것이 확실해지자, 나는 자리에서 일어났다. 거실 소파 위에서 지치지 않고 울려대는 휴대폰을 집어 들었다. 정율리였다.

"소식 들었어?"

율리는 극도로 흥분한 상태였다.

"리아민 대통령이 피습당했어! 그것 때문에 루킨 대통령 방한도 미뤄졌지."

문득 나는 스스로가 아직 환상 속에 갇혀 있다는 느낌을 받았다. 악몽은 아직 끝나지 않은 것이다.

"듣고 있는 거야?"

"말해."

"내년 대통령 선거를 앞두고 리리궁에서 신설한 '국민과의 대화'가 끝나가는 와중에 일어난 사건이야. 대통령이 무대 밑으로 내려와 한창 내년도 경제정책에 대해 열변을 토하고 있던 중이었는데, 폭발물로 무장한 드론의 표적이 되었다나봐. 다행히 대통령은 생명에 지장은 없지만, 안면에 심한 상처를 입었대. 이 암살 시도로 경호원 여섯 명이 중경상을 입었고."

"말이 안 돼."

"뭐가?"

"이 모든 일이. 도대체 경호원이 몇 명이야? 다들 이 나라 최고의 실력자들이잖아. 그 정도의 돌발적인 사태도 제압하지 못했다는 것이 도무지 말이 안 되잖아. 분명 누군가 있어. 내부에 사주한 인물이 있을 거란 말이지."

"확신해?"

율리는 재차 물었다.

"생각나는 사람이 있는 거지?"

나는 무의식적으로 대답하려 했다. 그러나 이내 이 통화를 감청하고 있는 누군가의 존재에 대해 의식했다.

"아니, 그건 아니야."

"거짓말. 생각한 사람이 분명 있어."

"아니라고 했어. 이만 끊을게."

"근데, 이거 알아?"

"……."

"영부인이 아직까지 보이질 않아. 리아민 대통령이 저 지경인데도 말이야."

나는 천천히, 한 음절씩 발음하듯 말했다.

"뭔가 사정이 있겠지. 나중에 봐."

전화를 끊고 나서도 한 시간 넘게 망설였다. 내가 어떻게든 상관할 수 있는 일이 아니었다. 그럴 이유도 없었다. 하지만 역시 무심하게 손을 놓고 있을 수도 없었다. 새삼 리아민과 최세희, 그 두 사람이 나의 의지와는 상관없이 내 삶에 관여되어 있다는 실감이 들었다. 나는 휴대폰을 들고 김세원의 번호를 찾아 전화를 걸었다. 신호음이 세 번도 울리지 않아 그가 전화를 받았다.

"무슨 일입니까? 특별한 용건이 없다면 나중에 통화합시다."

"대통령 각하를 면회하고 싶습니다. 가능합니까?"

김세원은 잠시 말이 없었다.

"가능하지 않습니다. 다른 용무가 없다면……"

"만나뵙고 싶습니다. 아니, 꼭 만나봬야 할 것 같습니다."

"나중에 다시 얘기합시다. 끊죠."

"각하께 여쭤봐주세요. 그러면 각하께서도 저를……."

"박상호 씨, 지금 뭐 하자는 겁니까?"

"문병하려는 겁니다. 그것도 안 됩니까?"

"대통령은 이웃집 아저씨가 아닙니다. 만나고 싶다고 해서 자기 멋대로 만날 수 있는 분이 아니란 말입니다. 아시겠습니까?"

나는 통화가 끊어진 휴대폰을 들고 한참을 들여다보았다. 그러고는 다시 전화번호부를 검색해 며칠 전 내게 전화를 건 영부인이 사용한 번호로 전화를 걸었다. 예상대로 경호원의 번호였다. 그에게 내 이름을 밝히며 영부인을 바꿔줄 것을 요구했다. 영부인이 전화를 받았다.

"설마 내 안부를 묻고 싶어서 전화한 건 아니겠죠?"

"어디십니까?"

"글쎄요, 잘 모르겠네요."

"각하가 계신 병원엔 안 가실 작정이신가요?"

"작정까지 한 건 아니에요. 혹시 모르죠. 이 전화 끊고 갈 수도 있겠죠."

"만일 가신다면 저도 데려가주시죠. 각하를 뵙고 싶습니다."

최세희는 가당찮다는 듯 크게 웃었다.

"내가 왜 박상호 씨에게 그런 배려까지 해야 하나요?"

"충분히 그러실 수 있는 위치에 계시니까요."

"그리고 또?"

"전 영부인의 비밀을 공유한 사람이니까요."

"협박하는 건가요?"

"부탁드리는 겁니다."

그녀는 한숨을 내쉬었다.

"삼십 분 뒤, 사람을 보내죠."

"너그러우시군요."

"난 뼛속까지 이기심으로 가득 찬 사람이에요. 작가라서 텍스트 밖에 있는 실제 인물의 성격은 잘 파악하지 못하시는군요."

매정하게 전화가 끊겼다. 나는 외출을 준비하기 위해 욕실로 들어갔다.

13

리아민이 입원해 있는 병실 문 앞에서 최세희가 내게 말했다.

"난 아무 말도 하지 않을 테니, 원한다면 그이와 마음대로 담소를 나눠보세요."

김세원은 병실 문 앞 복도에 놓인 간이 의자에 앉아 있었다. 심각한 표정으로 허공을 쏘아보던 그는 영부인을 보고 떨떠름한 인사를 건넸다. 그녀의 뒤에 선 나를 보고는 안색이 싹 변했다. 내가 먼저 선수를 쳤다.

"안녕하십니까, 수석비서관님."

김세원은 대꾸하지 않았다. 대신 병실 안으로 들어가려는 영부인의 뒤를 따르는 내 앞을 막아섰다.

"박상호 씨는 여기서 저와 함께 계시죠."

영부인이 돌아보았다. 그녀가 나를 막아선 수석비서관을 보고 조소했다.

"이분은 각하의 뜻에 따라 이곳에 있는 거예요. 수석비서관께서 상관하실 사항이 아니죠."

"지난 다섯 시간 동안 어디에 계셨던 겁니까? 영부인께서 부재하시는 동안 저희가 그에 관한 추측성 기사를 막기 위해 얼마나……."

"네, 많이 힘드셨겠죠. 그래서 지금 여기에 제가 온 거예요. 무슨 문제될 게 더 있나요?"

수석비서관은 시선을 돌렸다. 나는 참으로 얄밉게도 영부인의 뒤를 쫓아 얼른 열린 문틈으로 한 발을 내디뎠다. 비록 나를 직접적으로 노려보진 않았으나 김세원의 옆모습만 보아도 그가 얼마나 화가 나 있는지 능히 짐작할 수 있었다. 그에게 장난꾸러기처럼 혀를 내밀어주고 싶은 마음이 굴뚝같았지만, 애써 참아야 했다. 정말 그랬다간 그가 이성으로 제어하고 있는 분노가 그만 폭발해버릴지도 몰랐다.

거만한 수석비서관에게 멋진 한 방을 날려주었다고 히죽거리던 나는 침대에 누워 있는 리아민을 보는 순간 웃음이 사라져버렸다. 한눈에 봐도 리아민의 상태가 위중하다는 것을 알 수 있었다. 경직된 자세로 누워 있는 리아민의 두 눈은 감겨 있었다. 잠든 상태인지 아니면 그냥 눈을 감고만 있는 것인지 알 수 없었다. 깨어 있었다면 우리가 병실로 들어오는 소리를 들었을 텐데도 그는 아무런 미동 없이 누워만 있었다. 얼굴의 절반이 붕대로 친친 감겨 있어 정확한 상처의 위치는 보이지 않았다. 다만 환자가 말을 전혀 할 수 없을 만큼 심각한 상태라는 것만큼은 분명해 보였다. 왼손에 꽂힌 링거를 보면서 새삼 나는 화가 치밀어 올랐다. 이 나라의 현직 대통령에 대한 경호가 겨우 이 정도밖에 되지 않는단 말인가. 혈색 좋고 살집이 있던 그의 얼굴이 데드마스크처럼 창백하게 굳어 있었다.

최세희의 충격은 더욱 큰 듯했다. 침상 옆 의자에 주저앉아 시트 위로 드러난 그의 손을 자신의 양손으로 살며시 감싸듯 잡은 그녀는 침통한 표정으로 아무 말도 하지 않았다. 부부는 그 순간 진정으로 내밀한 공감을 이루고 있는 것처럼 보였다. 적어도 그 모습을 보고 대통령 부부의 불화를 입에 올릴 수 있는 이는 없을 것이다.

나는 나 자신이 그들만의 공간 안에 불쑥 끼어든 불청객처럼 느껴졌다. 영부인을 쫓아 병원에 오는 것이 아니었다는 자책이 들었다. 초대받지 않은 손님으로 찾아왔으니, 작별 인사도 필요 없을 것이라고 생각했다. 어차피 주인은 내가 이곳에 왔는지조차 인지하지 못하는 상태이니 말이다. 나는 슬쩍 문 쪽으로 걸음을 옮겼다. 오늘은 내가 대통령을 만나기에 적당한 날이 아니기에. 문손잡이를 막 잡으려 하는데 뒤쪽에서 뭔가를 탁탁 치는 둔탁한 소리가 들려왔다. 그리 크지 않은 소리였으나, 워낙 조용한 가운데 들린 소리라 나는 움찔 몸을 움츠리며 뒤를 돌아보았다. 최세희가 말했다.

"이이가 당신을 부르고 있어요. 가지 말고 이리로 오세요."

머쓱해진 나는 리아민이 누워 있는 침상 곁으로 다가갔다. 리아민은 한 손으로 침상을 서너 번 더 두드렸다. 말을 할 수 없으니 그것으로 자신의 뜻을 전달하려는 것 같았다. 나로선 그가 하고자 하는 말을 알아들을 수 없었으나, 그의 아내는 달랐다. 최세희는 고개를 몇 번 끄덕거리더니 벨을 눌러 간호사를 불렀다. 간호사에게 주삿바늘을 빼달라고 말한 그녀는 리아민에게 침상맡에 있던 볼펜과 노트를 건네주었다. 리아민이 노트에 뭔가를 쓰고 최세희는 그것을 읽어 내게 전해주었다.

"이렇게 와줘서 고맙습니다. 글은 잘 진행되고 있습니까?"

나는 내 쪽으로 시선을 맞추고 있는 그의 두 눈을 보았다.

"최선을 다하고 있습니다."

리아민은 두 눈을 깜빡거렸다. 그가 다시 노트에 뭔가를 썼다.

"최선을 다하는 것은 당연합니다. 내가 알고 싶은 건 그 글이 잘 쓰이고 있느냐는 겁니다."

"삼 분의 일 정도 진행된 터라, 아직 뭐라고 확실하게 말씀드릴 순 없는 단계입니다. 하지만 최대한 집중해서 좋은 글을 쓸 작정입니다. 각하를 위해서만은 아닙니다. 저도 이 글에 제 모든 역량을 담아내고 싶은 바람이 있기 때문입니다."

"한 달 안으로 확실한 증거를 가져오시길 바랍니다. 난 그것을 원해요."

이번엔 나의 미간에 깊은 주름이 새겨졌다. 한 달이라니, 평소의 내 작업 스타일이라면 물론 가능하지 못할 것도 없다. 하지만 이 글은 나 홀로 쓰는 소설이 아니었다. 리아민의 이야기를 재구성해 써야 하는 이중의 작업이었다. 이제까지 그가 내게 해준 이야기만으로는 솔직히 좋은 전기를 쓰기엔 턱없이 미흡했다. 그런데도 리아민은 내게 부탁이나 권고를 하는 것이 아니었다. 그는 정중한 말을 가면 삼아 실은 명령을 내리고 있었다. 나는 숙고한 끝에 그에겐 직접적으로 반론을 제기해서는 안 된다는 경험을 떠올렸다.

"각하가 그토록 원하시니 노력해보겠습니다."

리아민이 노트에 쓴 글을 읽으려던 최세희의 미간에 주름이 새겨졌다. 그녀는 잠자코 내게 노트를 내밀었다.

노력해보겠다는 건 아주 무책임한 변명일 뿐이야. 그런 돼먹지 않은 말이 나한테 통할 거라고 여겼다면 오산이지. 내가 오늘 당한 이 치욕적인 꼴을 목격했잖나. 무조건 한 달! 그 안에 가져와.

"대통령은 이런 면에서 매우 고집스럽죠. 부디 기분 나빠하지 않았으면 좋겠네요."

"알겠습니다. 말씀대로 하죠."

리아민이 노트에 재빨리 뭔가를 썼다. 영부인이 읽었다.

"내가 더 해줄 말들은 노트에 글로 써줄 테니, 박 작가는 그걸로 근사한 물건을 만들어오면 되는 거야. 하나도 어려울 것 없어."

"몸이 편찮으신데, 무리가 되시진 않겠습니까?"

"괜찮아. 덕분에 이 무료한 시간을 덜 따분하게 보낼 수 있을 것 같군."

리아민의 눈이 다시금 스르륵 감겼다. 틀림없이 나와의 서면 대화도 그의 몸 상태에선 무리였을 것이다. 나는 영부인에게 눈인사를 하고 병실 밖으로 나왔다.

기역자로 꺾인 복도 끝에서 나는 수석비서관과 마주쳤다. 우연치고는 좀 부자연스러운 조우였다. 필시 김세원은 아까 영부인 때문에 병실로 들어가는 날 막지 못한 앙갚음을 해주려고 부하 직원들의 시야가 미치지 않는 이곳에서 나를 기다리고 있었으리라. 그는 내게 따라오라는 손짓을 보냈다. 강한 거부감이 들었으나, 그의 뜻을 반할 수는 없었다. 우리는 엘리베이터를 타고 지하 이층 주차장까지 내려갔다. 익숙한 검은 세단이 보였다. 그는 운전석에, 나는 뒷좌석에 앉았다. 내가 먼저 말을 꺼냈다.

"당분간 뵐 일은 없을 테니 걱정하실 필요는 없습니다. 각하께서 서면으로 제게 하실 말씀들을 보내주시겠다고 했으니 말입니다."

"제가 걱정하는 것은 그런 게 아닙니다. 박상호 씨가 각하를 뵙는 것은 현재로선 문제가 되지 않습니다. 제가 우려하는 것은 일전에도 말씀드렸다시피 영부인입니다."

"그 점도 전혀 염려하실 까닭이 없습니다. 그간 영부인께서는 제게 부적절한 언행을 한 적이 없으셨고, 앞으로도 그럴 것이라고……."

"그건 사실이 아닙니다."

아니라고, 부정하려다가 불현듯 닷새 전 밤에 그녀와 내가 대화를 나눴던 바닷가의 그 낡은 집이 떠올라 이내 입을 다물 수밖에 없었다.

"영부인과 오래 대화를 나누셨다고 들었습니다. 박상호 씨가 보기에는 영부인이 어떤 부류의 여자 같습니까? 빨강과 파랑이라고 표현했던가요? 내가 원하는 건, 아시겠지만 하나의 튀는 단어가 아닙니다. 필력이 좋으신 분이니 문장으로 표현해주시면 고맙겠습니다만."

나는 발끈했다.

"색감으로 표현했던 것은 치기 어린 생각이 아닙니다. 저는 아직도 그 두가지 색이 영부인을 나타내기에 가장 적절한 이미지라고 생각합니다."

"어떤 한 사람을 표현하기 위해서는 단순히 한두 개의 이미지만으로는 부족하지 않겠습니까? 그녀는 더 이상 여배우가 아닙니다. 이 나라의 영부인에 대한 예우 차원에서라도 좀 더 설득력 있는 문장으로 설명해달라는 요구 정도는 할 수 있는 것 아닙니까?"

잠시 나는 차에서 그냥 내리는 것이 낫지 않을까 하는 생각이 들었다. 수석비서관이 도대체 이런 대화를 통해 내게 무엇을 원하는 것이란 말인가. 그러나 당장 내가 그와의 대화에서 도망쳐버린다고 하더라도, 그는 자신이 원하는 바를 끝까지 내게서 들으려 할 것이라는 생각이 들었다. 어차피 포기할 거라면, 빨리 하는 편이 나을 것이다.

"다시 묻겠습니다. 영부인에 대해 박상호 씨가 파악한 단점과 약점은 무엇이었습니까?"

나는 그의 질문에서 빠져나갈 수 없음을 알았다.

"……단점은 의외로 감상적인 일면이 있다는 것, 약점은 그런 감상적인 면을 어느 순간 여과 없이 민낯을 보여주듯 표출한다는 것으로 설명할 수 있을 듯합니다."

김세원이 고개를 끄덕였다.

"어디까지 알고 있습니까?"

"어디까지라면……?"

"그녀의 민낯에 대해 말입니다."

"알 만큼은 알고 있습니다만."

"알 만큼이라…… 내가 박상호 씨를 좋은 작가라고 여긴다는 말을 했던 걸로 기억합니다. 좋은 작가라면 자신이 들은 모든 정보를 취합해서 하나의 작품으로 만들 때 무엇을 더하고 빼야 하는지 당연히 프로의 눈으로 판단할 것이라고 생각합니다. 내가 한 말에 동의하십니까?"

"그 말씀엔 동의합니다."

"그렇다면 대통령 부부의 치부에 대해서는 박 작가가 솜씨 좋게 삭제하여 글을 이어나갈 것이라고 생각해도 되겠습니까?"

나는 이를 악물며 그의 뒤통수를 노려보았다.

"그 점에 대해서라면 이미 영부인께도 충분히 말씀드렸습니다. 전기에는 물론이고, 앞으로도 어떤 여타의 글이나 인터뷰를 통해서도 절대 발설하지 않겠다고 말입니다. 저도 작가이기 이전에 상식적인 수준의 도덕적 판단력을 지닌 한 사람의 시민이니까요. 제가 돈과 명성을 위해 리리궁을 곤혹스러운 상황에 처하게 할 일은 절대 없을 것입니다."

"고맙습니다. 오늘 이어진 이 대화에서 제가 가장 듣고 싶었던 대답입니다."

김세원은 차에 시동을 걸어 출발했다.

"부디 그 시민 의식이 훼손되는 일이 없기를 바랍니다."

14

　검은 세단은 오피스텔 건물 앞에 나를 내려놓았다. 그대로 집으로 들어가려다가 나는 현관문 앞에서 발걸음을 돌려 다시 엘리베이터를 타고 내려갔다. 뭔가 기분이 아주 좋지 않았다. 마치 내가 리리궁의 만만한 꼭두각시가 된 듯한 자괴감을 떨쳐버릴 수가 없었다. 그들이 쳐놓은 거미줄에 꼼짝없이 걸린 먹잇감이 바로 나인 것이다. 누군가를 앞에 두고 하소연하고 싶었고, 적절한 조언을 듣고 싶었다. 그러나 과연 이런 문제에 대해 허심탄회하게 말할 수 있는 상대가 누구인지 판단을 내릴 수가 없었다. 무조건 도덕적인 관점에서, 옳은 관점에서만 조언을 해줄 상대를 원하는 것은 아니었다. 내가 원하는 조언은 보다 현실적인 상황을 고려한 지혜로운 조언이었다. 사회 경험이 풍부하고, 지적이며, 불쾌한 말들을 너무 자극적이지 않게 전할 수 있는 능력을 가진 이가 필요했다. 출판사 관계자나 문단 동료는 가장 먼저 제외되었다. 그들은 각기 다른 이해관계에 따라, 혹은 현재 나의 상황에서는 결코 지키기 힘든 드높은 윤리 의식에 따라 나를 제멋대로 재단하고 판단하려 들 것이다. 나는 종일 작업실에서 열 시간 이상 글을 쓰는 작가치고는 제법 각계각층의 지인이 많은 편이었다. 하지만 휴대폰 전화번호부에 팔십칠 명이나 있는 그 잘난 지식인 지인들 중 이 순간 내가 연락할 수 있는 이는 아무도 없었다. 결국 이런저런 이유들로 인해 제외하고 남은 사람은 오직 한 명뿐이었다. 정율리, 그녀였다. 문제는 그녀를 전적으로 믿을 수가 없다는 데 있었다. 달콤한 조언에 대한 기대 따위는 깨끗이 접고 인간은 홀로 인생을 살아갈 수밖에 없다는 것을 인정해야 했지만, 결국 나는 그러질 못했다.

율리는 신호음이 두 번 울렸을 때 전화를 받았다. 나는 그 사실만으로도 그녀에게 한층 더 애정이 생기는 것을 느꼈다.

"먼저 전화까지 하다니! 무슨 일이야?"

율리의 명랑한 목소리를 듣고 나니 내가 왜 그녀에게 유일하게 전화를 걸어야 했는지 이유를 알 수 있었다.

"외출을 끝내고 돌아왔는데 집에 들어가고 싶지가 않아. 어떻게 해야 할까?"

내가 말해놓고도 너무 솔직한 말에 민망해졌다.

"오호! 하긴 박 작가도 인간이니까 작업이 싫증나는 날도 물론 있겠지. 이리 와! 내가 일하는 신문사가 어디에 있는지 설마 모르지는 않겠지?"

"알았어. 몇 시까지 어디로 갈까?"

"가만 있자, 지금이 다섯시가 좀 안 됐으니까…… 여섯시 삼십분까지 신문사 근처 파스타 집에서 보자. 엘 티부론. 약도는 카톡으로 보낼게."

전화를 끊고, 나는 택시를 잡아탔다. 퇴근 시간까지는 한 시간쯤 남아 있었는데도 번화가의 도로는 벌써 막히고 있었다. 내가 목적지로 신문사 이름을 대자, 택시 운전사는 그 근방의 도로는 더 심하게 막힐 것이라고 했다. 나는 시간이 걸려도 상관없다고 말하고는 목적지까지 가는 내내 차창 밖을 쳐다보고만 있었다. 택시 운전사가 몇 번이나 끊임없이 이런저런 이야기를 꺼내 내가 자신의 대화에 동참하기를 바랐지만, 나는 끝내 고집스럽게 다문 입을 벌리지 않았다. 한 시간 반 뒤, 우리는 신문사 앞에 도착했다. 차에서 내리며 나는 사천원 조금 넘게 남은 거스름돈을 받지 않았다. 그러자 그때까지 뿌루퉁했던 택시 운전사의 표정이 갑자기 풀어졌다.

"고맙습니다. 젊은 분이 매너가 이렇게 좋으시니, 항상 행운이 함께할 겁니다."

따지고 보면 고작 커피 한 잔 값이었다. 그런 적은 돈으로 평생의 행운을 기원하는 말까지 듣다니, 오히려 내가 운이 좋았다는 생각이 들었다.

상어, 라는 가게명에 걸맞지 않게 엘 티부론은 식탁이 열 개 내외로 놓인 한적하고 자그마한 레스토랑이었다. 내부도 작은 규모에 어울리게 매우 심플하고 현대적인 인테리어로 꾸며져 있었다. 나는 주인으로 보이는 남자의 안내에 따라 창가 자리에 앉았다. 어느새 도시 곳곳에 어둠이 깔려 있었다. 실내에는 쇼팽의 피아노 연주곡이 흐르고 있었다. 〈녹턴〉이었다. 가장 유명한 2번곡을 막 끝내고, 내가 제일 좋아하는 3번곡이 시작되고 있었다. 지그시 두 눈을 감았다. 나는 3번곡의 도입부를 들을 때마다 생동하는 봄의 이미지를 떠올리곤 했다. 연둣빛, 푸릇푸릇함, 새싹이 돋아 오르고 노란 개나리꽃이 하나둘씩 피어올라 이윽고 만개한 그 터질 듯한 생명의 감각을 떠올렸다. 〈녹턴〉에 흠뻑 빠져든 나는 두 손을 식탁 위에 올리고는 혼자만의 유려한 연주에 빠져들고 있었다. 7번 연주곡이 시작되었을 때 나는 문득 시선을 느끼며 눈을 떴다. 율리가 맞은편에 앉아 장난스러운 미소를 짓고 있었다.

"자기, 그 모습도 멋있다. 글을 쓰지 않았다면 피아니스트로 활동해도 괜찮았겠어."

표정과는 다른 진지한 어투였다. 나는 피식 웃음을 지었다.

"그건 아니야. 연기가 된다고 해서 진짜가 될 수 있는 건 아니잖아. 난 쇼팽을 듣는 귀만 갖고 있을 뿐이야."

"듣는 귀라…… 그 말도 멋지네. 오늘 저녁은 반하기 타임인 거야? 왠지 내가 당신에게 좀 더 열심히 반해야만 하는 의무를 부여

받은 것 같은데?"

율리는 한쪽 눈을 찡긋거렸다.

"그런데 어쩌지? 이미 난 상호 씨에게 푹 빠져 있는데."

낯간지러운 말을 이토록이나 천연덕스럽게 하는 여자는 일찍이 보지 못했다. 남자인 내가 할 말을 눈치껏 먼저 하는 분위기 메이커였다. 나는 도리 없이 무장해제되어 버렸다. 오늘 밤 나는 이 여자에게 두 번째 고해성사를 하게 될 것이라는 예감이 들었다. 달콤했지만, 뒷맛은 조금 씁쓸한 생각이었다.

우리는 음식을 주문했다. 나는 흰살생선 커틀릿, 율리는 육류 마니아답게 스테이크를 주문했다.

"자, 이제 다 말해봐."

말없이 음식을 반쯤 먹었을 때였다. 돌연 율리는 단호한 어조로 말을 꺼냈다.

"당신, 나한테 하고 싶은 말이 있잖아. 지금 하라고."

율리의 단도직입적인 말을 한두 번 들어본 것이 아닌데도, 나는 늘 당황했다.

"무슨 말?"

"대통령에 관한 말을 하고 싶은 거 아니야? 잘 의식하지 못하는 것 같은데, 상호 씨는 지난번에도 리아민에 관한 말을 꺼내면서 지금처럼 그 똑같은 표정과 뜸 들이는 태도를 보였어. 자기는 의외로 파악하기 쉬운 남자란 말이야. 나 정도의 눈썰미만 있다면 어렵지 않게 알아볼 수 있을걸?"

"고마워. 내가 쉬운 남자라고 정의해줘서."

"그렇다고 고마울 것까지야 없지. 이만하면 허기도 면했으니 당신이 말을 꺼낼 타이밍이 된 거야. 여기까지 날 찾아온 이상, 사실 더는 고민할 필요도 없잖아?"

모든 것을 털어놓기에 앞서 나는 심호흡을 했다. 예로부터 역사의 많은 사건들이 사람들의 입에서 입으로 전해지면서, 예상치 못한 폭로로 이어졌다는 것을 모르지는 않았다. 그리고 정율리 기자는 언제든 빵, 하고 이 사회를 향해 메가톤급 폭탄을 터트릴 수 있는 배짱과 능력을 갖고 있는 엘 티부론 같은 여자라는 것 또한 모르지 않았다. 그런데도 나는 이 여자에게 내가 대통령 내외에게서 들은 것들을 거의 다 이야기해주었다. 전부가 아닌, 거의 다, 라고 표현한 까닭은 단 한 가지, 영부인 최세희의 가장 치명적인 비밀까지는 말하지 않았기 때문이다. 나도 인간인 이상 차마 거기까지는 같은 여자인 정율리에게 말할 수 없었다. 내 말을 듣고 있던 정 기자도 영부인에 관한 이야기에서 뭔가 빠진 부분이 있다는 것을 눈치챈 것 같았다. 그 부분의 이야기를 슬쩍 짧게 마무리하고 황급히 넘어가자 양쪽 눈썹을 위로 추켜올리며 나를 탐색하듯 살펴보았으니까. 하지만 그녀도 거기까지는 더 이상 캐묻지 않았다.

이야기를 끝내고 시간을 확인했을 땐, 한 시간이 지나 있었다. 나에게 말하기는 늘 글쓰기보다 어려운 영역이었다. 그렇게 혼자 실컷 떠들어대고 나자 피로와 허탈감이 몰려와 의자 등판에 늘어지듯 몸을 기대었다. 율리는 양손을 식탁 위로 펼치듯 들어 올리며 뜻모를 감탄사를 내뱉었다.

"대단한 부부야! 자기 얘기가 다 진실이라면, 둘 다 범상치 않은 인물들인 건 분명해. 그렇게 유별나게 살아야 최고 권력자 지위에 올라갈 수 있는 건가봐. 난 그 점에선 완전 낙제네. 그러니까 이렇게 특별한 삶들을 좇고만 있는 건가?"

나는 입안이 바싹 마르는 느낌에 생수를 마셨다.

"그런 특별한 삶은 소설 속에서나 존재하는 편이 나아. 그리고 아무리 봐도 당신은 낙제론 보이지 않는데? 당신의 남다른 개성이 최우수까지는 아니어도, 보통 이상은 되잖아. 난 당신의 그런 개성에 끌렸던 거고."

"정말? 내가 남다른 개성의 소유자란 말이야? 그리고 나의 그런 개성을 좋아한다고? 고마워. 몇 년 새 들은 말 중에 날 가장 기분 좋게 한 말이야."

"당신을 기분 좋게 해줬으니, 이제 조언을 해줘야 하는 타이밍이야. 내가 과연 어떻게 처신하기를 바라?"

"조언을 해주기에 앞서 상호 씨에게 묻고 싶은 게 있어."

나는 치밀어 오르는 짜증을 참으면서 말했다.

"그만 좀 물으면 안 될까? 요새 내게 질문하는 사람들이 너무 많아서 말이야."

"내 말을 어디까지 수용할 수 있어? 전적으로? 아님 일부만?"

"그건 당신의 말을 들어봐야 알 수 있는 거잖아. 이쯤에서 고해성사에 대한 답례를 해줬음 하는데?"

"알았어. 내 질문에 대해 분명한 답을 줬다면 더 좋았겠지만, 내가 당신이라면……."

"당신이라면?"

"난 수석비서관의 말을 듣는 척만 했을 거야. 그의 요구대로 한다면 상호 씨 글은 말을 잘 듣는 만큼 나빠질 테니까 말이야. 자고로 반항적인 뛰어난 작가는 있어도, 말 잘 듣는 뛰어난 작가는 없잖아? 글 쓰는 사람은 똘끼가 있어야 한다는 것이지."

"김세원은 만만한 인간이 아니야. 그는 우리가 지금 이 레스토랑에서 만나고 있는 것까지 보고받고 있을지도 몰라. 하긴 김세원이 당신과도 연락하거나 만나지 말라고 내게 경고를 했었지. 참 이상해. 이렇게 만나고 나서야 그 말이 또렷이 생각나다니 말이야."

"그게 바로 인간의 선택적 기억상실증이라는 거야. 자신이 정말 하고 싶은 걸 방해받으면, 망각으로써 스스로의 욕망을 해결하려는 거지. 고로 당신은 날 정말 만나고 싶어서 수석비서관의 위협적인 말 따위는 간단히……."

"또 다른 조언도 해줘야지. 영부인에 대해서 말이야."

"영부인? 그 여자가 왜 문제가 되지?"

"김세원은 영부인에 대해서도 위협적인 언급을 했잖아. 당신의 조언을 듣고 싶어."

"내 생각엔 최세희야말로 어찌 보면 다루기 쉬운 사람이야. 그 또래의 외로운 중년 여자라고나 할까? 상호 씨는 객관적으로 매력적인 남자야. 그래서 영부인도 그런 식의 과한 행동을 하는 것이겠지. 뭐, 이해해. 내가 해주고 싶은 말은 딱 한 가지야. 즐겨. 그 상황을 그냥 즐기라고. 그렇다고 정말 그 여자와 엔조이로 지내라는 말은 아니야. 그건 내가 싫어. 다만 적당히 비위를 맞춰주면서 당신도 혹시 모를 훗날을 위해 알아낼 것은 알아내란 말이야."

"내가 뭘 알아내야 해? 또 무슨 훗날을 대비하란 거야?"

율리는 혀를 끌끌 찼다.

"자기야, 너무 순진하다. 상대는 리리궁이야. 그들은 우리 같은 사람들을 권력의 하수인으로밖에 여기지 않을걸? 나야 물론 리아민의 집권이 사 년 이상은 가지 않을 것이라고 예상하고 있어. 하지만 언제나 변수는 있는 거잖아. 만약에 그 이상 집권이 계속된다면, 리아민의 전기가 국민들에게 어떤 영향을 미치는지에 따라 박상호 씨의 향후 작가 경력도 지대한 영향을 받게 될 거란 말이지. 반응이 좋다면 누이 좋고 매부 좋고가 되는 것이고, 문제는 반응이 시원치 않거나 안 좋을 경우인데……."

"계속 말해봐."

"그렇게 되면 리리궁 측에서 박 작가에게 어떤 책임을 물으려 할지도 모른다는 거야. 억지로라도 말이지."

"억지로?"

"응. 그들이 그렇게 하고자 한다면 꼼짝없이 당할 수밖에 없을 거야. 물론 반항은 할 수 있겠지. 하지만 그들에게 우리의 반항 따윈 고작 약간의 불편함 정도일 거야. 물론 이건 큰 기회야. 큰 기회엔 운이 좋은 몇몇 경우를 제외하고는 늘 그만큼의 위험이 따르는 법이지. 그 점을 간과해선 안 돼."

"세상에, 내가 어쩌다가 이런 일에 말려든 거지? 하다 하다 이젠 나 자신을 위한 스파이 노릇까지 해야 하는 거야?"

율리는 자못 진지한 얼굴로 말했다.

"이러니까 상호 씨가 순진한 예술가라는 거야. 난 이것보다 더한 일도 해봤어. 이 험한 세상에서 살아남기가 어디 쉬운 일인 줄 알아?"

"우리가 잊은 게 있어. 당신도 알겠지만, 대통령은 당분간 나를 만나지 못해. 그래서 그가 서면으로 자신의 못다 한 이야기를 내게 건네주기로 했어. 이런 새로운 상황에서 나 자신을 위한 스파이가 되기란 거의 불가능하지 않겠어?"

"그렇겠지. 하지만 기회란 늘 예상치 못한 때에 찾아오는 것 아니겠어? 이번 전기 일만 해도 그렇잖아. 따라서 우리는 긴장을 풀지 말고 그때를 대비해야 한다는 거지."

문득 나는 웃음이 터져 나왔다. 율리가 의아한 눈으로 나를 바라보았다.

"왜 그렇게 웃어?"

"방금 우리, 라고 했잖아."

"그게 왜?"

"당신과 내가 드디어 우리가 됐다는 게 웃겨서."

나는 도저히 웃음을 멈출 수 없었다. 율리는 얼굴을 찌푸렸다.

"당신은 웃기지 않아?"

"나? 전혀 안 웃겨."

"꼭 무슨 공모를 하는 것 같잖아. 당신이랑 나랑."

눈물까지 흘리며 웃음을 참지 못하는 나를 바라보던 율리의 입가가 조금씩 떨리기 시작했다. 확실히 웃음은 전염이 빠른 감정 표현이었다. 이윽고 율리까지 마구 웃어댔으니 말이다. 한참 동안 우리는 그렇게 웃어댔다. 레스토랑에 우리 말고 손님이 아무도 없었던 것이 다행이었다. 손님이 있었다면, 틀림없이 우리를 정상이 아닌 사람들로 봤을 것이다. 내가 손으로 눈물을 닦으며 말했다.

"좀 행복하지 않아?"

"행복하면 행복한 거지, 좀 행복한 건 또 뭐야?"

"많이 행복하다면 꼭 누군가 시기해서 끌어내릴 것 같잖아. 그러니까 조금이라고 해야지. 행복이란 게 원래 아기자기한 것이니까."

"음, 뭐 그렇다면 나도 조금 행복한 것으로 할게. 박상호 씨 때문에 오늘 밤 조금 행복한 것 같아."

한 여자로 인해 오늘 밤은 행복하게 마무리될 수 있을 것 같았다.

그날 밤 우리는 함께 레스토랑을 나와 택시를 타고 율리의 아파트로 갔다. 택시 뒷좌석에 나란히 앉은 우리의 손가락들이 쉴 새 없이 서로의 몸을 피아노 삼아 더듬어나갔다. 아파트 문을 어떻게 열고 들어갔는지 모르겠다. 그곳에서 우리는 밤새 조금의 행복을 완성할 수 있었다.

15

어느덧 리아민과 그의 아름다운 아내를 만나지 못한 지 한 달이 지났다. 그동안 대통령 내외나 리리궁으로부터 내게 어떤 개인적인 연락도 오지 않았다. 다만 피습을 당한 리아민이 하마터면 안면마비가 올 뻔한 위기를 넘기고 서서히 회복되고 있다는 뉴스를 통해 그의 안부는 알 수 있었다. 일주일간 병원에 입원해 있었던 리아민은 그 후로는 리리궁 관저에서 전문 의료진에게 집중 치료를 받고 있다고 했다. 그간 영부인 최세희는 남편의 부재를 그녀 자신의 대중적 호감도 상승에 활용했다. 그녀는 '사회 전반에 만연해 있는 열패감과 증오를 올바른 방향으로 표출하자'라는 캐치프레이즈를 내세우며 바야흐로 새롭게 급부상하는 여성 지도자로 자리매김하는 중이었다. 항상 강건한 이미지의 리아민 대통령 곁에서 모양 좋은

꽃 같은 미미한 조연 역할만 했던 그녀가, 어떻게 한 달이라는 단시간에 그토록 대다수 국민의 열광적인 지지를 이끌어내며 사회 전반에서 영향력을 행사하는 유명 인사가 될 수 있었는지 나 역시 의문을 갖고 있었다. 그녀의 일거수일투족은 매일 매스컴의 집중적인 조명을 받았다. 나는 TV 뉴스 화면에서 보이는 최세희의 모습을 지켜보면서 가끔 바닷가 그 외딴 집에서 내게 공감과 위로를 애원하던 그녀를 떠올리곤 했다. 그때 그녀는 얼마나 연약하고 외롭게 보였던가. 그런데 지금 저 화면에서 보이는 그녀는 어떤 이보다도 자신만만한 모습으로 많은 사람들에게 둘러싸여 있었다. 둘 중 어떤 모습이 진정한 그녀의 모습일까. 아마도 둘 다 그녀 자신의 분신일 것이다. 그리고 나는 다른 사람들이 모르는 그녀의 숨겨진 일면을 알고 있는 것에 대해 은밀한 만족감을 느꼈다.

대통령 내외에게 그들만의 생활이 있듯이, 내게도 나만의 생활이 있었다. 나는 원고지 분량으로 천 매 내외로 예상하고 있는 리아민 전기의 원고를 칠백 매가량 완성했다. 나머지 분량은 추후에 리아민이 내게 건네주기로 한 서면을 통해 보충하여 가감하면 될 것이다. 지금까지 쓴 원고는 전기라기보다는 픽션의 형식이 더 강하게 느껴지는 글이었다. 처음부터 글을 수월하게, 대중적으로 풀어나가기 위해 내가 의도했던 방향이었다. 이 글을 리아민의 전기라는 타이틀을 붙여 출간할 수는 없을 것이다. 완성 후에는 대대적인 수정을 거쳐야 할 것이고, 문체나 내용도 신뢰감을 부여하기 위해서는 보다 덜 유려한, 스탠다드한 느낌으로 가야 했다.

글에 빠져들어 매일이 흘러가자, 나는 일상의 평온을 되찾게 되었다. 나는 다시 근처의 고등학교 운동장에서 조깅을 시작했고, 매일 정율리와도 연락을 이어갔다. 우리는 서로에게 비교적 충실한 연인이었다. 여기서 비교적, 이라는 단서를 붙인 것은 두 사람에겐 각각 현재의 연인만큼이나 중요한 일이 있었기 때문이다. 내게는 글이, 그녀에게는 기자의 일이 있었다. 가끔 내가 글쓰기 작업 때문에 만나지 못해도 그녀는 내게 화를 내지 않았다. 그녀의 취재나 기사 마감이 늦어져서 가끔 나 홀로 약속 장소에서 식사를 하거나 차를 마셔도 나 역시 그녀에게 화를 내지 않았다. 그런 면에서 우리는 서로에게 꽤 잘 맞는 커플이었다. 결혼이라는 제도에 두 사람이 묶이는 일에 관해 점점 진지한 대화가 오고 가던 시점이었다. 그러나 우리는 당시 상황에 매우 만족하고 있었기에, 괜히 서로를 구속할 쓸데없는 제도로 인해 우리의 이상적인 관계에 오해가 생기고 벌어지는 것을 우려했다. 지금 생각해보면 관계가 발전되기 위해서는 그때 약간의 위험을 감수하더라도 결혼을 택해야 했다. 하지만 대부분의 일들이 그렇듯이 정작 결단을 내려야 할 때 우리 두 사람은 어려운 결정을 서로에게 슬그머니 미뤘다. 그러다보면 흘러가는 시간의 위력을 이기지 못하고 결국엔 헤어질 수밖에 없는 것이다.

정확히 한 달이 지난 후, 수석비서관이 오피스텔로 찾아왔다. 김세원은 내게 인사를 성의 없이 건네고는 집 안으로 성큼거리며 들어왔다. 그의 눈이 작업 중인 노트북 화면에 고정되었다. 나는 슬쩍 노트북을 접었다. 김세원은 팔짱을 끼며 노트북에서 시선을 떼지 않았다.

"제가 쓸 수 있는 만큼은 써놓은 상태입니다. 나머지 이야기가 담긴 서면은 아직 주시지 않으셨으니까요."

의도한 건 아니었으나, 입 밖으로 말해놓고 보니 꽤나 비굴하게 들렸다.

"네, 그렇잖아도 각하께서 말씀해주셨습니다. 좀 의외더군요. 글을 쓰라고 작가까지 고용하셨는데, 아무리 사정이 그렇다고 해도 각하께서 스스로 글을 써서 박상호 씨에게 준다는 것이 좀 어불성설같이 느껴져서 말입니다. 차라리 그럴 바에야 아예 대통령 각하가 직접 자서전을 쓰시는 편이 낫지 않겠습니까? 이렇게 일이 진행되는 건 박 작가에게도 부담이 될 듯합니다. 주어진 기존의 텍스트가 있다면, 아무래도 박 작가만의 고유한 스타일로 쓰기가 어려울 것 아닙니까."

"그 점에 대해서라면 수석비서관님께서 걱정하지 않으셔도 될 듯합니다. 저는 오히려 직접 구두로 말씀하시는 것보다는 글로 전해주시는 편이 더 나으니까요."

"그 대상이 리아민 대통령이기 때문은 아니고요?"

"그럴 수도 있겠죠. 각하가 그리 호락호락한 분은 아니죠. 그건 우리 모두가 알고 있는 사실 아닙니까. 하지만 대부분의 작가는 대상을 직접 인터뷰하는 것을 그리 선호하지 않습니다. 아무래도 직접 마주 대하다 보면 작가의 주관적인 관점이 더 크게 작용할 여지가 많으니까요."

"그건 대부분의 작가들이 소위 일류가 아니기 때문 아닌가요? 일류 작가라면 자신이 써야 할 대상으로부터 일정한 거리를 유지할 수 있어야 하지 않겠습니까?"

나는 아랫입술을 깨물었다.

"제가 아직 일류 작가가 아니라서 그럴 수도 있을 겁니다. 어쨌든 저는 어떤 방식으로 전기가 쓰이든 과정보다는 결과가 더 중요하다고 여기고 있으니까요."

"그렇습니까? 의외로군요. 『그곳에 당신이 있었다』를 읽으면, 주인공인 정우진과 마찬가지로 작가인 박상호 씨도 몹시 고리타분한 도덕주의자일 것이라고 여겨지니까요. 원래 작가와 그가 쓴 소설의 등장인물들 간에는 아무리 부정하려 해도 어떤 식으로든 공통점이 있기 마련이죠."

"그건 아닙니다. 만일 어느 작가가 작품 속에서 등장인물을 전적으로 통제하는 것을 자랑한다면, 그는 실패한 작가임을 자인하는 꼴이 될 겁니다. 잘 쓰인 작품에선 등장인물들이 스스로 생명력을 부여받아 말하고 행동하기 때문이죠. 작가는 그들의 궤적을 쫓아 그냥 자연스럽게 받아 적기만 하면 됩니다. 등장인물들은 작가가 조정하는 마리오네트가 아니니까요."

"결국 달걀이 먼저냐, 닭이 먼저냐의 문제 아닙니까? 내 말이 전적으로 틀렸다고도 할 수 없고, 그렇다고 박 작가의 말이 맞다고도 할 수 없겠죠."

"저는 다작을 하는 작가이니 풍부한 경험에서 우러난 의견 아니겠습니까? 그래서 각 분야의 전문가가 있는 것이겠죠. 제가 수석비서관님의 업무에 관해 섣불리 의견을 말씀드리지 않는 것과 마찬가지가 아닐는지요."

"겨우 이 정도로 화를 내는 겁니까? 이상하군요. 그런데 어떻게 각하의 비위를 맞춰드릴 수 있었습니까? 이 나라 최고 권력자에 대한 예외적인 사례였던 겁니까?"

"그 이유는 수석비서관님과 동일하지 않겠습니까? 당연한 겁니다. 사회에 속한 인간인 이상, 상대방의 지위에 따라 대하는 태도가 달라질 수밖에 없는 것이겠죠."

"그 발언은 아주 위험하군요. 이 사회에서 행해지는 모든 차별적 행위에 면죄부를 줄 수 있는 발언이니 말입니다."

"저는 현실을 말하고 있을 뿐입니다. 이론적으로야 거리에서 천 원짜리 김밥을 파는 할머니와 대통령을 동등하게 존중받아야 할 인간으로 대해야 하겠지만, 현실적으로는 그 두 사람을 결코 똑같이 대할 수는 없는 것이죠. 우리는 예수가 아닌, 지극히 속물적이고 계산적인 인간들이니까요."

"부디 그 생각을 다른 장소에서 공공연하게 말하거나 지면을 통해 발표하지는 않을 것이라고 믿습니다. 그게 이 사회에서 통용되는 암묵적인 룰이니까요. 모두가 너무나도 잘 알고 있어도, 굳이 그것을 입 밖에는 내지 말아야 하는 불편한 진실도 필요한 것입니다."

"그런 같잖은 룰 따위에 제가 연연할 것이라고 생각하십니까? 제가 왜 하필 그 많은 직업 중에 작가가 되었는지 아십니까? 바로 이런 위선을 내 소설에서나마 마음껏 까발리고 싶었기 때문입니다."

"박 작가, 당신의 소설에선 위선을 폭로하고 있을지 모르지만 내가 보기에 현실에서는 정작 반대의 상황이 벌어지고 있는 것 아닌지요? 그렇다고 내 말에 연연해할 필요는 없습니다. 우리에게는 누구나 다 위선적인 일면이 있으니까요. 박상호 씨가 작가라고 해서 다른 이들보다 더한 윤리적 인간이어야 할 의무는 없는 겁니다. 작품만 좋으면, 사실상 비윤리적인 부분에 대해 면죄부를 받게 되는 것이니까요."

"수석비서관님의 말씀은 결국 대통령 각하의 전기 집필에 집중하란 뜻이군요."

"역시 잘 알아들으시는군요."

"그래야 면죄부를 받을 수 있다는 취지의 말씀이시기도 하고요."

"맞습니다. 어차피 전기 집필은 다 알려진 사실이니, 박 작가 본인이 앞으로 감수해야 할 피해를 최소화하는 것이 중요할 겁니다."

"원래 모든 이들에게 이런 세심한 충고를 하십니까?"

"설마 그럴 리가요. 저는 원래 타인의 삶에 관여하는 것을 극도로 싫어하는 사람입니다. 박 작가는 몇 안 되는 예외적인 경우라고 생각하시면 됩니다."

나는 창밖으로 시선을 돌렸다.

"……각하의 글을 갖고 오셨습니까?"

"오늘은, 아닙니다. 그 글은 영부인께서 며칠 전부터 정리하고 계신 걸로 압니다. 아마도 그쪽 라인을 통해 박상호 씨에게 조만간 연락이 갈 겁니다."

"그럼 여긴 왜 오신 겁니까? 설마 감시 대상을 관리하기 위해 오신 건가요?"

"그건 마음대로 생각하세요."

"잘 들어가시기 바랍니다. 매우 죄송하게도 배웅까진 못 해드릴 것 같군요."

김세원은 짧은 웃음소리를 냈다. 집 안에 들어왔던 때와 마찬가지로 나갈 때도 성큼거리며 나갔다. 나는 기어이 참지 못하고 그의 등 뒤에 대고 목소리를 높였다.

"내 글을 면죄부로 삼지는 않을 겁니다!"

16

   나의 여덟 번째 장편 『적도에 가까이』는 적어도 망작은 아닌 것으로 판명되었다. 부진을 만회할 강력한 한 방으로 영화 판권 계약이 드디어 성사되었던 것이다.

   영화 관계자들을 만나 계약서에 사인을 하면서도 그들이 나를 아주 극진하게 대접한다는 인상을 받았다. 소위, 리아민 효과였다. 그동안 첫 작품부터 눈부신 성공을 거둔 작가로 알려졌기에 문화계 관계자들에게 딱히 무시나 배제를 받은 일은 없었지만, 그래도 이 정도로 좋은 대접은 나 역시 처음 있는 일이었다. 솔직히 정말 기분이 좋았다. 그러나 내가 지나치게 과한 대우를 받고 있다는 것을 알고 있었기에 마음 한편으로는 의심이 들었고 좀 불편하기도 했다. 화려한 중식 레스토랑의 밀실 같은 방이었다. 음식은 모두 맛

있었고, 반주로 마신 도수 높은 곡주로 인해 모두들 자꾸 실없이 떠들고 마시고 웃어대던 자리였다. 한창 분위기가 무르익을 무렵, 영화사 대표가 비어 있던 내 술잔에 곡주를 손수 따라주며 건배를 외쳤다.

"천만 관객을 위하여!"

나도 크게 웃으며 건배에 동참했다. 4차에 이른 술자리는 다음 날 아침 일곱시까지 장장 열세 시간 동안 이어졌다. 국밥집에서 기어이 해장술을 마셔야 한다고 우겨대는 대표 때문에 그 자리에 있던 일곱 명 모두 소주 두 잔을 마무리로 마셔야 했다. 때문에 먹었던 국밥을 전부 토해내고 말았다. 집까지 어떻게 돌아왔는지도 통 기억이 나질 않는다. 누군가 술에 떡이 된 나를 택시 뒷좌석에 던지듯 밀어 넣었고, 나는 용케 주소까진 운전기사에게 말해줄 수 있었지만 결국엔 오피스텔 건물 앞에서 내리기 직전 택시 안에 구토를 하고야 말았다. 잔뜩 화가 난 기사에게 이만 원을 더 내는 것으로 타협을 보고 건물 안까지 들어오긴 했는데, 그다음부터는 전혀 기억이 없었다. 아마도 경비원이 나를 들쳐 메고 비상 열쇠로 현관문을 열어 집 안으로 들여보내준 것 같기는 했다.

휴대폰이 연이어 울렸다. 계속 울리고 있었던 듯한데 과연 언제부터 벨이 울렸는지는 알 수 없었다. 생각 없이 전화를 받으려다가 그 전에 발신자를 확인해야겠다는 생각이 들었다. 오준석이었다.

"선생님, 이제야 받으시네요. 세 시간 전부터 십 분마다 계속 전화를 걸었습니다."

"미안합니다. 전날 과음을 해서……."

오준석은 내 말을 끝까지 듣지 않았다. 그의 목소리에서 이상한 열기가 느껴졌다.

"제가 삼십 분 뒤에 모시러 가도 되겠습니까?"

나는 대답 대신 길게 한숨을 내쉬었다.

"리리궁 관저로 모셔오라고 영부인께서 지시를 내리셨습니다. 괜찮으시겠습니까?"

"제가 무슨 대답을 할 수 있겠습니까? 이미 결정된 사항 아니던 가요?"

오준석은 잠시 말이 없었다.

"저는 선생님께서 틀림없이 좋아하실 것이라고 생각했습니다. 각하의 글을 기다리지 않으셨나요?"

"네, 그랬죠. 사람이 너무 기다리다보면 이렇게 당치 않은 감정이 들기도 하는가봅니다. 삼십 분 뒤에 뵙겠습니다."

"좋은 일은 좋아하는 것이 맞습니다. 이 일은 선생님께도 아주 좋은 일이 아니었던가요? 부디 좋아만 하십시오."

오준석의 말대로, 내게 좋은 일이라면 좋아만 하는 것이 맞을 것이다. 때론 가장 단순한 사고방식에서 더 나은 결과가 나오는 일이 종종 있었다. 그런데 사고를 단순화하려고 하면 할수록 머릿속이 더욱 복잡해지는 역효과가 났다. 무엇보다 나는 영부인이 왜 굳이 직접 대통령의 글을 건네주려 하는지 이해할 수 없었다. 오준석을 통해 문서를 갖다주는 것이 덜 번거롭지 않을까. 영부인이 그날 밤 내게 다소 부적절한 행동을 한 것은 사실이나, 그렇다고 우리가 어떤 식으로든 소위 선을 넘지는 않았던 것이다. 그때 영부인은 과잉된 감정과 외로움으로 인해 매우 혼란스러운 상태였다. 꼭 내가 아니었더라도 그녀는 누구에게든 위로를 구하고자 했을 것이다.

운전석에 앉은 오준석은 룸미러를 통해 나를 흘낏거리기만 할 뿐 말은 걸지 않았다. 내가 신경질적으로 보이는 모양이었다. 십 분쯤 지나 먼저 침묵에 항복을 한 쪽은 나였다. 리리궁까지 십 분만 더 가면 되건만, 그 짧은 시간조차 참기가 곤혹스러웠다.

"영부인께서는 어떠십니까? 요사이 부쩍 활발한 대외 활동을 하시는 것 같더군요."

"네, 갑자기 활동을 늘리신 건 사실입니다. 리리궁으로서도 영부인께서 리아민 대통령 각하의 공백을 메워주시는 것을 긍정적으로 보고 있습니다."

나는 오준석의 대답에 만족할 수 없었다. 너무 판에 박힌 대답으로 들렸던 것이다.

"지금까지 리리궁에서는 최세희 여사가 각하의 뒤편에서 조용히 그림자 내조를 하는 것을 원하지 않았던가요? 그런데 영부인께서 이런 식으로 리리궁의 거의 모든 행사에 전면적으로 나서는 것은 뭔가 잘 납득이 가질 않습니다. 이유가 뭡니까? 각하가 피습을 당하셨기 때문만은 아닌 것 같은데 말입니다."

"선생님께서도 모르는 일을 제가 어떻게 알겠습니까? 아시다시피 저는……."

"리리궁에서 하위직에 해당하는 사람이라고 말하려는 겁니까?"

어깨를 추켜올리는 오준석의 뒷모습을 보았다.

"대통령 내외분을 가장 근거리에서 지켜보고 계시지 않나요? 하지만 말씀하시기 곤란하다면 어쩔 수 없죠."

"아시다시피, 원래 두 분 사이가 그리 좋은 편은 아니었습니다. 그런데 대통령께서 다시 개헌을 통한 재집권을 공표하신 이후부터는 말싸움이 잦아지면서 더욱 악화되어버린 것이죠. 내외분이 서로 대화를 나누지 않으신지 두 달이 넘었습니다. 각하가 피습을 당하신 불행한 사건을 계기로 저희들은 어떻게든 두 분의 상황이 나아지리라 조심스레 예상했었는데, 오히려 대면하지 않으시니 더욱 안 좋아지시더군요. 저희들은 최악의 상황도 생각하고 있습니다."

"……이혼까지 고려해야 할 상황입니까?"

"제가 드릴 수 있는 말씀은 여기까지입니다."

17

최세희는 환한 빛이 쏟아져 내리는 응접실에서 그보다 훨씬 더 밝은 미소를 지으며 나를 맞았다. 불과 석 달 전 같은 공간에서 아침부터 술에 취해 있던 영부인의 모습을 떠올리기 어려울 지경이었다. 적어도 내 눈에는 그녀가 무언가로부터 거의 완벽하게 회복되었으며, 그녀 스스로도 그 사실을 매우 잘 알고 있는 것처럼 보였다. 세상의 모든 중독자는 여간해선 쓰레기 같은 과거에서 헤어나오기는커녕 더욱 진창으로 빠져들 가능성이 농후하다. 그런데 영부인은 보란 듯이 재기에 성공했다. 비록 그녀가 자신의 이야기를 해주긴 했지만, 나는 그 사연에 과연 얼마만큼의 신빙성이 있는지 확신을 가질 수 없었다. 결국 이야기일 뿐이었다. 그녀의 이야기가 어느 정도 사실에 기반한다고 하더라도 세월의 흐름에 따라 기억의 왜곡과 조작을 피할 수는 없을 터였다. 만일 허구에 기반하고 있다면, 결국 내가 쓰는 소설과 다를 바 없는 이야기였다. 나는 영부인에게 인사를 건넸다.

"그간 잘 지내셨나요?"

최세희는 소리 내어 웃었다.

"아주 잘 지내고 있어요. 이 나라 국민이라면 매스컴을 통해서 내가 얼마나 잘 살고 있는지 모르지 않을 텐데요?"

"공적인 안부와 사적인 안부는 종종 다른 경우가 있죠. 제가 영부인께 묻는 안부는 지극히 개인적인 안부입니다."

"공적으로든 사적으로든 모두 잘 지내고 있어요. 예전에는 웃기 위해 웃었다면, 요즘은 웃고 싶어서 웃어요. 이 정도면 잘 지낸다고 말할 수 있지 않을까요?"

우리 두 사람 사이에 친밀한 미소가 오갔다.

"각하와는 어떻게 지내십니까? 대통령 내외분에 대해서는 매스컴에서 다루는 걸 거의 볼 수 없는 것 같아서 말입니다."

"나쁘진 않아요."

"그렇다면, 좋지도 않으시다는 말씀이군요."

"함부로 단정 짓지는 마세요. 짐작하셨겠지만, 대통령과 난 요 몇 년 새 그다지 사이가 좋은 편이 아니에요."

"대통령이기 이전에 남편이 아니신가요? 제아무리 이혼 직전의 부부라고 해도 남편이 피습을 당해 생명의 위협을 받았다면……."

"정확히 말하면, 위협만 받았지 지금은 하루가 다르게 회복되고 있는 중이에요. 그리고 미혼인 박상호 씨가 결혼한 부부의 생활까지 파악하고 있는 듯이 발언하는 건 좀 재밌네요. 결혼 팔 년 차인 나조차 아직까지도 부부간의 미묘한 심리에 대해 확실히 말할 수 없는데 말이죠."

"꼭 부부간이라는 전제가 없어도 짐작해볼 수 있지 않을까요? 친밀한 지인들 사이에서라도 이런 위급한 상황에 처한 사람이 있다면, 행여 과거에 불편한 감정이 있었다 한들 적어도 그 사람이 회복할 때까지는 잊고 지낼 것 같다는 생각이 드는군요. 몸이 아픈 사람에겐 전에 없는 관대한 감정이 들 것 같기 때문이죠."

"리아민이라는 사람은 단순히 몸이 아픈 남자가 아니에요. 그는 아주 강한 사람이죠. 만일 자신이 동정의 대상이 되고 있다는 사실을 안다면, 그런 말도 안 되는 감정을 가진 사람을 색출해서 제대로 밟아줄 거예요. 그는 아주 무서운 집념을 가진 사람이에요."

"모두에게 강한 사람은 이론적으로만 존재할 뿐입니다. 그런 사람은 없어요. 저는 각하가 상대적으로 약해지는 사람이 바로 제 맞은편에 계신 분이 아닐까 하고 감히 추측하고 있습니다만."

나는 최세희가 웃음으로써 대답을 얼버무릴 것이라고 생각했다. 하지만 그녀는 전혀 웃지 않았다.

"적어도 내가 아는 대통령은 그 누구에게도 약한 모습을 보여주는 사람이 아니에요. 겉모습은 조금 약해 보이기를 원할 수도 있겠죠. 물론 일반 대중들에게 친밀한 모습을 보여주고 싶다는 이유로 말이죠."

"그에겐 국민들이 자신을 지지하는 표 하나하나로 보인다는 말씀이신가요?"

"대답하지 않겠어요. 내가 이 리리궁의 안주인이라는 사실은 잊지 마세요."

그녀는 고개를 설레설레 내저었다.

"이것 보세요. 박상호 씨는 아직도 이해하지 못하고 있잖아요. 중요한 건 전기가 아닌데 말이죠."

"그럼 뭡니까?"

"언제나 리리궁에서 가장 중요한 건 하나의 쇼예요. 그이를 중심으로 한 거대하고 화려한 볼거리죠. 그것만이 리리궁의 유일한 룰이에요. 박상호 씨가 앞으로 가져올 결과물이 그 기준에 미치지 못한다면, 필시 대통령의 심기를 건드리게 될 거예요."

"제가 위대한 작가라고는 할 수 없겠지만, 그래도 글을 쓸 때는 항상 자유롭다는 것을 말씀드리고 싶습니다. 그것이 바로 제가 글을 쓰는 가장 큰 이유죠. 자유가 전제되지 않았다면, 제가 아무리 엄청난 성공을 거둘 수 있다고 해도 글을 지금처럼 계속 쓰지는 않았을 겁니다. 소재는 작가의 손에서 가공되는 것입니다. 역으로 작가라는 자각이 있다면 결코 소재에 휘둘리는 일은 없습니다."

"단정 짓지는 마세요. 사람들은 누구나 자신에 대해서 잘 알지 못

하죠. 나도 불과 몇 달 전까지 나에 대해 알지 못했으니까요. 사람들은 실은 서로 다른 듯하면서도 같고, 같은 듯하면서도 다른 법이죠. 내가 누군지에 대해 자신하지 마세요. 마음이란 늘 변하기 마련이니까요."

"저는 이야기를 만들어내는 사람입니다. 영부인은 리리궁의 안주인이고요. 다들 각자의 역할이 있는 겁니다. 거기다가 우리가 철학자의 역할까지 더한다면, 인생이 너무 복잡해지지 않을까요? 세 번째로 부탁드립니다. 오늘 제게 각하의 글을 주실 의사가 없으시다면, 저는 이만 작별 인사를 드리고 싶군요."

하지만 나는 문밖으로 나가지 않았다. 그녀가 내게 오늘 대통령의 글을 건네줄 거라는 확신이 들었던 것이다. 영부인이 나를 바라보는 시선이 불안하게 흔들리는 것에서, 나는 확신을 더욱 굳힐 수 있었다. 그녀가 창가의 작은 탁자에 놓인 전화기를 들고 낮은 목소리로 짧은 말을 전했다. 곧 문이 열리며 노란 서류봉투를 손에 든 젊은 경호원 한 명이 들어왔다. 최세희는 말했다.

"자, 원하는 걸 받아요. 부디 대통령의 룰에 맞는 글을 쓰길 바라요."

그녀에게서 노란 봉투를 건네받는 순간 내가 방심했던 것 같다. 그러나 무엇을 방심했는지는 기억을 되짚어보는 지금도 여전히 알 수 없다. 리리궁으로부터, 리아민과 최세희 그리고 나를 함부로 폄하하는 세상으로부터였는지도 모른다. 나는 봉투를 받으며 무언가 슬픔에 가까운 감정을 느꼈다. 그래서였을까, 인지하지 못한 사이 경호원이 나가고 영부인과 나 두 사람만 남게 되었을 때, 나는 자신만의 생각에 빠져 그녀가 내게 지나치게 가까이 다가와 있다는 사실을 모르고 있었다. 어느 땐가 그것을 알았을 때 그녀의 입술이 내게 겹쳐졌다. 짧고 강렬한 입맞춤이었다. 충격을 받은 내가 좀 비틀거렸던 것 같다. 최세희가 아주 낮게 쿡쿡거리는 웃음소리를 들으며 나는 응접실 밖으로 나왔다. 더 이상의 작별 인사는 없었다.

*

검은 세단 앞에 김세원이 서 있었다. 그는 나를 보자마자 반색을 했다.

"영부인께서 각하의 글을 전해주셨습니까?"

"네, 받았습니다."

"일단 타시죠."

수석비서관이 운전석에 앉을 것이라고 생각했는데, 이미 운전석에는 오준석이 대기하고 있었다. 김세원은 그 옆 조수석 문을 열고 들어갔다. 나는 늘 그랬듯이 뒷좌석에 앉았다.

"어떤 질문을 하시든지 저는 대답하지 않을 겁니다. 결국 이 작품은, 제 글이니까요."

차창 밖에 시선을 두고 있던 김세원이 말했다.

"아니죠, 그 말은 명백한 오류입니다. 어떤 글이라도 세상에 발표되는 순간부터는 작가만의 소유가 아닙니다. 그 글을 읽는 독자들과 함께 공유하게 되는 것이죠."

"그건 이상적인 가정일 뿐입니다. 지적재산권을 포함한 모든 권리는 오직 작가만이 가지는 겁니다. 거칠게 말하자면, 독자란 수많은 글을 접하고 흘려보내기를 반복하는 존재인 것이죠. 작가와 글을 공유까지 할 수 있는 능동적인 독자란 극소수에 불과합니다."

"여기서 논점이 흐려진 것 같으니, 바로잡읍시다. 내가 언급하고 싶은 글이란 게 각하의 전기라는 건 박 작가도 알고 있지 않습니까? 좋습니다. 박상호 씨의 견해를 십분 존중해서 내 말을 정정하겠습니다. 모든 글 중에 단 한 편의 예외만을 두고 박 작가의 견해를 전부 수용하겠단 말입니다. 그 예외가 리아민 각하의 전기이고, 그 글은 박상호 씨의 소유이기도 하나 사실상 소유주는 주인공인 각하와 이 나라의 국민들입니다. 그래서 각하의 수석비서관인 난 박상호 씨가 그 노란 봉투를 열어보기 전에 먼저 보기를 원합니다. 영부인께서 살펴보셨다고는 하지만, 박 작가도 아시다시피 그분의 지적 능력에 대해 난 전적인 신뢰를 할 수가 없기 때문입니다. 단지 이십 분이면 족합니다. 그 정도라면 내게 양보해줄 수도 있지 않겠습니까?"

"죄송하지만, 안 됩니다."

노란 봉투를 잡고 있던 내 손에 힘이 들어갔다.

"왜 안 됩니까?"

"이유는, 간단합니다. 각하의 글을 받을 수신인이 바로 저이기 때문입니다. 수석비서관님이 아니란 말입니다."

"내 말을 곡해한 것 같군요. 난 검열을 하자는 게 아닙니다. 그럴 의도도, 여유도 없습니다. 다만 각하가 요사이 부쩍 심신이 미약해지셨기 때문에……."

불쑥 내가 끼어들었다.

"그런 뜻으로 글을 읽어보시겠다면, 제 선에서 해결할 수 있을 듯합니다. 저도 불필요한 각하의 치부가 세상에 드러나는 것은 원치 않으니까요."

"작가란 늘 작품의 완성도에 따라 악마의 유혹에 시달리는 존재가 아니었던가요? 때론 도덕적, 윤리적으로 해서는 안 될 일들을 완성도를 높이기 위해 두 눈 질끈 감고 할 수 있는 사람들이란 말입니다. 박상호 씨가 막상 그 입장이 되면 다른 작가들과 다를 수 있을 것이라고 생각하십니까? 아니요, 결코 그럴 수 없을 겁니다. 물론 다소간 고민은 할 수 있겠지요. 하지만 결국엔 박 작가도 작품을 위해서라면 뭐든지 할 수 있는 사람입니다. 내 눈엔 그것이 아주 분명하게 보입니다."

"제가 윤리적인 인간이라고는 차마 양심상 말씀드리지 못하겠군요. 하지만 그런 제게도 최소한의 지켜야 할 도리란 게 있는 겁니다. 수석비서관님이야말로 속단하지 마시기 바랍니다."

"그렇다면 끝까지 내게 각하의 글을 보여주기를 거부한다는 말이군요. 좋습니다. 그럼 박상호 씨 뜻대로 하십시오. 어쩔 수 없군요."

그가 내게서 강제로라도 노란 봉투를 빼앗아갈 것이라고 생각한 나는 의외로 그가 너무 쉽게 포기하자, 이번엔 좀 어리둥절해졌다. 오피스텔 건물 앞에서 차가 멈춰 섰다. 뒷좌석에서 내리려는 나를 조수석에 앉아 있던 김세원이 불러 세웠다. 나는 앉지도 그렇다고 서 있지도 않은 어정쩡한 자세로 그의 말을 들을 수밖에 없었다.

"대신 모든 책임은 오로지 박상호 씨에게 있는 겁니다. 그 점은 명확하게 해두고 싶군요."

"잘 알겠습니다."

"사람이란 참 이상하군요. 왜 쓸데없는 자존심을 앞세우며 무거운 책임을 나눠지려 하지 않는지 모르겠습니다."

"……"

수석비서관은 내게 한 손을 내밀었다. 주저하다가, 나는 그 손을 잡았다.

"한때였지만, 작가가 되기를 소망했었던 때가 있었습니다. 고등학교에 다니던 시절, 열렬한 애서가였던 노총각 문학 선생님의 영향이었죠. 그분은 저를 작은 도서관처럼 책이 빼곡한 자신의 아파트로 데려가 원하는 책을 골라보라고 하셨습니다. 지금도 기억하는데, 정확히 열일곱 권을 골랐습니다. 언뜻 톨스토이의『안나 카레니나』부터 플로베르의 『보바리 부인』, 마키아벨리의 『군주론』, 뭐 그런 책들을 골랐던 것이 기억나는군요. 선생님은 제게 왜 이 책들을 골랐는지 이유를 말해줄 수 있는지 물어보셨습니다. 저는 모르겠다고 했습니다. 그냥 이 책들이 많은 책 중에서 내 눈에 띄었을 뿐이라고 대답했던 것으로 기억합니다. 선생님은 그런 제 대답이 정답이라고 말씀하셨습니다. 또 덧붙여 말씀하시기를, 책에게도 운명이 있고 그 운명을 알아보는 사람만이 그 책의 진정한 독자가 될 수 있다고도 하셨습니다."

그는 잠시 말을 끊었다. 나는 충격으로 온몸이 굳어버린 채 아무런 대꾸도 할 수 없었다.

"……박 작가는 스스로의 생각보다 훨씬 더 좋은 작가가 될 수 있는 자질을 가진 사람입니다. 나도 그 정도의 눈은 있어요. 부디 이번 일이 끝나면 더 좋은 글을 쓰시기 바랍니다. 우리가 이 시간 이후 다시 마주치는 일이 없었으면 좋겠군요. 만일 그런 일이 일어난다면, 필시 안 좋은 만남이 될 테니까요."

나는 뒷좌석을 빠져나오며 차 문을 가능한 조용히 닫았다. 너무 혼란스러워서 현기증이 났다. 건물 정문으로 들어가려는데 오준석의 목소리가 들려왔다.

"선생님, 나중에 독자로 다시 뵙겠습니다! 좋은 글 많이 써주십시오!"

돌아서서 인사를 해주는 것이 도리라는 것은 알고 있었다. 그러나 나는 여전히 아무 말도 할 수 없는 상태였다. 몸을 돌리지도 않은 채 간신히 한 손만을 들어 몇 번인가 흔들어주고는 황급히 엘리베이터에 올라탔다.

18

현관문을 열고 들어가자마자 노란 봉투를 집어 던져버렸다. 그러고는 비틀거리며 거실로 걸어가 소파에 털썩 주저앉았다. 정신이 하나도 없었다. 머릿속이 온통 뒤죽박죽이었다. 리아민, 그 간사한 허풍쟁이 정치인이 내게 했던 뻔뻔한 짓거리를 떠올릴수록 입 밖으로 욕지거리가 절로 터져 나왔다. 현관 바닥에 함부로 내동댕이 쳐진 저 노란 봉투 속에 무슨 이야기가 들어 있는지 전혀 궁금하지 않았다. 저 가증스러운 글에 리아민에 관한 진실이 과연 얼마나 포함되어 있을까. 불현듯 화가 치밀어 올랐다. 결국 리아민의 거짓말 때문에 그와 연관된 일을 하던 나까지 거짓말쟁이가 되고 말 것이다. 분연히 내려놓았던 휴대폰을 집어 들었다. 수석비서관에게 전화를 하려던 나는 또 하나의 가능성 있는 생각을 떠올리고는 나의 멍청함에 머리를 쥐어뜯고 싶어졌다. 만일 거짓말을 한 쪽이 리아민이 아닌, 수석비서관 김세원이라면? 충분히 그럴듯한 가정이었다. 김세원이 마음만 먹는다면 대통령과 내가 나누는 대화를 감청하는 것은 그리 어렵지 않을 것이다. 순전히 전기 집필을 방해하기 위해 작가인 나를 혼란스럽게 하려는 의도일 수도 있다.

그러나 내 안의 목소리가 반론을 제기하고 있었다. 세 번째인가 리아민을 기다리다 관저의 서가에 꽂힌 책들을 살펴보았을 때, 그 빈약한 컬렉션을 보고 내가 느꼈던 깊은 실망감에 대해 목소리는 말하고 있었다. 계속되는 리아민의 진술에서 느껴지던 괴리감, 마치 몸에 맞지 않는 큰 옷을 억지로 입으려는 것 같은 이질감에 대해서도, 목소리는 말했다. 둘 중 누군가는 분명 거짓말을 하고 있었다. 내 안의 목소리는, 리아민이 거짓말을 하고 있다는 편에 좀 더 무게를 두고 있었다. 증거가 필요했다. 그런데 심증만 있을 뿐, 증거는 적어도 내가 찾을 수 있는 곳에서는 보이지 않았다.

결국 확실한 것은 아무것도 없다는 허무한 결론만을 남긴 채 나는 어떤 식으로도 마음을 정할 수 없었다. 이렇게 갈팡질팡하다가 반나절을 보내고 나서야 나는 리아민의 글이 담긴 노란 봉투를 열었다. 도리가 없지 않은가. 이 일을 그만둔다고 호기롭게 말할 수 있는 배짱도 없는 바에야 꼼짝없이 글을 쓸 수밖에 없는 것이다. 그것이 훗날 나 자신을 얽매는 덫이 될 수도 있다는 사실을 모르지 않으면서도 말이다.

커터칼로 노란 봉투를 열었다. 빳빳한 종이를 베어내는 칼이 내 피부에 박히는 것처럼 섬뜩하게 느껴졌다. 한눈에 봐도 A4 종이 삼십 장이 넘어 보이는 분량의 글이었다. 원고지로 환산해본다면, 약 삼백 매 안팎의 결코 적지 않은 분량이었다. 리아민은 도대체 세상을 향해 뭘 그렇게 하고 싶은 말이 많은 것일까, 라는 의문이 들었다. 저명한 정치인으로서 그에 관한 대부분의 사항이 국민들 사이에서도 이미 널리 알려져 있었던 것이다. 문득 내가 이 글을 읽기 시작하면 그때부터 리아민의 올무에 그대로 걸려버릴지도 모른다는 불길한 예감이 들었다. 그러나 봉투는 찢겼고, 내가 피할 곳은 이 나라 어디에도 없을 터였다. 체념하며 나는 우선 맨 앞장에 세로로 나란히 붙어 있는 다섯 장의 노란 포스트잇을 읽었다.

박 작가, 이 글을 읽고 있다면 신변에 이상은 없는 것이겠지. 그러니 서로의 안부를 묻는 의례적인 인사는 하지 않겠네. 매스컴에서 보도되는 것처럼 나는 많이 회복되었다네. 하지만 여전히 마음의 충격은 덜해지지 않더군. 왜 내게 테러를 가할 만큼 그토록 깊은 증오를 가져야만 했는지 아무래도 이해가 잘 되지 않았네. 자네도 알다시피, 난 전적인 애정과 신뢰를 가지고 나의 국민들을 대하려고 모든 노력을 기울여왔어. 하지만 난 요즘 종종 나 자신이 마치 사랑해마지않던 애인에게 철저히 배신당한 불쌍한 남자같이 여겨진다네. 그간 내게 낯 뜨거울 만큼 입에 발린 말들을 늘어놓곤 했던 측근

들은 날 위로한답시고 말하더군.

"각하, 모든 국민에게 사랑받는 대통령이란 사실상 불가능합니다. 역사를 되짚어볼 때 제아무리 훌륭한 위인이라도 늘 그를 시기하고 모함을 일삼는 소인배들이 있기 마련이었어요. 마찬가집니다. 지금 각하가 겪으시는 이 고난도 그런 불순한 무리들 때문에 일어난 일이니, 그렇게까지 상심하실 일이 전혀 아니란 말입니다."

그런데 박 작가, 난 아무래도 위인은 절대 될 수 없는 소인배인 것 같아. 계속 마음이 아프다네. 왜 나의 진정한 마음을 몰라주는지 여전히 잘 모르겠어. 어떤 사람도 날 이해시킬 수는 없을 것 같아. 자네같이 설득력 있는 미사여구를 쓰는 작가라도 가능하지 않을 걸세. 아마도 나는 죽을 때까지 완전한 이해는 할 수 없을 것 같아.

일전에 이야기했던 대로 나의 아름다운 아내에게 내가 두서없이 쓴 글들을 일차로 검열하도록 했다네. 내 상태가 이러니 어쩔 수 없는 일이지. 아내가 과연 내 글을 볼 수 있는 소위 '눈'을 가지고 있는지 궁금해할 자네의 모습이 떠오르는군. 그것만은 내가 확실히 말해줄 수 있다네. 영부인은 자네가 생각하는 것 이상으로 이지적인 면모가 많은 사람이라고 말일세. 난 가끔 그녀와 내가 서로의 역할을 바꿔야 하는 것이 아닐까 하는 생각을 종종 한다네. 얼굴이 예쁜 여배우라는 프레임에 갇히기엔 분명 아까운 여자야.

한번 죽 훑어보듯이 편안한 마음과 자세로 글을 읽어보게. 내 글이 박 작가의 마음에 들지 않는다면 전기에 반영하지 않아도 상관

없네. 또한 빈약한 내 글을 바탕으로 박 작가가 솜씨 좋게 살을 붙여 전혀 다른 새로운 이야기로 만들어도 무방하네. 요컨대 전기 집필에 관해선 박 작가의 의견이 우선이라는 점을 확실히 밝히고 싶네. 난 처음 봤을 때부터 자네가 사리 분별에 능한 사람이라고 생각해왔으니, 끝까지 자네의 판단을 믿고 싶군.

자네가 글을 빨리 쓰는 작가라고 출판사 사장이 내게 말해주더군. 물론 단순히 빨리 쓰는 것뿐 아니라, 완성도 또한 높은 글을 써왔다고 입에 침이 마르도록 자네를 띄워주더군. 자네가 덕을 많이 쌓은 모양이야. 본인이 없는 자리에서 험담이 한 마디도 나오지 않고 오로지 칭찬만 넘쳐난다면 제법 잘 살아왔다는 증거가 아니겠는가. 그런 점에서 보면 자네가 나보다 훨씬 나은 사람인지도 모르지.

글을 완성할 때까지 부디 건강하게나. 최선을 다할 걸 뻔히 알면서도, 늙은이의 노파심으로 다시 말하겠네. 모든 역량을 다해 전기를 집필해달라고 말일세. 보름 정도면 되겠나. 아무리 늦어도 한 달은 넘지 않도록 애써주면 좋겠네. 완성되면, 그 글을 들고 리리궁에 한 번 더 방문해줄 수 있겠나? 손꼽아 기다리지. 하나 더 알려줄까? 난 오래전부터 사실 많이 무료하다네. 그래서 벌써 이십 년 넘게 지독한 불면증에 시달리고 있지. 그래서 자네의 글을 더욱 기다리고 있는지도 몰라.

자네의 늙은 친구, 리아민

나는 그가 자신을 늙은 친구라고 호칭한 부분에서 참을 수 없는 역겨움이 치밀어 오르는 것을 느꼈다. 그가 쓴 본문을 읽기 전부터 머리가 지끈거렸다. 나는 종이를 넘겨 첫 장을 읽기 시작했다.

*

십이 포인트 글자로 작성한 서른두 장의 글이었다. 보통 십 포인트 글자로 문서를 작성하는 터라 분량을 가늠하기가 쉽지 않았다. 대략 이백오십 매 안팎으로 보였다. 평소 삼백 쪽 책을 기준으로 네 시간이면 완독하는 내 독서력이라면 한두 시간 안에 읽을 수 있는 분량이었다. 하지만 처음 열 쪽 정도 읽고 나자, 시간이 예상보다 적어도 두 배는 더 소요될 것 같다는 생각이 들었다. 우선 글이 지나치게 난삽해 집중해서 읽기가 힘들었다. 조악한 문장력도 독서를 방해하는 데 한몫했다. 물론 리아민이 생명에 위협을 받는 사건을 몸소 겪고 크나큰 정신적 충격을 느낀 상태에서 글을 썼다는 사실은 나도 잘 알고 있었다. 그러나 그런 특수한 상황들을 감안한다 해도, 내 생각엔 리아민의 문장력과 표현력 수준이 그리 뛰어나진 않은 듯했다. 사실대로 말하자면, 매우 형편없는 수준이었다. 그가 이 나라의, 무려 대통령씩이나 된다는 사실이 도저히 믿기지 않을 지경이었다. 예전에 내가 리아민의 연설에 찬사를 보냈을 때, 그가 자신의 연설문에 전혀 관여하지 않으며 실제적인 작성자는 리리궁의 참모진들이라고 말했던 기억을 새삼스럽게 떠올렸다. 그땐 반쯤 흘려들었던 그의 말이 진실이었을 가능성이 높았다. 더군다나 이 글을 내가 읽기 전 영부인이 먼저 읽어보았다고 리아민이 글의 서두에서 밝히지 않았던가. 그녀의 검열까지 거친 글이라면 이렇게 낮은 수준일 수는 없지 않을까.

절로 입 밖으로 튀어나오려는 욕을 참아가며 끝까지 읽는 데 무려 네 시간이나 걸렸다. 글이 워낙 두서가 없는 탓에, 읽고 나서도 또렷이 머릿속에 콱 박혀오는 그 이야기만의 원줄기가 거의 없었다. 한마디로 남는 것이 없는 글이었다. 대부분의 이야기가 그저 그가 내게 해준 이야기들을 보충하는 데 불과했다. 새로운 이야기는 두 가지 정도였는데, 그 이야기를 전기에 삽입하기에는 역시 무리가 있었다.

새로운 두 가지 이야기 중 첫 번째는 리아민이 정치인으로서 승승장구한 성공 과정에 관한 내용이었다. 그러나 구체적 연도와 사실에 의거한 서술이라기보다는 그냥 리아민 본인의 자화자찬과도 같은 감상만 짙게 배어나는 글이었다. 특히 눈에 띄는 구절을 가감 없이 인용해본다면, 내가 느꼈던 그 황당한 감정에 공감할 수 있을 것이다.

……첫 번째 국회의원 배지를 단 날에 나는 나 자신이 거대한 역사의 파노라마를 이뤄가는 위대한 인물이라는 사실을 자각했다. 이

나라의 장래는, 아니 전 인류의 장래는 앞으로 이 리아민이라는 거인의 출현으로 인해 그야말로 하나의 통일된 힘으로 이뤄지는 전무후무한 사건을 목도하게 될 것이다. 나와 함께 동시대를 살고 있는 그들은 아주 좋은 운을 타고난 것이다. 그날 밤 나는 이 나라와 세계 각국의 신민들을 향한 충만한 애정과 열정으로 뜨거워지는 가슴을 주체할 수 없었다. 독한 술을 잔에 가득 따라 단숨에 입안에 털어넣은 나는 현관문을 열고 정원으로 나갔다. 한밤중의 고요하고 검은 하늘에 떠 있는 수많은 별이 일제히 나를 향해 그대로 쏟아질 것만 같은 착각이 들 만큼 밤은 매우 아름다웠다. 나는 그 아름다운 밤에 흠뻑 젖어들어 몇 시간이나 그 자리에 서 있었는지 모르겠다. 이윽고 별똥별인지 빛나는 아주 작은 별 하나가 하늘 끝에서 땅을 향해 떨어져 내리는 광경을 보았다. 이어서 두 번째, 세 번째 별들이 떨어지고 있었다. 그 순간이었다. 나는 어떤 중대하고 위대한 깨달음을 얻었던 것 같다. 하늘에서 떨어져 내리는 저 별들이 바로 나 리아민의 출현으로 인해, 그때까지 이 세상을 지배하던 지도자들이 차례로 실각하는 사건들을 형상화하는 것이라는 사실이었다. 진정 나는 온 우주의 기운이 나를 향해 집중되어 쏟아져 내리는 것을 극명하게 느꼈다. 나, 리아민은 하늘이 선택한 지도자였던 것이다.

두 번째 이야기는, 거의 야설 수준의 회고록이었다. 영부인 최세희를 만나기 전까지 리아민 자신을 유혹했던 수많은 여자에 관한 구구절절한 내용이었다. 역시 이 부분도 결국엔 리아민의 수컷다움을 만방에 과시하기 위한 용도였다. 나는 글을 읽으며 터져 나오는 실소를 참을 수가 없었다.

……가끔 첫 부인을 사고로 잃고 재혼을 하기 전까지 내게 접근해왔던 수많은 여자를 떠올려보면, 내가 생각해도 참으로 화려했다고밖에 여겨지지 않는다. 일생에 한 여자에게서도 진실된 사랑을 얻지 못하는 운 없고 불행한 사내가 있는 반면에, 나처럼 아무 노력 없이도 매력적인 미녀들의 끊임없는 구애에 둘러싸인 행운의 사내도 있는 것이다. 물론 나 역시 뭣 모르던 이십대 초반에는 한 여자를 아주 집요하게 쫓아다녀 결국엔 그녀의 처녀성을 당당히 내 것으로 쟁취하기도 했다. 돌이켜보면, 내가 진정한 여인으로 거듭나도록 만들어주었던 순결한 처녀들이 어림잡아도 백여 명은 되는 것 같다. 믿지 않을 수도 있다. 하지만 나는 내게 자신의 가장 소중한 것을 기꺼이 바쳤던 이 예쁜 귀염둥이들을 일일이 기억하고 있다. 나는 그 처녀들에게 무려 첫날밤부터 남자를 자신의 은밀한 곳에 받아들일 때 느낄 수 있는 최상의 쾌감을 전해주었던 것이다. 순결한 여자들이 처음엔 고통 속에서 눈물을 흘렸지만, 삼십 분만 지나면 잔뜩 달떠버린 저희들이 먼저 내게 자신의 성기를 들이대며 내가 최대한 그 안에 깊이, 오래 머물기를 환희의 눈물로써 애원했던 것이다. 세희를 만나기 전까지 사실 나는 이 생에서 또다시 결혼이라는 복잡

다단한 인연을 만들고 싶지 않았기 때문에 한사코 내게 들러붙으려고 혈안이 된 여자들을 달래고 어르는 데 매번 애를 먹곤 했었다. 여자들은 한결같이 입을 모아 내게 말했다. 나, 리아민과 사랑을 나누는 그 시간에는 세상 그 무엇도 눈앞에 떠오르지 않는다고. 오직 구름 위에 둥둥실 떠 있는 듯한, 마치 무릉도원을 거니는 듯한 꿈결 같은 쾌락을 내가 자신들에게 아낌없이 준다는 것이었다. 여자들은 부드럽게 가슴을 쓰다듬는 나의 손길 한번에도 전신을 부르르 떨며 은밀한 곳이 흥건히 젖어들곤 했다. 내가 절륜인지까지는 나도 잘 모르겠다. 다만 하룻밤에 여자를 다섯 번 이상 천국에 보내줄 수 있는 것만큼은 확실한 사실이다. 사정이 이렇다보니 나의 정력에 대한 소문이 소문을 낳아 나는 더욱 많은 최고의 여자들을 별다른 노력을 기울이지 않고도 침대로 끌어들일 수 있었다. 그렇다고 오해는 하지 말기 바란다. 나는 그 여자들에게 추앙을 받았을 뿐, 결코 원망을 사는 일은 없었으니 말이다. 하긴 저희들을 밤마다 하늘나라로 보내주는 나 같은 남자를 어떻게 비난할 수 있겠는가. 정사에 관한 나의 단호한 철칙이 하나 있다. 다른 건 몰라도 벌거벗은 여자를 내 침대에서 안을 때만큼은 그녀를 이 세상의 마지막 여자처럼 만족시키기 위해 내가 가진 최고의 능력을 발휘한다는 것이었다.

그 여자들 중, 편의상 A와 C에 관해 써보고자 한다. 왜 내가 그 많은 여자 중에서 굳이 두 여자를 선택했는지는 읽다보면 알 수 있을 것이다. 여기서 맛보기로 말해주는 친절을 발휘하자면, 이 두 여자가 나만큼이나 대단한 여자들이었기 때문이다.

A는 전직 아역 배우 출신의, 그때 당시 고작 갓 스무 살이 된 탤런트였다. 아역 배우 시절엔 제법 귀여운 외모로 인기를 끌었는데, 성장하면서 그 특유의 깜찍함이 점점 천박한 섹시함으로 변해 본업인 배우 일보다 돈 많고 권력 있는 남자들의 귀여움을 꽤나 받고 있다고 소문난 여자애였다. 왜 그 애가 나를 점찍어 무려 석 달간이나 내가 가는 곳마다 기를 쓰고 쫓아다녔는지는 아직도 잘 모르겠다. 짐작하기로는, 그 애가 처음엔 나를 좀 만만하게 보고 자기 정도의 젊은 여자라면 몇 번의 마주침만으로도 충분히 유혹할 수 있을 것이라고 여겼는데, 그것이 영 쉽지 않자 어떤 오기를 갖고 나를 그토록 대놓고 쫓아다닌 게 아닐까 생각한다. 지금도 그렇지만, 그때도 나는 그 애에게 어린 여자 이상의 어떤 매력은 느끼지 못했다. 그러나 여기서 굳이 밝히는 이유는, 내가 잠자리를 했던 여자들 중 오랜 세월이 지난 후에도 확실히 각인될 만큼 소위 '대단한 음부'를 가진 여자애였기 때문이다.

각설하고, 남자라면 모두가 원하는 이야기로 넘어가야겠다. 그 여자애와 여차저차해서 잠자리를 나누게 되었을 때, 그 애는 얼마나 달아올라 있었는지 내가 자신의 속옷을 벗길 기회조차 주지 않았다. 밀가루 반죽처럼 하얗고 찰진 몸을 가진 아이였다. 가슴과 엉덩이가 몸에 비해 비정상적으로 컸는데, 큼직한 내 손으로 움켜잡아도 한쪽 젖가슴이 다 잡히지 않을 만큼 풍만했다. 그렇다고 수술한 젖은 아니었는데, 그런 쪽으로는 내가 아주 정통했기에 이토록 자신 있게 말할 수 있는 것이다. 그 풍만한 가슴 끝에 역시 다른 여자들보다 큰 검은 앵두만 한 크기의 유두가 달려 있었는데 본인은 자신의 몸을 아주 자랑스럽게 여기는 듯했다. 그날 밤 샤워를 하고 나온 내 눈앞에 벌거벗은 채 두 다리를 쩍 벌리고 침대에 떡하니 누워 있었던 것이다. 검고 수북한 털로 뒤덮인 음부가 내 눈에 드러났을 때, 나는 그 적나라한 음란함에 솔직히 놀라버렸다. 이렇게 된 이상 이 여자애와는 제대로 된 애무조차 할 필요가 없어 보였다. 내가 두 개의 검은 앵두를 차례로 입안에 넣고 쭉쭉 맛나게 빨아대자 그 여자애의 음부는 곧 흘러내리는 애액으로 홍수를 이루었다. 여자애는 어쩌나 급했는지 내가 자신의 축축한 곳에 몽둥이를 꽂아주는 순간조차 기다리지 못하고, 직접 자신의 두 손으로 내 거기를 잡아 자신의 음부에…….

아무래도 리아민이 요사이 자신의 정력을 소진하지 못해 안달이 난 모양이라고 생각할 수밖에 없는 수준의 글이었다. 뭐, 그래도 한 가지는 분명하긴 했다. 이 글을 읽으면서 나 역시 어쩔 수 없는 남자라고 화장실로 급히 가 자위로 욕구를 해결했으니 말이다. 그러나 기분은 여전히 더러운 채였다. 이건 읽는 이를 고문하기 위한 글밖에 되지 않으니 한숨만 나올 따름이었다. 도저히 전기 집필에 참고로 할 수 있는 내용도 아니었고, 수준도 한참 미달인 글이었다. 한마디로, 출력한 하얀 종이가 아깝기 그지없는 한심한 글이었던 것이다. 이 글을 내게 보여줄 생각을 하면서 킥킥거렸을 영부인의 얼굴이 떠올랐다. 간접적인 방식으로 내게 엿을 제대로 먹인 대통령 내외에게 진심으로 어이가 없었다. 도대체 전기 작가인 날 물먹여서 뭘 어떻게 하겠다는 것인가. 내게서 더 좋은 글을 뽑아내고 싶다면, 더 많은 양질의 자료를 주어야 한다는 것 정도는 그들도 알 수 있는 일 아닌가.

이런 상황에서 내가 양질의 전기를 쓰기 위해 할 수 있는 최상의 선택은, 바로 허구의 창작밖에 없을 터였다. 결국 나는 거짓말쟁이 작가가 되어야만 하는 것일까, 라고 나 자신에게 씁쓸하게 자문했다. 어떻게 하다가 내가 이런 막다른 상황에까지 처했는지 알다가도 모를 일이었다. 멍청한 헛똑똑이 작가 박상호가 이 작품으로 재기할 수 있을지에 대해서도 예전만큼 확신이 들지 않았다. 지금으로선, 아주 많이 망할 작품을 그 반의 반만큼만 망하게 쓸 수 있는 것만으로도 최선일 것이다. 우울했다. 실패를 눈앞에 둔 글을 억지로 쓸 수밖에 없다는 사실이 나를 힘 빠지게 만들고 있었다.

19

리아민으로부터 직접 들었던 말도, 건네받았던 글도 실제적인 전기 집필에서 모조리 배제하기로 마음먹자, 글은 역설적으로 아주 빨리, 잘 써졌다. 리아민은 글의 완성까지 최소 보름에서 한 달로 기한을 정했지만, 나는 닷새 만에 기존에 썼던 원고를 참조하여 천백십이 매를 완성했다. 완성된 글을 읽자, 닷새 전 영부인이 건넨 대통령의 글을 읽고 암울했던 마음이 생각보다는 나쁘지 않은 쪽으로 기우는 것을 느낄 수 있었다. 보다 솔직한 마음을 표현하자면, 단순히 나쁘지 않은 정도가 아니라 좋은 쪽에 가까울 만큼 완성한 글이 괜찮았다. 이래서 매번 글쓰기가 흥미롭고 재밌는 것이다. 그 어떤 결과도 예측한 대로 나오지 않기 때문에 성공을 예감하든, 실패를 인정하든, 일단 글을 다 쓰고 나서야 구체적인 그림을 볼 수 있다.

　우울과 불안을 오갔던 나의 불안정한 심리가 맑게 갠 하늘처럼 바뀌면서 나는 비로소 연인인 율리의 존재를 떠올렸다. 일주일 넘게 통화도 문자메시지도 없이 서로의 존재를 잊고 지냈던 것이다. 돌이켜보면, 나는 글에 전적으로 집중해야 할 시점이 오면 늘 이렇게 행동하곤 했다. 내가 이렇게 지극히 이기적으로 돌변함으로써 이 시간을 견뎌야 하는 쪽은 또한 늘 나의 연인들이었다. 그녀들은 처음엔 당연히 나를 사랑하는 마음으로 이해하려 노력했지만, 결국엔 주기적으로 돌변하는 나를 견디지 못하고 떨어져 나갔다. 하지만 율리는 지금까지의 여자들과 달랐다. 그녀 역시 자신의 일이 있는 여성이기 때문인 듯했다. 그녀는 이해심이 많았고, 사실 그녀도 나 이상으로 시간에 쫓기는 바쁜 여성이었다. 나의 연인이 몹시 보고 싶었다. 보고 싶은 마음이 이렇게나 간절한데 어떻게 글을 쓰는 동안에는 그토록 완벽하게 잊을 수 있는지 스스로도 이상했다. 나는 휴대폰으로 그녀에게 문자메시지를 남겼다. 무엇보다 보고 싶고, 첫 독자로 그녀밖에 생각나지 않는다고도 썼다. 일 분도 되지 않아 그녀에게서 답문이 왔다.

　지금 갈게.

　나는 첫 독자를 위해 샤워를 하고 깨끗한 흰 셔츠와 면바지를 끼

내 입었다. 물티슈로 몇 달간의 먼지를 전부, 는 아니더라도 적어도 보이는 부분만큼은 꼼꼼하게 닦아냈다. 책상과 노트북을 제일 먼저 닦고, 거실 바닥과 하얀 벽 구석에 나도 모르는 새 쳐진 거미줄을 제거했다. 문득, 거미란 놈은 무섭게 번식하는 종족이라는 어느 책에서 봤던 구절이 떠올라 잠시 아찔한 기분이 들었다. 작가 박상호의 작업실 겸 거주지가 시간이 흐를수록 자잘한 거미들의 아지트로 잠식되는 괴기스러운 이미지가 생생하게 떠올라 진저리를 쳤다. 책상 위에 새로 프린트한 원고 뭉치를 반듯하게 올려놓으면서도 그 지긋지긋한 거미들의 군단이 내 원고 위까지 빽빽하게 거미줄을 치는 광경이 연이어 떠올랐다. 작품을 읽는 첫 독자를 곧 작업실로 들이는 이 중요한 순간에 왜 자꾸 불길한 이미지가 생각나는 것일까. 차가운 생수 한 잔을 마셨다. 그래도 찜찜한 마음이 사라지지 않아 냉장고에서 아예 페트병을 꺼내 입을 대고 마셨다. 만일 그때 요란한 현관 벨이 울리지 않았다면, 나는 애꿎은 물배만 계속해서 채우고 있었을 것이다. 율리는 예의상 벨을 한 번 누르고는 문을 열고 들어왔다. 현관 벨을 누르지 않고 곧장 문을 열고 들어오는 걸내가 질색한다는 것을 안 나름의 배려였다. 율리는 페트병을 들고 멍하게 서 있는 나를 보며 웃었다.

"대책 없는 윤리주의자 우진 씨가 맞네. 이럴 땐 보통 와인이나 샴페인을 마시는 편이 더 어울리지 않아?"

나는 계면쩍게 웃으며 대꾸했다.

"그렇게 부르주아적인 술은 집에 없어. 대낮부터 깡소주를 마실 수도 없는 노릇이잖아."

"자기 집이잖아. 여기서 벌거벗고 대자로 드러누워서 병째로 나발을 분다고 해도 공중도덕에 위배되진 않아."

말싸움으로는 율리를 절대 이길 수 없다는 것을 항상 기억해야 했다. 나는 책상 위에 놓인 원고 뭉치를 손가락으로 가리켰다.

"당신이 첫 번째로 읽을 원고야. 책임편집자보다 먼저 읽는 원고라는 사실만큼은 꼭 알아줬음 해."

"그리고 대통령보다도?"

불현듯 나는 원고를 완성하면 리리궁으로 한 번 더 가야 한다는 사실을 잊고 있었다는 걸 깨달았다. 그러자 차가운 생수를 더 들이켜고 싶어졌다. 내 표정이 심각하게 굳었는지, 율리가 말했다.

"내가 괜한 소리를 했나보네. 고마워, 이렇게 단 한 마디만 했으면 되는데 말이야."

"아니야. 당신이 먼저 읽어보는 게 나한텐 큰 도움이 될 거야. 한번 읽어보고 무슨 말이든 가감 없이 전부 해줘."

그녀가 원고에 집중할 공간을 만들어주기 위해 나는 자연스럽게 주방으로 갔다. 일류 기자이자 칼럼니스트인 정율리 기자가 대가 없이 천 매가 넘는 내 글을 읽어주는데, 손수 만든 음식조차 대접하지 않는다면 아무리 우리가 연인 사이라 할지라도 예의가 아닌 것 같았다. 나는 첫 번째 독자에 대한 예의를 차리기 위해 주방에서 음식을 만들었다. 그래봤자 조리된 즉석카레에 생야채 몇 가지와 냉동 닭가슴살을 썰어 넣고 햇반을 전자레인지에 데우는 것에 불과한 요리였지만, 어쨌든 내 나름으로는 최선을 다했다. 카레를 다 만들자 사십 분이 지나 있었다. 순전히 칼질이 서툰 탓에 정품 요리를 만드는 것만큼 시간이 걸린 것이다. 나는 도둑고양이마냥 주방에서 살짝 빠져나와 작업실 겸 거실을 엿보았다. 율리는 원고의 상당부분을 이미 읽었고, 남은 부분은 언뜻 보기에도 몇 장 되어 보이지 않았다. 나는 주방으로 살금살금 되돌아와 식탁 의자에 앉았다. 그녀가 나를 부를 때까지 오 분 정도만 기다리면 될 듯했다. 가슴이 두근거렸다. 꼭 판결문을 기다리는 죄수마냥 몹시 불안했다. 아침부터 오후 두시가 넘은 지금까지 먹은 음식이 없는데도, 식욕이 영없었다. 집 안에 가득 퍼진 카레 냄새가 부담스럽기만 했다. 율리의 목소리가 들려왔다.

"자기, 이 맛있는 냄새는 또 뭐야? 설마 나 주려고 만든 거야?"

도둑고양이는 아무래도 율리에게 더 어울리는 것 같았다. 그녀가 거실에서 여기까지 오는 기척조차 나는 전혀 감지하지 못했으니 말이다. 율리의 얼굴을 마주보았을 때 나는 직감했던 것 같다. 그녀의 목소리는 밝게 들렸지만, 정작 표정은 그리 밝지 않았으니까. 나는 큰 실망을 느꼈고, 그래서 내가 듣기에도 신경질적인 어조로 대꾸해버렸다.

"나쁜 소식을 전하려면 뜸 들이지 말고 말해줘. 내 글이 그렇게 안 좋았던 거야?"

율리는 잠시 내 얼굴을 빤히 쳐다보았다.

"상호 씨도 내심 알고 있지 않아?"

"계속 말해봐."

"문제는 글이 좋고 나쁘고, 그런 게 아니잖아."

"……."

"이 글은, 누가 봐도 전기라고는 할 수 없어. 이건 그냥 리아민이라는 인물을 주인공으로 내세운 장편소설에 불과하잖아. 그것도 결론이 아직 모호한."

"들어봐. 거기엔 이유가 있었어. 대통령이 내게 해준 말들의 사실관계를 파악할 수도 없었고, 게다가……."

뭔가 너무 억울한 생각이 들어서 말을 이을 수가 없었다. 딱히 그럴 만한 까닭이 없었는데도 불구하고 그랬다. 율리는 계속해서 말해보라는 듯 고개를 끄덕여주었다.

"그는 지독한 거짓말쟁이 같단 말이야."

내 말이 채 끝나기도 전에 율리는 숨이 넘어가도록 웃기 시작했다. 얼마나 웃고 또 웃었는지 나는 그만 기가 잔뜩 죽어버렸다.

"그런 당연한 사실을 아직도 자긴 몰랐단 말이야? 리아민은 집권 팔 년 차에 개헌까지 해서 다시 장기 집권을 계획하고 있는 능구렁이 정치가야. 그가 과연 알려진 대로 정직하고 청렴하기만 했다면 그런 일련의 야심들을 차례로 실현할 수 있었을 것 같아? 모든 성공한 사람은 그것이 하얗든 까맣든 어떤 거짓말이든지 대중에게 늘어놓아야 해. 전부 진실대로 말하고 행동할 수는 없는 거라고. 그런 건 이상적인 교과서에만 들어 있는 매뉴얼이야. 그리고 대중들이 진실만을 원할 것 같아? 절대 아니야. 아무도 그런 건 원치 않아. 우리가 원하는 건 이 나라를 통치하는 지도자의 틀에 걸맞은 하나의 이미지일 뿐이야. 그런데 상호 씨의 글에서는 그 이미지가 전혀 보이지 않아. 그냥 너무나도 인간적인 한 늙은 남자만 보여. 과연 이 글을 누가 리아민의 전기라고 인정하겠어? 국민들도, 리아민 자신도 원치 않을 거란 말이지."

"대통령은 처음부터 내게 최대한 인간적인 모습을 부각시키기 위해 노력했어. 그것만은, 진실이야. 심지어 굳이 밝힐 필요가 없는 자신의 치부인 과거까지 내게 모조리 이야기했단 말이야."

"그래서?"

율리는 코웃음 쳤다.

"그는 상호 씨가 분별력을 가졌다고 여겼을 거야. 누구든지 마음 편한 상대에게 고백 타임을 갖는 시점엔 할 말 못 할 말 가리지 않고 막 늘어놓는 실수를 할 때가 있기 마련이야. 리아민에겐 상호 씨가 그런 편한 상대였겠지. 자신의 전기 작가에게 충실한 자기 고백을 했다고 해서 설마 리아민 본인이 그걸 다 글에 담기를 용인했다고 여기는 건 아니겠지? 자기는 프로 작가잖아. 프로페셔널하다는 게 뭐야? 그 점에 대해서는 생각해보지 않은 거야?"

"난 말 그대로 작가야. 작가는 글에 대한 흥미를 유발하고 완성도를 높이기 위해서라면 뭐든지 하는 존재야. 그런데 작가에게 자기에 관한 글을 의뢰하면서, 모든 것이 공개될 위험에 대해 고려해보지 않았다는 게 말이 되는 소리야? 독자들에게 한 권이라도 더 사게 만들어서 재밌게 읽히도록 하는 게 바로 내가 맡은 일이잖아. 그리고 리아민이 말한 대로 쓸 수도 없었어. 이야기를 내 역량으로 가공해야 했단 말이야. 원본보다 세련되고 수위도 낮아. 더 이상의 최선은 없었어."

"아니, 분명히 다른 최선의 방법이 있었을 거야. 난 그렇게 생각해. 문제는 상호 씨가 그렇게는 쓰고 싶지 않았을 거란 사실이지. 왜냐하면…… 당신은 실은 스스로가 빛나기를 원하는 작가니까. 주인공인 리아민이 빛나는 것은 무의식에서라도 용납할 수 없었을 거야."

나는 율리를 정면으로 노려보았다. 우리는 서로의 눈을 피하지 않았다.

"……내가 어떻게 하길 바라는 거야?"

"말해주길 바라? 그렇다면 좀 더 정중하게 다시 말해."

나는 이를 악물고 말했다.

"정율리 기자님, 제가 이 시점에서 어떻게 하기를 바라십니까?"

"다시 써. 시간이 몇 달이 더 걸리든지 상관없어. 리리궁에서 아무리 독촉이 와도 그냥 계속 글을 쓰고 있다고만 해. 그리고 진짜 제대로 된 전기를 써. 그럼 아무 문제도 일어나지 않을 거야."

"그렇게는 못 하겠다면?"

이번엔 그녀가 나를 노려보았다.

"박상호 작가는 결국 과거의 영광을 되찾지 못할 거야. 이 천금 같은 기회를 그냥 날려버리는 것이지. 자신의 한낱 말도 안 되는 고집 때문에 말이야. 그리고 애인도 잃어버리게 될 거야. 난 루저와는 한 침대를 쓰지 않거든."

'루저'라는 율리의 발언이 내 가슴을 아프게 했다. 첫 번째 소설의 감당하기 어려운 대성공 이후로 그간 내가 스스로에 대해 줄곧 생각해왔던 바로 그 단어였기 때문이다. 나는 상처받았다는 것을 숨기기 위해 애써 미소를 지으려 했다. 그러나 거울을 보지 않아도 내가 얼마나 일그러진 얼굴로 그녀를 마주보고 있는지 잘 알 수 있었다.

"지금 날 설득하려는 거야, 아니면 협박하려는 거야?"

"둘 다야."

"미안하지만 난 설득당하지 않을 거고, 그렇다고 협박당하지도 않을 거야. 날 떠나고 싶다면 할 수 없지. 하지만 이것만은 분명히 기억해둬. 내가 당신을 떠나고 싶었던 게 아니야. 바로 당신 스스로가 날 멋대로 매도하며 떠난 거야."

"참 어이가 없네. 우린 그동안 꽤 잘 맞았잖아. 그런데 고작 제3자에 대한 글 때문에 이렇게 헤어지려 하는 거야?"

"상호 씨가 조금도 양보를 하지 않아서 그래. 작가들이라고 다 그런 건 아닐 텐데 왜 당신은 타협하려 들지 않아? 그렇다고 각종 문학상을 휩쓰는 정통 순문학 작가라고도 할 수 없잖아. 과거의 베스트셀러 작가가 왜 이제 와서 자신의 정체성을 찾으려는 거야? 그것도 하필 이때 말이야."

"상업주의 작가라고 말해줘서 뼛속까지 고맙게 여기고 있어. 왜 이제야 정체성을 찾으려 하냐고 물었지? 그것만은 확실히 답할게. 난 물론 돈을 벌고 싶었지만, 그렇다고 쓰레기 같은 글을 쓰는 작가가 되고 싶었던 것은 아니야. 지금도 마찬가지고."

율리는 손에 들고 있던 원고를 내게 건넸다. 나는 심호흡을 했다. 이제부터 내가 하는 말이 그녀에게는 참으로 가슴 아픈 말이겠지만, 나로선 어쩔 도리가 없었다.

"당신이 읽은 글에 대해 책이 출간되기 전까지 부디 기사화하진 말아줬음 좋겠어. 당신 말대로 과한 부분에 대해서는 수정을 할 수도 있고, 삭제할 수도 있겠지. 그러니까……."

"그건 약속할 수 없어. 아까 자기가 스스로를 작가라고 하면서 글을 위해서는 뭐든지 할 수 있는 사람이라고 말했잖아. 나도 마찬가지야. 기자 역시 기사를 위해서라면 못 할 게 없는 인간이야. 안 되는 걸 나한테 강요하지 마."

"그렇다면 나도 치사하게 나갈 수밖에 없어. 취재를 위해 섹스를 이용하는 여기자라는 이미지가 정율리 기자에게 덧씌워진다면 어떨 것 같아?"

율리의 눈동자에 나에 대한 경멸과 미움이 가득 차 있었다. 그녀는 망설이지 않고 성큼거리며 거실의 책상 쪽으로 걸어갔다. 내가 무슨 일이 일어나는지 알아채기도 전에 책상 위에 놓인 노트북이 그녀의 작은 양손에 들렸고, 이윽고 바닥에 사정없이 내동댕이쳐졌다. 나는 입을 벌린 채 그 광경을 바라보았다. 뒤를 돌아 나를 응시하는 그녀의 입가에 작은 악마 같은 삐뚜름한 미소가 걸려 있었다.

"기사는 쓰지 않을게. 대신 이 빌어먹을 노트북을 부쉈어. 어때?"

나는 아무 말도 할 수 없었다. 그녀는 문밖으로 나갔다.

밤이 될 때까지 산산이 부서진 노트북을 몇 시간이나 응시하고 있었다. 부서진 노트북은 정율리와 나의 연인 관계의 종료만을 의미하는 것이 아니었다. 단정할 수는 없지만, 그것이 나의 과거에 쓰인 글과의 안녕을 고하는 행위처럼 느껴졌다. 오늘 무언가가 나의 삶에서 완전히 상실되었다고 나는 막연히 느끼고 있었다. 그리고 이제부터 내가 하는 행동으로 그 무언가가 과연 어떤 것인지 알 수 있게 될 것이다.

나는 경호원 오준석에게 전화를 걸려고 하다가 마음을 바꿔 수석비서관의 번호를 눌렀다. 여전히 그는 두 번째 신호음이 울리자마자 전화를 받았다.

"무슨 일이십니까?"

"완성작을 각하께 보여드리고 싶습니다. 언제 방문하면 될까요?"

"다시 연락드리죠."

정확히 오 분 뒤, 김세원에게서 전화가 왔다.

"일단 사람을 보내드리죠. 각하께서 읽어보시려면 며칠은 걸릴 겁니다. 그 뒤에 제가 다시 약속을 잡겠습니다."

통화를 마치려는데 휴대폰에서 그의 목소리가 들려왔다. 나는 다시 휴대폰을 귀에 갖다 댔다.

"박상호 씨, 수고하셨습니다. 아직 글을 읽진 않았지만 틀림없이 잘 썼을 것이라고 생각합니다."

잠시 나는 망설였다. 김세원의 평소 성향으로 봐서 자신의 용건이 끝났으니 일방적으로 전화를 끊을 것이라고 생각했는데, 그는 아직도 숨소리를 내고 있었다.

"고맙습니다. 또 뵙겠습니다."

전화가 끊어졌다. 문득 다시 그와 내가 마주친다면 별로 좋지 않을 것이라는 그의 말이 떠올랐다. 또 보자는 말은 하지 않는 게 나았다는 생각이 뒤늦게 들었지만, 이미 입 밖에 나온 말을 어쩔 수 없었다.

한 시간 뒤, 현관 벨이 울렸다. 열린 문틈으로 해맑게 웃는 오준석의 모습이 보였다.

"선생님, 이렇게 빨리 글을 완성하시다니 정말 대단하십니다."

그는 현관문이 닫히기 전, 내게 황급히 급조된 선물을 던져주듯 작별 인사를 건넸다.

"각하께서 기대가 대단하시다는 후문입니다. 저도 기대가 큽니다."

뭐라 대꾸할 말도, 기운도 없었다. 나는 눈인사로 말을 대신하며 현관문을 닫았다.

20

리리궁에서 연락이 온 것은 열흘 후였다. 그 열흘간 나는 줄곧 지독한 소화불량과 불면증에 시달려야 했다. 새로운 글을 완성하고 책임편집자에게 이메일로 전송할 때마다 겪는 의례적인 증상이었지만, 이번엔 그 정도가 매우 심한 편이었다. 밤에 잠을 이루지 못하니, 정신이 깨어 있어야 할 낮에도 계속 몽롱한 상태였다. 그러다가 어느 찰나마다 파편과도 같은 짧은 꿈을 꾸었다. 사실 그것은 꿈이라기보다는 하나의 선명한 이미지와 같았다. 가장 빈번하게 꾸었던 꿈은, 아주 높은 공간에서 곧장 아래를 향해 떨어지는 나의 모습이었다. 그럴 때면 온몸에 소름이 돋을 만큼 극심한 공포감에 시달렸다. 아홉 살 이후로는 출현하지 않았던 꿈이었다. 흔히 부모들이 키 크는 꿈이라고 아이들을 달랬던 그 꿈이 왜 서른여섯 살이 된 지금 또다시 나의 무의식 속에 나타났는지 모를 일이었다. 그다음으로 많이 꾼 꿈은, 도망칠 출구가 없는 막다른 골목에서 사자에게 쫓기는 꿈이었다. 혹은 양말을 신으려고 절반쯤 발을 넣었는데 알고 보니 그 양말 속에 수십 개의 대바늘이 꽂혀 있는 꿈이었다. 놀라서 신었던 양말을 벗으려 했을 땐 이미 나의 두 맨발이 빽빽이 꽂혀 있는 대바늘들로 인해 바늘집처럼 보였다. 나는 꿈속에서도 신음했고, 반쯤 깬 상태의 현실에서도 그 꿈들 때문에 마찬가지로 신음했다. 때때로 꿈에서 벗어나면, 잊고 있었던 맹렬한 허기가 나를 지배했다. 나는 동물이 눈에 보이는 사료를 모조리 먹어치우듯 음식을 분별없이 먹어댔다. 숟가락과 포크를 손에 쥐는 것조차 성에 차지 않아, 두 손으로 닥치는 대로 음식을 집어 먹고 입안에 봉지째 털어넣기를 반복했다. 그런 면에서 인스턴트식품은 나의 가장 괜찮은 친구였다. 진하고 역한 화학 재료의 맛을 빠른 시간 안에 선사해주었으니 말이다. 그동안 약속이나 한 듯 아무도 내게 어떤 연락도 보내오지 않았고, 나 또한 누구에게도 연락하지 않았다. 리리궁의 연락을 기다리던 그 열흘은, 고통스럽고도 긴 시간이었다. 그리고 어느 날 오후 네시경 휴대폰으로 전화가 왔다. 오준석이었다.

"삼십 분 후에 댁으로 모시러 가겠습니다."

그의 목소리는 다급했고, 나의 대답이나 사정은 그가 고려할 바가 아니었다. 나는 외출 준비를 끝내고 오준석을 기다렸다. 이십 분후, 그는 전화를 걸어 오피스텔 건물 앞에 차를 세워놓았다고 통보

했다. 나는 순순히 그의 말에 따라 건물 앞까지 걸어나가, 이제는 나의 전용차처럼 여겨지는 검은 세단 뒷좌석에 올라탔다. 시동을 끄지 않고 있던 오준석은 내가 차에 타자마자 속력을 높여 리리궁으로 향했다. 그의 굳게 닫힌 입은 좀체 열리지 않았고, 나도 굳이 말을 걸려고 하지 않았다. 하루가 시작되기도 전부터 벌써 진이 빠져버린 기분이 들었다. 도대체 뭐가 잘못된 것일까. 나는 차창 밖을 응시하며 생각했다. 도대체 어디부터 잘못된 것인지조차 모른다면, 실은 잘못된 것이라고 생각하는 것 자체가 어폐일 수도 있다는 생각이 들었다. 오준석의 낮은 목소리가 들려왔다.

"선생님, 제가 충고 한마디 드려도 되겠습니까?"

"네, 말씀하세요."

"각하가 뭐라 하시든 반론을 제기하지 마세요. 그러실 수 있겠습니까?"

나는 웃었다.

"수석비서관께서도 전에 똑같은 말씀을 하셨습니다. 제가 그렇게 반골로 보이십니까?"

"특별히 그렇게 보이시진 않습니다. 다만…… 아무래도 작가들은 자기주장이 강한 분들이니까요. 일반적인 의미에서 말씀드리는 것뿐입니다."

"잘 알겠습니다. 더 주의를 기울이도록 하죠."

리리궁 정문에서 경호원들이 오준석과 나를 확인하고는 별다른 몸수색 없이 통과시켰다.

"오늘만큼은 특별 대접인가요? 만일 제가 입은 재킷 안에 총이라도 들어 있다면 돌이킬 수 없는 실수를 저지르는 것 아닙니까?"

오준석은 웃었다.

"그럴 일은 없을 겁니다. 선생님이 총을 꺼내드는 순간, 각하의 총이 먼저 선생님의 심장을 겨눌 테니까요."

나는 관저 안으로 들어갔다. 익숙한 서재로 안내할 것이라고 생각했는데 막상 내가 들어간 곳은 TV 보도 화면에서 흔히 본 리리궁의 집무실과 유사한 구조의 넓은 방이었다. 방 한가운데에 큼직한 마호가니 책상이 놓여 있었는데 어림잡아 스무 명 이상은 앉을 수 있는 의자가 놓여 있었다. 창이 없는 방이었다. 벽면을 따라 드문드문 설치된 고풍스러운 조명등은 몇 개를 제외하곤 꺼져 있었다. 최소한의 식별을 위한 밝기만 유지된 방은 전체적으로 좀 어두웠고, 숨 막힐 듯 답답하게 느껴졌다. 나는 길쭉한 직사각형 책상 끝에 놓인 의자에 엉거주춤 앉았다. 나를 안내한 경호원이 문을 닫고 나가기 전 잊고 있던 몸수색을 했다. 휴대폰에 시계까지 압수당한 나는 혼자가 되었다.

리아민이 언제쯤 올 수 있는지 묻기도 애매했기 때문에 나는 그냥 기다려야 했다. 차 안에서 마지막으로 확인했던 시간이 오후 다섯시 이십분이었다. 대략 여섯시쯤이 아닐까 짐작했지만 정확한 시간을 알 수 없다는 것도 긴장감을 높이는 원인으로 작용했다.

내 글에 대한 리리궁의 반응이 그다지 호의적이지 않다는 것은 직감할 수 있었다. 그러나 구체적으로 어느 부분에서 얼만큼 마음에 들지 않는지는 아무래도 알 수 없었다. 만일 그들이 율리와 마찬가지로 내 노트북을 부숴버리고 싶을 만큼 박상호란 작가와 내가 쓴 글을 탐탁지 않아 한다면, 과연 나는 어떻게 처신해야 할까. 글을 다시 쓸 수 없다는 것은 자명했다. 단순한 수정과 삭제의 차원이라면, 어떻게든 그들의 요구를 맞춰볼 수도 있을 것이다. 하지만 그런 게 아닌 다른 요구를 하는 것이라면, 그 이상은 나로서도 어쩔 수 없을 것이다.

시간은 계속 흘러갔다. 점차 밀폐된 공간이 나를 옥죄어오는 것처럼 느껴져 불안감은 계속 커져만 갔다. 감옥이라는 단어가 자꾸만 떠올랐다. 나는 죄를 저지른 인간을 사회와 격리시켜 가두는 것만으로는 합당한 벌이 되지 않는다고 생각해오던 차였다. 그런데 지금 내가 이렇게 반강제적으로 밀실에 하염없이 있다보니, 비로소 그것이 얼마나 사람을 무기력하게 하는지 몸소 체험할 수 있었다. 그래서 꽤 오랜 시간이 지난 후 리아민이 방으로 들어왔을 때, 나는 평소의 반항심을 잊고 그를 반갑게 맞았다.

"박 작가, 오래 기다렸지요? 미안합니다. 급히 회의해야 할 안건이 있어서 본의 아니게 바쁜 분을 이렇게 기다리게 했습니다."

말로는 미안하다고 했으나, 리아민의 얼굴은 전혀 미안해 보이지 않았다. 미안해하기는커녕 순순히 기다리라는 자신의 암묵적인 명령에 동의한 내게 만족감을 표시하고 있었다.

"아닙니다. 일정이 있으시다면 당연히 제가 기다려야죠."

"그런데, 왜 이렇게 어두운지 모르겠군요. 창도 없는 방인데 답답하지 않으셨습니까? 여기 이 버튼 몇 개만 누르면 아주 환해지는데 말입니다."

리아민은 보란 듯이 책상 밑을 더듬어 버튼을 눌렀다. 그러자 방안의 조명등이 일제히 켜지며 조도 낮은 빛에 익숙한 내 두 눈을 매섭게 후려쳤다. 몇 번이고 눈을 깜빡이면서 환한 빛에 적응하기 위해 애를 쓰는 것도 잠시, 나는 어느새 리아민이 책상 위에 올려놓은 원고를 발견했다. 새로운 긴장감에 몸이 살짝 떨려왔다. 이곳에 들어올 때 리아민이 원고를 가지고 온 것을 본 기억은 없었다. 그렇다면 이 방 어딘가에 원고가 있었다는 것인데, 유감스럽게도 나는 꽤 오랜 시간 동안 이곳에 있으면서도 그 사실에 대해 전혀 알지 못했다. 내가 쓴 글인데도 어쩐지 타인이 쓴 것처럼 거리감이 들었다.

"글은 잘 읽었습니다. 마치 소설을 읽는 것처럼 흥미진진하게 읽히더군요."

얼핏 들으면 칭찬인 듯했으나, 실은 복합적인 의미를 내포한 말이었다. 그가 의뢰한 글은 전기였고, 소설을 써달라고 한 것은 아니었으니까. 착잡한 심정으로 나는 그의 다음 말을 기다렸다.

"그런데 이대로는 출간할 수 없습니다. 그렇다고 수정을 원하는 것도 아닙니다."

리아민은 손끝으로 책상 위에 놓인 원고 뭉치를 툭툭, 건드렸다.

"수석비서관이 말하길, 글쓰기에도 몸풀기 운동이 필요하다고 하더군요. 박 작가가 어떻게 받아들일지는 모르겠지만, 이 글은 그런 용도라고 생각하시면 될 듯합니다. 어떻습니까?"

"……."

"사람의 일이란 게 어렵게 생각하면 한없이 어렵기 마련입니다. 물론 힘들게 쓴 글이 아깝기야 하겠지만, 달리 보면 마음을 어떻게 먹느냐에 따라 전화위복의 기회가 될 수도 있는 것입니다."

나는 되도록 천천히 말하려 노력했다.

"저는 각하와 생각이 좀 다릅니다. 그리고 저는 작가라는 타이틀을 가진 이후로 제가 쓰는 어떤 글도 다른 글을 쓰기 위한 준비운동이라고 생각한 적이 없습니다."

"내가 그렇게 하기를 바라는데도 안 되겠습니까? 이 글은 엄밀히 말해 내 글이라고 할 수 있습니다. 나 리아민이 주인공이고 내 이야기가 전부인 글이란 말입니다. 그런데도 박상호 씨는 혹시 이 글의 주인이 박 작가 자신이라고 생각하는 겁니까? 내가 내 글에 대해 의견을 내면 박 작가는 최대한 수용해야 하는 입장이란 말입니다. 설마 이 사실도 부정하고 싶은 겁니까?"

"각하, 이 세상의 모든 글은 그 글을 쓴 작가의 것입니다. 비록 제가 각하께 의뢰를 받아 쓴 글이라고 해도 제 이름을 걸고 출간하는 책이라는 사실에는 변함이 없습니다."

"이런 고집불통 같으니라고!"

돌연 그는 주먹으로 책상을 내리쳤다.

"사람이 좋게 얘기하면 알아듣는 척이라도 해야지. 아주 벽창호처럼 앞뒤로 꽉꽉 막혀서 도통 말이 안 통하는군. 사회성이란 게 전혀 없는 친구야. 내가 일전에 말했잖아. 순진한 예술가란 족속들에 대해서 말이야. 허울 좋은 예술가가 이 사회에 무슨 그리 큰 기여를 할 수 있겠나. 실속이 있어야 할 게 아니야. 어디 입이 있으면 말을 해봐. 그렇게 꿀 먹은 벙어리마냥 앉아 있지 말고 말이야."

나는 침묵했다. 리아민은 원고 뭉치를 들어 바닥에 내던졌다.

"이걸 글이라고 써온 거야? 이 형편없는 글쟁이야! 애초에 내가 왜 널 선택했는지 말해줄까? 이 나라에 실력으로만 보자면 너보다 잘난 작가들은 많아. 아주 많아. 그건 너도 잘 알 것 아니야. 그런데도 난 너를 내 전기 작가로 선택했어. 내 참모진들 누구도 널 탐탁하게 생각하지 않았는데도, 내가 널 그렇게 선택해줬단 말이야. 왜냐고? 적어도 너는 멍청한 작가가 아니라고 생각했으니까. 말귀도 잘 알아듣고 빠릿빠릿하게 내 의도를 잘 반영해줄 거라고 생각했던 거야. 그런데 이제 보니 수석비서관의 말이 하나도 틀리지 않구만. 네놈이 겉멋만 잔뜩 든 허풍쟁이 작가라고 하더군. 실력도 뭣도 쥐뿔도 없으면서, 운 좋게 첫 소설 하나 성공한 것 가지고 평생을 징글징글하게 우려먹을 작가라고 하더라고. 내가 그 말에 뭐라고 널 옹호해줬는지 알아? 그것도 다 능력이라고 했어. 실속 없이 주구장창 책만 내봤자 돈이 될 수 있는 책은 정작 한 권도 없는 작가들도 수두룩한 것 아니냐고. 내가 그런 말까지 해가면서 널 리리궁으로 불러들인 거란 말이야. 그런데 저런 말도 안 되는 글을 써갖고 오면서 작가의 자존심이나 운운하고 있어?"

흥분한 리아민의 어조가 점점 더 높아졌다.

"이 아둔한 놈아! 제발 주제 파악을 하란 말이야. 네 글에선 정작 주인공인 나는 잘 보이지가 않아. 이 나라의 지도자상에 걸맞도록 뭔가 위대하면서도 한편으론 따뜻한 심장을 가진 인간적인 면모를 드러내야 하는데, 그게 도통 읽히지가 않는다고. 그저 구질구질한 보통 사람의 모습만 있을 뿐이지. 도대체가 자잘한 에피소드가 너무 많아. 비유와 묘사도 마찬가지야. 작가적 기량을 뽐내기 위해서 안달이 난 한심이가 바로 너야. 넌 내 글로 출세하고 싶어서 목을 맨 놈에 불과해. 멍청한 놈 같으니라고!"

불쑥 나는 반항하듯 말을 꺼냈다.

"저 원고는 각하를 위해 쓴 글이 맞습니다. 작가인 제가 돋보이기 위해 쓴 글은 아니란 말입니다. 저도 전기가 어떤 글인지는 알고 있습니다. 저는 단 한번도……."

"아직도 치졸하게 변명을 하려는 게야? 이봐, 박상호 작가, 똑똑히 들으라고. 내가 완벽한 인간이 아니라는 것쯤은 나도 잘 알고 있어. 어떤 면에서 보면 당신이나 나나 별반 다를 바 없겠지. 하지만 말이야, 난 보다시피 죽을힘을 다해 이 자리까지 올라왔어. 권력의 최정상에 당당히 내 이름 석 자가 적힌 깃발을 꽂은 거야. 이것만은 아무나 할 수 있는 일이 아니지. 오직 이 리아민만 할 수 있는 일인 거야. 말을 알아먹지 못하니 내가 직접 말해줄 수밖에. 난 내 전기에 이런 나만이 가능한 업적을 전 국민이 알 수 있도록 박 작가가 써주기를 바랐던 거야. 내가 소소한 유년 시절의 이야기나 연애사를 줄줄이 늘어놓았다고 해서 그게 전기의 주제가 되기를 바란 것은 아니라는 거야."

"저도 그런 각하의 의도는 파악하고 있었고……."

"의도를 파악하고 있었다고? 그런 같잖은 말은 하지도 마. 만일 그 말이 사실이라고 해도 저 원고 어디에도 그런 뜻을 담고 있는 문장은 없었어. 수석비서관은 뉘앙스조차 느껴지지 않는다고 지적하더군. 저 원고는 그저 박 작가 자신의 튀는 목소리만 느껴질 뿐이야. 저 글을 통해 기필코 출세하고 싶고, 명성을 얻고 싶은 목소리만 있을 뿐이라고!"

"저는……."

뭔가를 말하려다가, 나는 문득 할 말이 아무것도 없다는 것을 깨달았다. 대통령 리아민은 속물이었고, 부도덕했으며, 독재의 견고한 발판을 만들기 위해 나의 알량한 재능을 활용하려던 지극히 계산적인 인간이었다. 하지만 그런 리아민을 재기의 발판으로 이용하려던 나의 계산된 글쓰기는 어떤 변명으로도 정당화될 수 없을 터였다. 물론 내 마음 깊은 곳에서는 여전히 나의 치부를 결코 인정하고 있지 않았지만.

"다시 묻지. 새 글을 써올 거야? 아님 기어코 저 글로 출판을 하겠다고 강짜를 부릴 거야? 빨리 대답해."

"고집을 부리지는 않겠습니다. 하지만……."

"하지만, 또 뭐야? 그만큼 알아듣게 얘기해줬는데도 설마 말귀를 아직도 못 알아먹겠다는 거야?

"다시 글을 쓸 수는 없을 것 같습니다. 왜냐하면……."

"말해봐."

"저 글이 제 뇌리 속에 너무 강렬하게 자리잡고 있어서, 만일 새로운 글을 쓴다 해도 시간이 좀 지나야 첫 문장을 시작할 수 있기 때문입니다."

"시간이 필요하다면, 어느 정도나 필요한 거야?"

"적어도 이삼 개월? 어쩌면 반년 이상 걸릴 수도 있습니다. 글의 성격에 따라 다른데, 이번 각하의 글은 시간이 더 필요할 수도 있습니다."

두 눈을 감은 리아민은 집게손가락으로 자신의 이마를 톡톡 두드렸다.

"왜 내 글은 시간이 더 필요한가?"

"그만큼 몰입해서 쓴 글이니까요. 개인적으로 꽤나 강렬하게 다가왔던 글이기도 하고요."

"안 돼. 시간을 더 단축해. 한 달 주지."

"그건 제 마음대로 할 수 있는 일이 아닙니다. 글이란 게 작가가 마음먹은 대로 그렇게 잘 쓰인다면, 슬럼프라는 것이 있을 턱이 없지 않겠습니까?"

"한 달 하고 열흘. 그 이상은 절대 안 돼."

"안 될 듯합니다. 출간 시기 때문에 그러신다면, 다른 작가에게 맡기셔도 저는 각하의 뜻을 받아들이겠습니다."

"네가 받아들이고 말고는 하등 중요한 일이 아니야! 문제는 이미 네놈의 애인인 그 기자 년이 두 달 전에 이미 전기 작가가 너라고 기사를 냈다는 데 있어. 만일 작가가 바뀐다면 리리궁에서 뭐라고 설명을 해야겠어? 사실대로 말한다고 해도 온갖 루머와 추측이 넘쳐날 거야. 안 돼! 이 전기는 반드시 박 작가 네가 써야 돼! 그게 안 된다면, 그렇게 될 수 있도록 어떻게든 해보란 말이야."

"……."

나는 끝내 그가 원하는 대답을 할 수 없었다. 리아민은 분을 이기지 못해 나를 옥박지르기 시작했다.

"정말이지, 말이 안 통하는 놈이로구만! 능력도 안 되는 놈이 무슨 알량한 작가적 자존심을 내세우려고 하는 거야. 쓸 수 있는 만큼만 써와. 그러면 내 참모진들이 알아서 작품으로 만들어줄 거란 말이야. 설마 이것도 못 하겠다는 건 아니지?"

기어들어가는 목소리로 나는 말했다.

"각하, 그건 제 글이 아니지 않습니까?"

"그 잘난 네 이름 달고 나오면 네 글이지 그럼 누구 글이겠어? 아무 짝에도 쓸모없는 앞뒤 꽉꽉 막힌 놈 같으니라고!"

"전 그렇게는 할 수 없습니다."

"할 수 없어? 할 수 없다고? 널 위해 이렇게까지 내가 배려해주는데도 할 수 없다는 말이 나오는 거야? 말이야 방귀야!"

이성을 잃어버린 리아민이 나에게 마구 삿대질을 하며 고래고래 목소리를 높였다.

"네놈이 할 수 없다고 같잖은 소리를 자꾸 지껄여대도 내가 그렇게 하고 싶다면 하는 거야! 글을 쓰고 싶지 않다면 쓰지 마! 네가 쓰지 않아도 결국엔 네 이름 석 자를 박아 넣은 책이 세상에 나올 테니까!"

어떻게 그곳을 빠져나올 수 있었는지 모르겠다. 경호원이 들어와서 나를 데려간 것도 같고, 어쩌면 리아민이 나를 문밖으로 내쫓았는지도 모르며, 아니면 내가 스스로 리아민의 폭언을 견디지 못하고 뛰쳐나왔는지도 모른다. 어쨌든 나는 정신없이 그곳에서 도망쳤다. 관저 밖에는 내가 리리궁에 올 때마다 픽업해주었던 검은 세단 대신 처음 보는 은회색 중형차가 대기하고 있었다. 나는 무작정 뒷좌석에 올라탔다. 차가 출발하고 나서도 심장 박동소리가 양쪽 귓가에 울리듯 들려왔다.

"제 충고를 듣지 않으셨더군요."

운전석에 앉아 있던 오준석이 흘끗 룸미러로 나를 보며 말했다. 경황이 없던 나는 그가 차 안에 있다는 것도 그때까지 몰랐다.

"당분간 활동을 자제하고 칩거하시기 바랍니다. 이건 수석비서관님이 선생님께 전해드리는 말씀입니다."

"......"

"선생님, 책은 반드시 나올 겁니다. 그러니 가능하다면 새로 글을 써서 리리궁에 갖다주세요. 그리고 만일 그것이 불가능하다면, 그냥 깨끗이 잊으셔야 합니다."

"나는 기억을 선택적으로 지우는 능력이 있는 사람이 아닙니다."

"다시 말씀드리지만, 책은 나올 겁니다. 선생님 이름으로 말입니다. 그건 변하지 않는 사실입니다."

"그러니까 한마디로, 작가인 저는 입 다물고 가만히 근신하란 말이군요. 버젓이 내 이름을 박은 책이 나오는데도 할 수 있는 일이 아무것도 없다는 통보로군요."

"리리궁에서도 일이 이렇게까지 되리라고는 예상하지 못했을 겁니다. 문제는……"

"제가 제출한 글이 소위 함량 미달이었던 것이겠죠."

오준석은 갑자기 앞으로 끼어든 차를 피하기 위해 핸들을 급하게 꺾으며 뭔가 알아듣지 못할 욕설을 했다. 그가 다시 말을 꺼낸 건 몇 분이 훌쩍 지나서였다.

"저는 선생님의 글을 읽을 수 있는 위치가 아니라서 뭐라고 확실히 말씀드릴 수는 없습니다. 다만 이번 일에 대한 제 생각을 물으신다면, 그냥 각하의 결정을 받아들이라고 말씀드리고 싶습니다. 제가 보고 들은 바에 따르면, 이제까지 리리궁에 맞선 사람들 중에서 끝이 좋은 경우는 별로 없더군요. 되도록 마음을 차분히 가라앉히시고 이 일을 잊도록 노력하셔야 합니다. 그러는 편이 모두에게 좋습니다."

"만일 제가 잊으려고 노력하지 않는다면 어떻게 됩니까?"

오준석은 웃었다.

"잊으실 겁니다. 앞으로도 선생님은 글을 쓰셔야 할 테니까요."

2I

　한 달 그리고 열흘이 지난 후, 리아민의 전기가 출간되었다. 그들 말대로 작가의 이름이 박상호로 표기된 책이었다. 책이 출간되자, 아직 읽어보지도 못한 내 책에 대한 매스컴의 취재 요청이 이어졌다. 하지만 나는 언론의 집요한 연락에도 내내 침묵을 지켰고, 당연히 인터뷰에도 일절 응하지 않았다. 어찌 보면 내 입장에서는 당연한 일이었다. 내가 쓴 글이라고 세상에 알려진 책에 대해 나는 사실아는 바가 전혀 없었던 것이다. 출판사에서는 리아민의 전기를 만드는 동안 내게 어떤 식으로든 원고에 대해 전혀 알려주지 않았으니 나는 완벽한 유령 작가가 된 셈이었다. 그래도 출간이 되었다면, 책 한 권쯤은 내 작업실로 보내주는 것이 작가에 대한 최소한의 예의가 아니었을까. 어찌된 일인지 내 책임편집자 오가진은 새 책의 출간시마다 하는 의례적인 부분조차 이번에는 간단히 무시해버렸다. 나도 뭔가 오기가 나서 굳이 출판사에 연락을 취하지 않다보니, 눈치 빠른 문화부 기자들이 이상기류를 감지한 모양이었다. 내 휴대폰으로 오는 음성메시지와 문자메시지에 작가와 출판사의 불화를 조심스럽게 묻는 내용이 점점 늘어갔던 것이다. 출판사 내부에서도 더 이상은 작가인 나를 배제할 수 없었는지, 리아민의 전기가 출간되고 열흘이 다 되어서야 오가진이 내게 전화를 걸어왔다.

"선생님, 왜 기자들의 전화를 그렇게 안 받으셨어요?"

마치 우리가 매일 안부를 묻기라도 해온 듯 나를 나무라는 말투였다. 그 심상한 어투에 화가 치밀어 오른 나는 숨을 고르며 분을 삭였다.

"기자들이 이상하게 생각하잖아요. 뭐라도 그냥 좋은 말씀을 해주시면 간단히 해결될 문제잖아요. 일을 어렵게 만드시면, 저희도 곤란해요."

"오가진 씨."

"네, 선생님."

"내 책이라는데, 나는 그 원고조차 본 적이 한 번도 없어. 그런데 기자들한테 뭘 어떻게 좋은 말을 해주라는 거야?"

"그게 도대체 무슨 말씀이세요?"

"말한 그대로야. 리리궁에서 출판사에 건네준 그 원고를 난 본 적도 없다고. 그런데 기자들한테 무엇을 어떻게 연기하란 말이야?"

오가진은 외마디 소리를 꽥 질렀다.

"무슨 소리예요! 리리궁에선 분명히 선생님과 충분한 협의를 거쳤다고 말했단 말이에요. 선생님이 전기 집필 때문에 무리를 해서, 책이 나올 때까지 리리궁이 제공한 곳에서 푹 쉬실 거라고 하던걸요? 그래서 연락을 자제했던 거라고요. 언론에 책을 배포하기 전에 이미 선생님 댁으로 책도 보내드렸잖아요. 그런데 원고를 한 번도 보지 못하셨다니, 이건 말이 안 되는 일이잖아요."

혼란스러워진 나는 말까지 더듬었다.

"난, 나는……."

"박상호 선생님은 이 책의 저자시잖아요. 그러면 책을 위해 최소한의 홍보는 해주셔야죠. 그렇게 힘들게 쓰셨는데, 왜 이제 와서 한사코 인터뷰까지 고사하시면서 책을 방치하려고 하세요. 몸이 힘드시면 중요한 인터뷰만 골라서 몇 개만이라도 해주세요. 그래야 책을 정성스럽게 만든 저희들도 힘이 나죠. 꼭 부탁드려요, 선생님."

전화를 끊고, 나는 힘이 쭉 빠져버렸다. 이미 내 손을 떠난 일이라는 건 잘 알고 있었지만, 이런 식으로 진행될 것이라고는 예측하지 못했던 것이다. 이래저래 나는 리리궁이 얕봤던 대로 어쩔 수 없는 순진한 예술가였다. 그들은 박상호 정도의 미미한 작가 하나는 자신들의 계획에 맞게 멋대로 요리할 수 있는 권력과 추진력을 갖고 있었다.

오가진의 전화를 끊고도 계속해서 밀려드는 기자들의 취재 요청

메시지 때문에 진동으로 맞춰놓은 휴대폰이 줄곧 부르르 떨고 있었다. 책임편집자의 말대로 내 이름을 걸고 출간된 책에 대해 최소한의 홍보는 해야 하는 것일까. 아무래도 판단이 잘 서지 않았다. 막상 인터뷰에 응한다고 해도 기자들의 질문에 과연 뭐라고 답해야 할까. 기자들이 내게서 가장 캐내고 싶은 것은 바로 대통령 리아민의 사적인 삶에 관한 부분일 것이다. 리아민과 지연과 학연으로 이어진 지인들을 제외하고 일반인 중에서 나만큼 그와 독대를 오래한 사람은 아마 없을 것이다. 그런 관점에서 기자들은 작가인 박상호의 시선에서 본 리아민의 인상과 사생활, 그리고 둘만이 나눈 지극히 개인적인 이야기를 하나라도 더 알아내기 위해 유도 질문을 던지며 혈안이 되어 있었다. 그러나 내 입장에선 리아민에게 들은 가십성 이야기를 주책맞게 늘어놓을 수도, 그렇다고 또 다른 이야기를 가공해 대통령을 찬양할 수도 없는 노릇 아닌가. 결국 이렇게든 저렇게든 나란 사람은 어설픈 리리궁의 마리오네트가 될 수밖에 없었다.

밤새 고민을 거듭한 끝에 나는 기왕 마리오네트가 될 바엔 확실하게 내 역할을 다하기로 마음을 정했다. 이런 짜증나는 상황에서도 다행인 것은, 나도 리리궁의 이 프로젝트에서 내가 맡은 역할을 잘 수행하기만 하면 어느 정도의 반사이익을 볼 수 있는 여지가 있다는 것이었다.

언제까지고 마냥 숨어 있을 수도 없었다. 나는 기자들이 휴대폰에 남긴 문자메시지의 홍수에서 가장 효과적인 매체를 골라냈다. 방송사 한 곳과 중앙일간지 두 곳이었다. 그러고는 인터뷰에 응하겠다는 답문을 전송했다.

*

방송보다는 상대적으로 부담이 덜한 신문사 인터뷰를 먼저 하기로 했다. 최 기자는 내가 첫 소설을 출간한 때부터 지금까지 빠짐없이 나의 신간을 꼭 챙겨서 기사를 써주었던 기자라, 개인적으로도 그에게 늘 고마운 마음을 갖고 있었다. 우리가 만나기로 한 신문사 근처의 카페에 그가 먼저 도착해 나를 기다리고 있었다. 나도 약속 시간인 오후 네시보다 오 분 정도 일찍 도착했는데, 그는 아마도 더 일찍 와서 나를 기다리고 있었던 듯했다. 마감에 늘 쫓기는 바쁜 그가 얼마나 나의 인터뷰에 기대를 걸고 있는지 잘 알 수 있었다. 최 기자는 나를 보자마자 반색을 하며 반가운 인사를 건넸다. 그러면서 원망의 말을 한마디 보태는 것도 잊지 않았다.

"박 작가, 정말 이러기야? 내가 지난 열흘간 스무 번도 넘게 연락한 거 알아? 난 우리가 꽤 친한 사이라고 생각했는데, 이제 보니까 나만의 짝사랑이었던 것 같아."

그러면서 살집이 올라 작아진 두 눈을 짐짓 토라진 여자처럼 내쪽으로 치뜨는 것이었다. 평소 날카로운 안목의 기사로 정평이 난 그가 자신의 서운한 마음을 이런 식으로 장난스럽게 표현하는 것이 재밌게 느껴져서 나는 웃음을 참을 수가 없었다.

"그러니까 제일 먼저 연락드렸잖습니까. 최 기자님과의 인터뷰가 첫 번째라니까요."

그러자 최 기자는 아이마냥 씩 웃음을 지었다.

"역시 박 작가야. 이래서 내가 당신이란 사람과 글을 전부 다 좋아하잖아. 언행이 일치하는 몇 안 되는 문화예술인이라니까."

최 기자는 투 샷 추가한 아메리카노를, 나는 밀크티를 주문했다. 최 기자는 주문하는 음료도 꼭 곱상한 외모처럼 밀크티냐며 나를 놀렸고, 나는 그렇게 진한 커피를 하루에 다섯 잔 이상 들이켜다가는 머지않아 골로 갈 것이라고 응수했다. 그렇게 티격태격 말을 주거니 받거니 하며 슬슬 본격적인 인터뷰를 시작하기에 앞서 밑밥을 깔아놓은 최 기자는 주문한 음료가 나오자마자 내게 선제공격을 감행했다.

"리아민 대통령은 도대체 어떤 사람인 것 같아? 박 작가가 보기에 말이야."

최 기자에겐 미안하지만, 익히 예상했던 질문이라 당황스럽지는 않았다. 그러나 나는 예의상 잠시 생각하는 척하며 대답했다.

"대통령이 아닌 한 인간으로서의 각하를 묻는 것이라면…… 일단, 꽤 유머러스한 분이라고 말씀드리고 싶네요. 거기다가 의외로 감수성도 갖춘 분이죠. 사실 대통령이 아니시더라도 세대를 떠나

기꺼이 친구가 되고 싶은 분입니다."

내가 대답해놓고도, 나의 말이 만족스럽게 느껴졌다. 오늘 내가 해야 할 리리궁의 마리오네트 역할을 보다 효율적으로 해낼 수 있을 것이라는 직감이 들었다. 최 기자는 고개를 끄덕거리더니, 들고 있던 볼펜을 펼쳐진 작은 수첩에 톡톡 치면서 두 번째 질문을 이어갔다.

"그럼 대통령이 박 작가에게 했던 그 유머러스한 말 중에서 한두 개만 다시 말해줄 수 있겠어? 우리 신문을 읽는 독자들도 박 작가가 느꼈던 그 가까운 친구의 기분을 느낄 수 있도록 말이야."

"어린 시절 공부가 하고 싶어서 무작정 초등학교에 갔던 에피소드가 있습니다. 그때 대통령의 나이가……."

"잠깐만, 그건 책에 없는 내용인 것 같은데? 잠깐만 기다려봐. 내가 책을 좀 찾아보고 다시 들을게."

최 기자가 가방에서 꺼낸 책은 깨끗한 흰색에 금박과 먹박으로 테를 두른 고급스러운 질감의 양장본이었다. 여자들의 작은 핸드백에도 들어갈 수 있을 만큼 아담한 사이즈였다. 최 기자는 책의 앞부분을 이리저리 펼쳐보더니, 이윽고 내 쪽으로 펼친 책을 내밀면서 말을 이었다.

"여기쯤 들어갈 에피소드였던 거야? 어쩐지 외할머니와 단둘이 지내던 유년 시절의 에피소드가 좀 심심하다고 생각했어. 엄마에게 버림받은 똘똘이 이미지이지만, 확실히 임팩트가 좀 부족하더라니까.

여기서 전부 말해줘."

나는 그의 소원대로 다 말해주었다. 어느 날 아침 잠자리에서 일어나 외할머니에게 말도 하지 않고 무작정 작은 가방 하나만 어깨에 메고 초등학교로 간 다섯 살의 리아민, 오학년 교실에 들어가서 비어 있는 맨 뒷좌석에 떡하니 앉아 연필과 연습장을 꺼내고는 반아이들의 수군거림에도 아랑곳하지 않고 기역, 니은, 디귿을 정성스럽게 크레파스로 쓰는 아이 리아민을 이야기하자, 최 기자는 갑자기 숨 넘어가는 것처럼 미친 듯이 웃어댔다.

"아니, 정말 대통령이 그렇게나 깜찍한 아이였단 말이야? 이건 영재의 필이 나는 에피소드잖아. 우리가 그동안 생각해온 대통령의 이미지와는 백팔십도로 다른 모습인걸?"

상대방의 호응이 예상 외로 폭발적이어서 말하는 나도 덩달아 신이 났다. 왠지 리아민이 내게 해준 이야기들은 전기에 포함되어 있지 않을 거라는 생각이 점차 확신을 더해가고 있었다. 나는 그의 독려에 힘입어 리아민이 내게 해준 이야기들을 몇 개 더 떠들어댔다. 그의 풋풋한 첫사랑 이야기(물론 그녀가 리아민의 아이를 임신하고, 그로부터 잔인하게 버림받았다는 부분은 삭제해서 말했다), 첫 번째 부인과의 진실한 사랑 이야기(물론 그녀를 반려자로 선택할 때의 그의 계산적인 면모와 불임으로 인해 고통받는 아내에게 진정으로 공감하지 않았던 그의 언행에 대해서는 삭제해서 말했다), 리아민과 그의 유명한 군인 장인과의 마치 부자지간과도 같았던 유대 관계에 대해서(물론 리아민이 정치인으로 자리 잡는 데 그의 장인이 구체적으로 어떤 도움을 주었는지에 관해서는 적당히 에둘러서 말했다) 이야기를 이어가자, 주체할 수 없는 기쁨으로 벌어진 최 기자의 입이 거의 귀밑까지 걸릴 지경이 되었다.

"박 작가! 다른 에피소드는 더 없어? 있으면 이 사람한테 다 얘기해줘. 내가 아주 제대로 물건으로 만들어볼게. 박 작가, 이번 책은 내가 책임지고 홍보해줄 테니까 한 번 더 기억을 잘 떠올려보란 말이야."

최 기자의 흥분이 내게도 전염된 것 같았다. 그는 타고난 기자가 맞았다. 인터뷰 대상인 내게 자신의 열정을 여과 없이 전달해 거의 고해성사 수준으로 이야기하고 싶도록 나를 마구 독려하고 있었으니 말이다. 하지만 이대로 다 털어놓고 싶은 욕구와 이제 그만 말을 자제해야 한다는 현실적인 우려가 내 마음속에서 맞부딪치고 있었다. 리리궁이 반협박식으로 내게 말했던 것들이 머릿속에 떠올랐다. 이제 그만 인터뷰를 끝낼 시점이 다가왔다는 느낌이 들었다. 더 이상 이 자리에 있다가는 미처 내가 의식하지 못하는 사이에 결국 불필요한 말실수를 하게 될 것이고, 그 말이 최 기자의 기사를 통해 세상에 알려지는 날에는 리리궁으로부터 어떤 보복을 당할지 알 수 없는 일이었다. 나는 슬쩍 화제를 돌려 자연스럽게 인터뷰를 끝내도록 유도해야겠다고 생각했다.

"이만해도 기사가 제법 잘 나오지 않겠어요? 게다가 최 기자님이 첫 타자로 터트리는 독점 기사 아닙니까?"

최 기자는 독점 기사라는 말만 들어도 막 엔도르핀이 솟는 모양이었다. 그야말로 활짝 웃으며 고개를 크게 끄덕거렸다.

"그렇지. 이게 다 박 작가가 의리를 지켜준 덕분 아니겠어? 다시 한 번 말하지만, 고마워. 이 은혜는 내가 두고두고 배로 갚아줄 테니까."

"책은 어떻게 읽으셨나요? 우리끼리니까 의례적인 칭찬은 하지 마시고, 최 기자님의 솔직한 평을 들려주세요."

"책? 뭐, 이제 중견작가라고 불러도 손색이 없는 노련한 박 작가가 쓴 글인데 당연히 일정 수준은 훌쩍 넘는 글이지. 사실 이런 식의 글에는 어울리지 않을 만큼 문장이나 구성도 세련되고 무엇보다 잘 읽히더라고. 그런데 말이야……."

최 기자가 한 박자 말을 늦추며, 말끝을 흐렸다. 내 경험상 이 나라 사람들은 여간해선 처음부터 자신의 마음을 드러내는 화법을 구사하지 않는다. 따라서 '그런데 말이야'라는 불길한 뒷말이 붙는 순간, 그 이후에 나오는 말들은 화자의 본심인 경우가 대부분이다. 최 기자의 경우도 마찬가지였다. 사실 내가 책에 대한 솔직한 평을 물었을 때부터 그는 어딘가 좀 불편한 표정을 짓고 있었다.

"마음에 안 드는 부분이 있었나요? 최 기자님의 예리한 안목을 믿으니까 사정없이 평가해주셔도 됩니다. 그래야 저도 다음 작품을 쓸 때 참고할 수 있으니까요."

"박 작가가 그렇게까지 말하는데 어쩔 수가 없네. 전체적으로는 꽤 수준 높은 전기였어. 아까 말했던 장점 외에도 덧붙여 말하자면, 격조가 있다는 거야. 요즘같이 일종의 가벼움이 문학 트렌드로 여겨지는 시대에 이건 아무나 흉내낼 수 없는 박상호라는 작가만의 고유한 장점이지. 여기까진 다 좋아. 나무랄 데 없다고 생각해. 문제는 내용이야. 난 박 작가가 이 정권을 전적으로 지지하고 있다고는 여기지 않거든. 전기를 쓴 작가라면 반드시 자신만의 관점이 있어야 하는데, 이 책은 작가의 관점이 너무 모호해. 좀 더 거칠게 말할까? 여기엔 오직 대통령에 대한 무한한 호의와 관대한 시선만 보인단 말이야. 비판이라고 할 수 있는 건 고작해야 '그도 인간이기 때문에 아주 가끔은 실수할 때도 있다' 정도의 지극히 온건한 몇 마디에 불과해. 글쎄, 단기적으로 보면 대통령이 여전히 건재하니까 책에 대한 반응은 나쁘지 않을 거야. 내가 걱정하는 건, 당장 사 년의 시간이 지난 후에도 과연 이런 평가가 통할까, 라는 거야. 난 그렇게는 보지 않거든. 물론 박 작가 자신도 이 부분에 대해서는 어떤 식으로든 인식을 하고 있겠지."

최 기자는 심각해진 내 표정을 보고 손사래를 치며 말했다.

"아냐, 그렇게 내 말을 무겁게 받아들일 필요는 없어. 하긴 살아 있는 최고 권력자를 주인공으로 전기를 쓰는데 그렇게 완벽하게 균형 잡힌 관점에서 글을 쓸 수 있는 작가가 몇이나 되겠어? 내 말은 이론상으로나 가능한 일이야. 그러니까 그냥 한 귀로 듣고 흘려버려. 이미 출간된 책을 물릴 수도 없는 노릇이잖아."

"아니에요. 이렇게 솔직하게 말씀해주셔서 감사합니다."

"저, 그렇다면 한 가지만 더 질문해도 될까?"

나는 그의 질문을 익히 예상할 수 있었다. 그러나 확인 차원에서 한번 들어보기로 했다.

"말씀해보세요."

"영부인과의 만남과 사랑에 대해 더 자세히 말해줄 수 있을까? 책에도 언급하긴 했는데, 독자들이 원하는 만큼 자세히 기술되어 있지는 않아서 말이야."

"글쎄요. 로맨스를 원하시는 거라면 이미 세상에 알려진 것 외에 제가 더 드릴 이야기는 없을 것 같은데요. 두 분의 불꽃 튀는 러브스토리는 여러 지면을 통해 이 나라의 국민이라면 모르는 이가 없을 정도니까요."

최 기자의 어조가 사뭇 간절해졌다.

"그래도 대통령을 독대할 때 박 작가만이 들을 수 있었던 에피소드가 있지 않겠어? 이 책을 읽다보면 박 작가와 대통령이 막역한 사이처럼 느껴져. 틀림없이 아무도 모르는 일들을 전기 작가인 박 작가에게만은 얘기했을 것 같은데 말이야."

"최세희 여사를 누구보다 열정적으로 사랑하신다는 말씀은 하셨던 기억이 납니다. 하지만 아까도 말했다시피, 그 외에 영부인에 대해 별다른 언급은 하지 않으셨어요. 아무래도 부담이 있으셨겠죠.

그렇잖아도 색안경을 끼고 영부인에 대해서 어떻게든 비난의 여지를 찾으려고 혈안이 된 사람들이 있지 않습니까? 제 개인적인 생각으로는, 영부인에 대해 그렇게까지 야박한 평가를 할 이유는 없는 것 같은데 말이죠."

"알았어. 잘 알아들었으니까 영부인에 대해서는 더 이상 질문하지 않을게. 사실 이 정도만 해도 기사는 잘 나올 테니까. 아까 내가 말했던 서평도 신경 쓰지 마. 세상에 출간된 책 중에 좋은 소리만 듣는 책이 있을 리가 없잖아. 다 애정이 넘쳐서 그런 것이니까 마음을 넓게 가져."

최 기자와 나는 악수를 했다. 그가 내게 진심으로 고마워하고 있다는 마음이 전해졌다. 어쩐지 민망한 기분이 들었다. 그 역시 어느 면에서는 자신의 필요에 따라 활용하는 것이고, 나도 다르지 않은 것뿐인데 말이다. 그가 카페에서 나가고 나서도 나는 한 시간 넘게 그곳에 머물며 복잡한 심경을 가라앉히려고 애썼다. 그리고 거리로 나와 한참을 배회하다가 서점에 들어갔다. 내 책이라는 리아민의 전기는, 서점 입구부터 하얀 성처럼 수백 권이 쌓여 진열되어 있었다. 내가 몇 미터쯤 떨어져 얼마간 동정을 살피는 중에도 리아민의 전기는 열 권이 넘게 팔려나갔다. 나도 책들의 성에서 한 권을 집어들고는 계산대로 갔다. 한 손에 하얀 양장본을 들고 서점을 나서는데 내 앞을 지나는 어떤 중년 남자도 나와 똑같은 책을 옆구리에 끼고 있었다. 무언가 복잡한 마음이 들었다. 지하철에 타서도 사정은 다르지 않았다. 스마트폰에 빠져 있는 사람들 사이로 리아민의 전기를 펼쳐 들고 정신없이 읽는 사람들이 심심찮게 보였다. 나는 그들을 바라보다가 이윽고 손에 든 책을 펼쳤다. 그러고는 첫 문장을 중얼거렸다.

리아민이 처음으로 말했던 단어는 '할마'였다. '엄마'나 '아빠'가 아니었다.

곧 나는 내가 쓰지 않은 내 책 속으로 빠져들었다.

22

세 시간 만에 나는 나의 신간을 완독했다. 대단한 책이었다. 작가
인 나의 관점에서는 그랬다. 그리고 자괴감이 엄습해왔다. 내가 썼
다면 이보다 훨씬 완성도가 낮은 글이 나왔을 것이라는 사실을 잘
알고 있었기 때문이다. 내 작가적 역량은 이 책을 쓰기엔 함량 미달
이었다. 문장은 단순히 좋다기보다는, 한 편의 시(詩)에 가까울 만
큼 유려했다. 과거와 현재를 막힘없이 오가는 수준급 구성과, 각 단
락마다 독자의 눈길을 끄는 임팩트 강한 문장들은 또 어떤가. 나는
한 번도 내가 일류 작가라고는 생각하지 않았다. 그러나 이류나 삼
류 작가라고도 정의하지 않았다. 내가 보기에 박상호란 작가는 '점
오'의 작가였다. 일류와 이류에 걸쳐 있는 작가라는, 나름 내 작가
적 자존심을 지키려는 정의였다. 그런데 이 책을 읽고 보니, 나란

작가는 영락없는 이류 작가라는 생각을 떨칠 수가 없었다. 이런 책에 박상호가 저자로 올라 있는 것을 감지덕지해야 할 형편이었다. 지금껏 리리궁의 속임수에 넘어가 내 작가적 자존심을 팔아넘겼다고 내심 분해하고 있었는데, 막상 뚜껑을 열어보니 오히려 고마워해야 할 쪽은 그들이 아닌 나였던 것이다. 왜 독자들이 그토록 이 책에 관심과 열광적인 반응을 보이고 있는지 십분 이해할 수 있었다. 아주 간단한 이치였다. 책 자체가 너무 잘 쓰였기 때문이었다. 끝내주는 글이니, 역시 끝내주는 반응이 나올 수밖에 없었다.

나는 리리궁으로부터 강력한 펀치를 맞고 녹다운된 작가이자 이 끝내주는 책의 작가였다. 물론 최 기자의 지적대로 전기의 내용이 너무 리아민에게 유리하도록 진행되는 점과 그래서 마치 내가 대통령의 열광적인 지지자처럼 보인다는 것이 불만스럽기는 했다. 하지만 글 자체가 워낙 좋다보니, 내 눈에는 다른 단점들이 별반 들어오지 않았다. 솔직히 이 정도의 글이 내가 쓴 글로 세상에 소개된다면, 내가 대통령의 선봉적인 지지자로 여겨진다 해도 그리 억울하지는 않을 것 같았다. 무슨 일이든지 반대급부가 있는 것 아니겠는가. 내게 유리하고 좋은 것이 많다면, 다소간 불리하고 나쁜 것들은 어쩔 수 없이 안고 가야 할 문제라고, 나는 생각했다.

하지만 역시 내가 쓰지 않은 글이 내 필력을 벗어난 뛰어난 글이라는 사실이, 나를 점차 불안하게 만들었다. 세상의 모든 도적질 중 글 도적질이 최고의 도적질이라고 일갈했던 선배 작가의 말도 떠올랐다. 내가 원하고 의도했던 바는 아니었지만, 결과적으로 나는 그들의 글 도적질 프로젝트에 침묵으로써 동참한 꼴이었다. 나는 생각에 생각을 거듭했다. 이 글을 쓴 원저자가 과연 누구일지 계속 생각했다. 그리고 하룻밤을 불면 속에 보낸 끝에 결론을 내렸다. 수석비서관 김세원. 적어도 내가 아는 리리궁의 인물 중에 그만한 능력을 가진 이는 수석비서관이 가장 유력했다. 나는 그에게 전화를 걸었다.

"무슨 일이십니까?"

"책에 대해 묻고 싶습니다. 특히 원저자에 대해서 말입니다."

김세원은 잠시 숨소리만을 내었다.

"제가 다시 만나는 일은 없는 편이 좋겠다고 이야기하지 않았습니까?"

"예전에 수석비서관께서 뭔가 묻고 싶은 것이 있다면 연락하라고 말씀하신 걸로 기억합니다. 그런데 어제 각하의 전기를 완독하고 나니, 수석비서관께 비로소 묻고 싶은 것이 생각나더군요."

"이미 책은 출간까지 완료했습니다. 그 판국에 내게 뭘 더 묻고 싶다는 겁니까?"

"이미 제가 무엇을 궁금해할지 잘 알고 계시지 않습니까?"

"아니요, 저는 전혀 짐작하지 못하겠습니다. 더 이상 하실 말씀이 없다면……."

"끊지 마십시오. 저는 수석비서관님을 만나야겠으니 말입니다."

"다시 안 만나는 편이 서로에게 좋을 겁니다. 우린 만나봤자 피차 좋을 게 없는 사람들이니까요."

"좋은지 안 좋은지는 직접 만나보면 알 수 있겠죠. 저는 어떻게든 꼭 만나야겠습니다."

휴대폰 너머에서 그의 짧은 한숨소리가 들려왔다.

"좋습니다. 오늘 저녁 열시. 제가 그쪽으로 가죠."

전화가 끊어졌다. 나는 통화가 끝나고도 손에 든 휴대폰을 한참 들여다보았다. 마치 그런 행동만으로도 모종의 해답을 얻을 수 있다는 듯이. 오후 한시에 두 번째 인터뷰가 예정되어 있었다. 그리고 오후 세시에 있을 세 번째 인터뷰가 마지막일 것이다. 나는 샤워를 하고 즉석 참치죽과 바나나 두 개로 간단한 식사를 마치고는 집을 나섰다.

*

두 번째 인터뷰에 나온 기자는 나와 안면이 없는 젊은 남자였다. 원래 나오기로 했던 기자가 빙모상을 당하는 바람에 어쩔 수 없이 대타로 나왔다고 했다. 이십대 후반으로 보이는 깔끔한 호감형 인상이었다. 몇 마디 인사가 오간 후, 기자는 오늘 나온 대일신문의 인터뷰 기사를 읽었는지 물었다. 어제 최 기자와의 인터뷰가 조간 신문에 실린 모양이었다. 나는 아직 읽지 않았다고 대답했다. 그러자 기자가 대뜸 자신에게도 말해줄 특별한 에피소드가 남았는지 물었다. 직설적인 성격의 화끈한 청년이었다. 만일 똑같은 질문을 원래 나오기로 한 오십대 남자 기자가 했다면 짜증이 치밀어 올랐겠지만, 이렇게 젊은 사람이 물으니 그 당돌한 매력에 피식 웃음만 새어 나왔다.

"글쎄요. 기자님이 보시기엔 더 있는 것 같나요?"

"네, 그것도 더 큼직한 물건이 남아 있을 것 같아요."

"구체적으로 말씀해보세요. 뭘 원하는 겁니까?"

"영부인과 연관된 에피소드가 기사엔 없었어요. 그 부분을 제대로 건드려주면, 저는 오늘 또 다른 특종을 건져서 갈 수 있겠죠."

"그런 건 없습니다."

"있으실 텐데요. 리리궁의 트러블 메이커인 매력적인 최세희 여사에 대해 전기에서는 이상하리만치 흐릿하게만 다뤘더군요. 사실 그 부분이 잘만 쓰이면 제일 흥미진진한 대목이 될 텐데 말이죠."

"대통령의 전기가 그렇게 흥미 위주로만 쓰이면 되겠습니까? 명색이 기자이신데, 설마 그 정도의 균형 감각조차 없으신 건 아니겠지요?"

젊은 기자의 얼굴이 붉게 달아올랐다가 창백해졌다.

"그래요, 전 어떻게든 튀는 기사를 쓰기 위해 안달이 난 기자가 맞아요. 선생님께서는 이 모든 것에 대한 키를 쥐고 있는 분이고요. 천박한 요구를 하려는 것은 아니에요. 다만 거래를 제안할 뿐이죠."

나는 모처럼 소리 내어 웃었다. 정말이지 당돌한 청년이었다.

"키맨이라는 소리는 살다가 처음 듣는군요. 하지만 기분은 꽤 괜찮았어요. 계속 말씀해보세요."

"전 오늘 선생님께 꼭 물건이 될 만한 기사를 받아갈 거예요. 선생님은 나중에 언제든 난처한 상황에 처했을 때 제게 연락하시는 거죠. 그러면 저는 지금보다는 틀림없이 더 나은 자리에 있을 테니, 그때 제가 할 수 있는 최선의 도움을 드릴 거예요. 어떻게 생각하세요?"

나는 잠시 생각하는 척 연기를 했다.

"나쁘진 않군요. 좀 더 구체적인 내용으로 좁혀서 얘기해봐요. 내가 뭘 어떻게 말해주기를 바라는지 말이에요."

"영부인의 과거에 대해 알고 싶어요. 그녀가 성인이 되기 전까지 다 쓰러져가는 허름한 바닷가 외딴집에서 외할머니와 단둘이 살았다는 건 책에 나와 있어요. 하지만 아직 어린 소녀였던 영부인이 반신불수인 외할머니와 어떻게 살림을 꾸려갈 수 있었는지는 잘 납득이 되지 않더군요. 그래서 전 가능한 시나리오 몇 개를 세워놓고 직접 영부인의 고향으로 내려가 취재를 했어요."

그는 자신이 하는 말에 극적인 의미를 부여하기 위해 한 템포 말을 늦췄다. 긴장한 나는 기자의 입만 주시했다.

"아주 작은 마을이었어요. 젊은이들은 모두 떠났고, 그나마 남아 있는 분들도 전부 예순이 훌쩍 넘은 분들 뿐이더군요. 마을 주민이라고는 고작 여덟 명이 전부였어요. 이상한 건, 영부인에 대한 한결같은 대답들이었어요. 마치 짜 맞춘 것처럼 단조롭더군요. 아주 예쁘고 착한 여자아이였다는 대답이 다였어요. 그 외엔 아무리 유도 질문을 해도 절대 입을 열지 않더군요. 하지만 불굴의 기자 정신이란 걸 발휘해서 그곳에 나흘간 머물며 영부인에 대한 같은 질문을 하고 또 했어요. 그래서 드디어 원하던 답변을 얻었죠."

"어떤 답을 얻었나요?"

"아흔이 넘은 한 할머니가 그러더군요. 영부인이 무서운 여자라고요. 어린 것이 반반한 얼굴 하나 믿고서 죽은 자기 남편을 호려 야금야금 돈을 빼먹었다고요. 게다가 남편만이 아니었다고 하더군요. 자기가 아는 동네 남자들만도 네 명이 넘었다고 했어요. 영부인은 그러니까…… 그 마을의 어린 매춘부 같은 존재였던 것 같아요. 영악한데다 아주 계산적인 아이였다고 치를 떨더군요."

"그래서 그 말을 액면 그대로 믿는 겁니까? 그리고 설마 그런 가십성 기사를 중앙일간지에 게재할 생각은 아니겠죠? 이 나라 언론이 그 정도로 타락하진 않았다고 믿고 싶군요."

"물론 이대로는 기사에 낼 수 없죠. 그러니까 이 부분에 관해 박상호 선생님이 기꺼이 도와주실 거라고 생각하고 있어요."

나는 그를 정면으로 노려보았다. 젊은 기자에 대한 막연한 호감이 격렬한 혐오로 뒤바뀌고 있었다.

"내가 뭘 어떻게 도와줄 것이라고 생각했습니까?"

"이 진술에 관한 오류를 정정해주시는 방식으로요. 박 선생님이 어떤 식으로든 전기를 쓰기 위해 리리궁을 드나들면서 보고 들은 것이 있으실 거예요. 전 영부인에 관해서도 선생님께서 상당 부분 알고 계시리라고 봐요. 그러니 제게 해주실 말씀이 있을 거예요."

나는 자리에서 일어섰다. 당황한 기자도 덩달아 몸을 일으켰다.

"나란 사람을 잘못 파악했군요. 내가 남들보다 윤리 의식이 그리 뛰어난 편은 아니지만, 그렇다고 타인의 가장 아픈 과거를 폭로하는 쓰레기가 될 생각은 전혀 없습니다. 삼류 기사를 쓰고 싶다면 마음대로 하세요. 과연 데스크에서 통과될 수나 있을지 모르겠지만. 아주 불쾌하군요. 아직 젊은 분인데 사고방식만 보면 꼭 노회한 정치인 같으니 말입니다."

"오해하셨군요. 전 제 직업에 충실한 것뿐이에요. 그러니 오류가 있다면 고쳐달라고 말씀드린 겁니다. 잘못된 부분이 정정되지 않는다면, 기사로 낼 수도 없겠죠. 기자이기 전에, 저도 상식이란 게 있는 사람이니까요."

나는 그에게서 몸을 돌렸다. 등 뒤에서 기자의 목소리가 들려왔다.

"영부인이 대통령과 결혼하기 전에 두 번이나 낙태 수술을 받았다는 사실을 알고 계신가요? 제가 직접 확인한 사실이에요. 그렇다면 불임이라는 리리궁의 입장은 새빨간 거짓말이 되는 것이죠. 책에도, 영부인이 불임이었지만 대통령의 이해와 배려로 부부간의 사랑에는 아무런 문제가 없었다고 언급되어 있어요. 이 부분도 거짓인 셈이죠."

순간 나는 어지럼증을 느꼈다. 도대체 내가 들은 어디까지가 진실일까? 하지만 나는 누구에게나 숨기고 싶은 내밀한 진실이 있으리라 생각했다. 결국 그것이 진실인지에 대해선 알 도리가 없을 것이다.

"이건 너무 잔인하군요. 아까 언급한 그 말도 안 되는 영부인의 과거에 거기다가 지금 말했던 낙태까지, 그렇게까지 저급하게 뒤를 캐고 다닐 수 있는 건가요? 영부인이 잘했다는 건 아니지만, 그렇다고 그것이 범죄는 아니에요. 한 개인의 감추고 싶은 불행한 사연일 뿐이죠. 정말 역겹군요."

"절 역겹게 생각하셔도 달라질 건 없어요. 제가 박 선생님께 원하는 건 또 다른 팩트니까요. 알고 계신 게 있다면 말씀해주세요. 저도 옳고 그름에 대한 균형 감각이 아주 없지는 않으니까요."

"내가 해줄 수 있는 말은 많지 않아요. 첫째로, 영부인은 창녀가 아니에요. 사실상 보호자가 없는 예쁘고 어린 여자애에게 욕정을 품은 못된 어른들이 있었을 뿐이죠. 영부인은 가해자가 아니라 피해자란 말입니다. 두 번째로, 나는 그녀가 어떤 사실을 밝히길 꺼려했다면, 분명 그에 합당한 이유가 있을 것이라고 믿어요. 도대체 그런 거짓말을 해서 그녀에게 유리할 게 뭐가 있겠어요? 아이를 낳지 못하는 여자라고 공개적으로 언급한다는 것이 그녀에겐 또 다른 수치가 되지 않았겠어요? 여기에 대한 이유를 난 알지 못하지만, 그 이유를 알고 싶은 마음은 조금도 없어요. 내가 당신에게 말할 수 있는 부분은 이게 다입니다. 더 물어도 나는 그 이상 아는 바가 없으니까요."

"영부인이 피해자란 말씀은 사실인가요?"

"더는 캐묻지 말라고 말했을 텐데요. 내 말을 믿든 믿지 않든 그건 당신이 선택할 문제예요. 내 손을 떠난 문제란 말이죠."

나는 자리에서 일어나 걸어나갔다. 청년 기자가 쫓아와 자신의 명함을 내 재킷 호주머니에 밀어 넣었다.

"사람의 생각은 변하기 마련이니까요. 뭔가 더 하실 말씀이 있다면 연락주세요."

카페에서 나와 정신없이 전철역까지 걸었다. 지하철에 올라타기 전, 황급히 기자의 명함을 갈기갈기 찢어버렸다.

23

세 번째 인터뷰는 이메일로 대체하기로 담당 기자와 말을 끝냈다. 젊은 남자 기자와의 인터뷰가 몹시 불쾌하게 이뤄진 탓에 연이어 다른 인터뷰를 할 여력이 없었다. 원래는 인터뷰 자체를 하지 않으려고 했으나, 담당 기자의 애원과 읍소에 못 이겨 하는 수 없이 이메일로 질문을 받아 답을 보내기로 조율했다. 내 편에서 일방적으로 인터뷰를 무산시키려 했으니, 기자 입장에서야 황당하기 그지없었을 것이다. 기자가 분명 박상호란 인간을 매우 비상식적이며 교만하기까지 하다고 평가했을 거라는 생각이 들자, 나는 우울해졌다. 괜히 오가진의 말을 들어 매스컴의 인터뷰 요청을 받아들였다는 후회가 들었다. 잘되는 책은 어떤 식으로든 잘되기 마련이라는 단순한 진리를 깜빡 잊었던 것이다. 명성에 눈이 멀어 내가 쓰지도 않은 책의 얼굴마담을 자처하고 한편으론 즐기기까지 했다는 수치심에 한층 기분이 무겁게 가라앉았다.

인터뷰를 흐지부지 마치고 나는 오랫동안 닥치는 대로 걸어다녔다. 이름도 모르는 거리들과, 크고 좁고 막다른 골목들과, 도심을 가로지르는 거대한 강가의 길과 다리들을 해가 지고 저녁이 되도록 걷고 또 걸었다. 한창 차량 정체가 시작된 대교의 길을 따라 터덜터덜 걸어가면서 아래로 잔잔히 흐르고 있는 강물을 줄곧 응시했다. 세상에 나 홀로 남겨졌다는 외로움, 나란 인간의 조악함과 부족한 재능을 떠올리면서 내 삶이 아무것도 아니라는 생각이 자꾸만 뇌리에 박혀왔다. 문득 이대로 저 강물 속에 몸을 던져도 내 부모 형제 외엔 누구도 나의 죽음을 슬퍼하거나 기억하지 않을 것이라는 생각도 들었다. 헛되고, 헛되고, 헛되도다…… 라는,「전도서」의 그 유명한 구절이 입속에 맴돌았다. 정율리의 말대로 나는 루저였고, 앞으로도 루저에서 벗어날 길은 없을 것이라는 예감이 들었다. 여섯 시간을 넘게 떠돌아다니다가 정신을 차려보니, 어느새 오피스텔 건물 앞에 도착해 있었다. 집에 들어가고 싶지 않아 주변의 호프집에 들러 맥주 두 병을 안주도 없이 들이켰다. 그러자 빈 속에 마신 알코올로 인해 기분이 좀 나아졌다.

집으로 돌아온 시각은 저녁 여덟시 이십분이었다. 잊고 있었던 수석비서관과의 만남을 기억해냈다. 참으로 버라이어티했던 오늘의 대미를 장식하는 마지막 인터뷰인 셈이었다. 나는 샤워를 끝내고, 와인 한 병과 투박한 유리잔 두 개와 조각치즈를 담은 쟁반을 거실의 책상 위에 갖다놓았다. 먼저 와인을 개봉해 유리잔 가득 따르고는 소파에 앉아 홀짝거리기 시작했다. 숙고한 끝에, 이제는 사용하지 않는 오래된 휴대폰을 찾아 충전기에 연결했다. 배터리 충전이 끝난 휴대폰의 전원을 켜고 녹음 기능을 켰다. 그리고 소파 밑으로 기계를 보이지 않게 밀어 넣었다.

시계가 저녁 열시에서 삼 분이 더 지났을 때 현관 벨이 울렸다. 현관문을 열어주는 내게 아무런 의례적 인사도 건네지 않는 그의 손에 와인 한 병이 들려 있었다. 수석비서관은 책상 위에 차려진 조촐한 쟁반을 보고는 한쪽 눈썹을 추켜올렸다가 내렸다. 뭔가 마음에 안 들었던 것인지, 아니면 내가 그나마 술이라도 준비해놓고 있었다는 사실에 마음이 동한 것인지는 알 수 없었다.

"생각해보니, 아직 출간을 자축하는 시간을 갖지 못했더군요."

"제가 쓴 글이 아니었습니다. 그런데 무슨 자축을 할 일이 있겠습니까?"

그는 와인을 따르기 전 투박한 유리잔을 흘낏 보면서 눈살을 찌푸렸다.

"박상호 씨가 저자로 올라 있는 책입니다. 그렇다면 당연히 축하를 해야죠."

"내가 스스로 파멸하길 바라는 겁니까?"

"파멸이라니요? 설마 우리가 박상호 씨에게 그런 악감정을 품고 있겠습니까?"

"할 수만 있다면 기꺼이 리리궁의 마리오네트가 되겠다는 생각도 해봤습니다. 아시다시피 위기는 기회니까요."

와인을 입속에 머금고 음미하던 그가 천천히 고개를 끄덕거렸다.

"아주 큰 기회였죠."

나는 그가 과거형으로 말하고 있다는 사실에 주목했다.

"그런데 역시 꼭두각시 인형은 아무나 하는 것이 아니라는 걸 깨달았습니다. 오늘은 내내 걸어다녔습니다. 문득 아래를 내려다보니 강이 보이더군요. 당장 죽여버리고 싶더군요."

김세원이 차분한 어조로 나의 말을 정정했다.

"죽여버리고 싶다, 가 아니라 죽어버리고 싶다, 가 맞는 표현입니다."

"자살을 말하는 게 아닙니다. 실제로 저는 이번 계획에 연관된 리리궁 사람들을 모조리 목 매달고 싶으니까요."

"전혀 실현 불가능한 일입니다. 박상호 씨는 그럴 만한 힘도, 배짱도 없는 순진한 예술가일 뿐이니까요."

빈 유리잔에 와인을 삼 분의 일쯤 따른 김세원은 잠시 나를 훑어보았다.

"그런 말을 하자고 날 부른 것이 아니지 않습니까? 당신은 자신도, 그 누구도 죽일 마음이 없는 유약한 사람입니다. 한사코 날 만나자고 한 이유는 단지 설명을 듣고 싶어서겠죠. 퍼즐의 마지막 부분을 끼워 맞추기 위해 이 시간이 필요했던 것 아닙니까?"

나는 그의 시선을 피했다. 얄밉도록 이성적인 사내였다. 나는 눈앞에 서 있는 저 사내에게 나처럼 따뜻한 붉은 피가 흐르고 있을 것이라는 생각이 들지 않았다. 그는 절제된 우아한 동작으로 남색 외투를 벗어 책상 의자에 걸쳐놓았다. 그러고는 핀으로 고정한 실크 넥타이를 다소 느슨하게 풀고선, 입고 있던 셔츠의 손목 단추를 풀어 두 번 접어 올렸다. 외투가 걸쳐진 책상 의자에 앉은 그가 소파에 앉은 나를 내려다보고 있었다. 그 순간에도 나는 후회했다. 내가 먼저 책상 의자에 앉아야 했다. 한 공간에 있는 두 사람 중 높은 의자에 앉은 사람이 그보다 낮은 자리에 앉은 사람을 심리적으로 압도한다는 것은 아주 기본적인 행동심리학 상식이었다. 김세원이 그런 것을 모를 리 없었다. 그가 자신이 매일 앉는 의자인 양 다리를 꼬고 편안히 등을 기대고 앉아 한손으로 책상을 똑똑 두드리자, 나는 어쩐지 사장에게 꾸지람을 받기 직전의 말단 사원 같은 기분을 지울 수 없었다. 갑자기 그가 기습하듯 말을 꺼냈다.

"어떻습니까?"

그의 행동을 훔쳐보고 있던 나는 깜짝 놀라 대답이 얼른 나오지 않았다.

"마음을 가라앉혀야 합니다. 어차피 당신이나 나나 미미한 존재들이니까요."

"전 그 말씀에 동의할 수 없습니다. 결국 미미한 존재는 저일 테니까요. 그래서 묻고 싶습니다. 당신들은 왜 제게 그런 짓을 한 겁니까? 날 이용하는 대가로 뭘 얻고 싶었던 겁니까? 저는 이 질문에 대한 답변을 이 자리에서 꼭 들어야겠습니다."

"큰 그림을 볼 줄 알아야 합니다. 시야가 그렇게 좁아서 어떻게 더 큰 성공을 할 수 있겠습니까?"

그가 심드렁한 어조로 물었다.

"도대체 당신의 마음에 들지 않는 부분이 뭡니까? 잊힌 작가를 이만큼 유명세에 노출되도록 만들어줬다면, 오히려 우리에게 고마워하는 것이 맞지 않습니까? 오늘자 A조간신문이 박상호 작가의 단독 인터뷰에 문화면 전체를 할애했더군요. 당신은 다시 스타 작가가 됐습니다. 모든 게 해피엔드를 향해 가고 있습니다. 이 시점에서 뭐가 더 문제될 게 있습니까?"

할 말이 없었다. 그래도 나는 비장의 카드를 한 장 갖고 있었다.

"출간된 책의 원저자는 제 앞에 계신 분입니다. 제 말이 틀렸습니까?"

김세원은 내 말을 듣지 않았다. 그는 책상을 손으로 똑똑 두드리며 거실의 곳곳을 이리저리 살펴보는 것에 신경을 쏟고 있었다.

"이만 생산적인 대화를 나눠야 하지 않겠습니까? 이번엔 제가 묻죠."

그는 책상 위에 놓여 있는 내 휴대폰과 조각치즈를 차례로 응시하며 물었다.

"박상호 씨, 이 세상을 움직이는 동력이 무엇이라고 생각합니까?"

뜬금없는 질문이었다. 나는 대답하지 않음으로써 그에게 반항했다. 그는 갑갑하다는 듯 기지개를 쭉 펴며 자리에서 일어났다. 원래도 나를 내려다보며 앉아 있었는데, 가뜩이나 키가 큰 그가 일어서니 앞에 앉은 나는 한없이 쪼그라든 존재처럼 느껴졌다. 김세원은 뒷짐을 지고 거실의 통유리창을 끝에서 끝까지 걷기 시작했다.

"우리는 하잘것없는 농이나 치자고 이번 일을 시작한 것이 아닙니다. 먼저 이 나라가 매우 중대한 일을 앞두고 있다는 것을 말씀드리고 싶군요. 국가 일급기밀이라 박상호 씨에겐 말할 수 없지만, 국가의 존망과 위상이 걸려 있는 일이라고만 알아두십시오. 리리궁 내부에서도 무모한 계획이라는 우려가 많지만, 리아민 각하는 이 나라의 무궁한 발전을 위해 반드시 이 계획을 실현시켜야 한다는 굳은 신념을 갖고 계십니다. 저 역시 각하와 마찬가집니다. 만일 이 계획이 없었다면, 각하는 결코 재집권을 위한 개헌을 시도하시지 않았을 겁니다. 사실 이번 임기가 끝나면 조용히 고향으로 돌아가 여생을 평화롭게 보내고 싶어 하셨으니까요."

그는 극적인 효과를 위한 술수로 잠시 말을 멈췄다. 그가 이런 식으로 대화하는 것을 그간 여러 번 본 나는 어이가 없었다. 국가적인 중대사와 일개 작가인 나를 농락하는 것이 도대체 무슨 연관이 있단 말인가.

"나비효과란 말씀이십니까? 시작은 미약하나 나중은 창대하리

302

라, 뭐 그런 겁니까? 까맣게 몰랐습니다. 제가 그런 장대한 역사의
수레바퀴 속에 놓였다는 것을요."

그는 이야기를 하고 싶은 자신만의 열기에 휩싸여 있었다. 한번
터져 나온 봇물은 여간해선 막기가 어려운 법이다. 아마도 그는 내
가 아니더라도, 상대가 여의치 않다면 허공을 향해서라도 떠들어댔
을 것이다.

"일반 국민들은 무지합니다. 실리와 국익에 따라 행동하는 것이
아니라, 근거 없는 소문과 비이성적인 감정에 영향을 받아 종종 국
가를 위기에 빠트리곤 합니다. 리아민 각하도 대통령직에 오르기
전에는 그래도 국민의 여론을 최대한 존중하려고 많은 인내심을
발휘하셨습니다. 각하가 국회의원이었던 시절, 정말이지 말도 안
되는 생떼와 어거지를 부리는 삼류 인간들이 얼마나 많았는지 아
십니까? 그래도 각하는 국민들의 의견과 선택을 신뢰하며 실천하
기 위해 부단히 노력하셨습니다. 오죽 답답하셨으면, 보름에 한 번
씩 지역구민과 대화의 시간까지 가지면서 그네들을 설득하고 선도
하려고 최선의 노력을 다하셨겠습니까. 하지만 대통령이 되신 후
부터 그런 노력들은 더 이상 하실 수도 없었고, 하기 위한 시도도
그만두셨습니다. 왜 그러셨을까요?"

그는 또다시 말을 멈췄다. 두 번째 극적인 효과였다.

"국민은 개도해야 할 대상이 아니라는 것을 깨달으셨기 때문입
니다. 흔히 우리는 이상적인 국가관을 착각하는 경향이 있습니다.

민주적, 다수결, 다 좋은 말들임에는 분명합니다. 하지만 과연 그것이 모두에게 선의로 통할 수 있을까요? 만일 그 선의의 구성 요소들을 악의적으로 이용하려 한다면 어떤 비극이 일어나겠습니까? 우리는 스스로를 너무 과대평가하는 경향이 있습니다. 민주 투사임을 자처하는 인물이 대중의 시선이 미치지 않는 자신의 집안에서는 비윤리적인 폭군으로 군림하는 경우도 다반사입니다. 다수결이라는 건 또 어떻습니까? 과연 많은 사람이 원하고 지지한다고 해서 그것이 반드시 정의롭고 옳은 일이라고 확신할 수 있습니까? 제가 보기엔 다수결이야말로 실은 세상에서 가장 무서운 폭력이 될 수 있는 요소가 다분합니다. 다년간의 국정 운영을 통한 시행착오를 겪으면서 저희 리리궁의 입장은 한 방향으로 보다 확고해졌습니다. 바로 국가의 고비마다 강력하고 올바른 리더십을 갖춘 제왕적 지도자가 이 나라를 통치해야 한다는 것입니다. 결코 하나로 통합되지 못하고 시시때때로 분열을 일삼는 국민들의 의견 따위는 이 나라를 통치하는 데 하등 도움이 되질 못합니다. 국민들은 지도자가 결정한 사항을 통보받아 일사불란하게 지켜나가기만 하면 되는 것입니다. 국민들에게 생각할 여지를 주었다가는 이 복잡다단하고 혼란스러운 세계정세에서 이 나라가 결코 제대로 된 목소리를 낼 수 없기 때문입니다."

그의 브리핑에 가까운 말의 홍수에 충격을 받은 나는 한동안 입을 열 수 없었다. 겨우 정신을 차리고는 적합한 단어를 떠올려내기 위해 노력하며 천천히 말을 꺼냈다.

"그건 옳지 못합니다. 매우 옳지 못한 논리입니다. 민주주의의 원칙에 전적으로 반기를 드는 지극히 위험한 발언입니다. 국민들은 결코 지도자로부터 일방적인 지시를 통보받는 수동적인 존재가 아닙니다. 그리고 제왕적 지도자라니요. 너무 시대착오적인 발상이라 뭐라 말할 계제조차 되지 않습니다. 묻고 싶군요. 도대체 이 시대에 누가 그런 궤변을 늘어놓는단 말입니까? 이건 마치……."

나는 그와 시선을 마주쳤다. 그가 나를 노려보고 있었다.

"다시 생각해보니, 독재 정권조차 적어도 이렇게 대놓고 국민을 철저히 배제한다고 발언하지는 않을 것 같습니다. 충격적이군요."

"우리가 굳이 박 작가의 이해를 구할 필요는 없습니다. 리리궁이 여태껏 해왔던 대로 해나갈 것입니다. 그것이 가장 효과적인 방식이었으니 말입니다."

"수석비서관님께서는 마치 제가 이 나라의 국민이 아닌 것처럼 말씀하시고 있는 듯합니다. 분명히 말씀드리지만, 저도 이 나라의 국민입니다. 좀 전에 하신 말씀은 차라리 제겐 하지 말았어야 할 사족이었습니다."

"그래서요? 뭐가 잘못된 거라도 있습니까?"

"이 나라 국민의 한 사람인 제가 듣기에 많이 거북하다는 말씀을 드리는 겁니다."

김세원은 미소 지었다.

"박상호 씨의 감정 따원 우리의 고려 대상이 아니라고 말씀드리지 않았습니까? 우리가 애초에 당신에게 원했던 역할은 전기의 저자로 이름을 올릴 적당한 유명세의 작가였습니다. 아시다시피 너무 똑똑하고 잘난 학생은 꼭 튀는 행동을 하기 마련이니까요."

"왜 하필 저였습니까? 꼭 제가 아니라도 되었을 텐데요."

"계속 말하지만, 역시 너무 순진해."

그의 반말에 놀라진 않았다. 리아민과의 전례가 있었기 때문이다. 리리궁과 연관된 사람들은 어떤 시점이 되면 자신의 민낯을 숨김없이 드러내는 병증이 있는 모양이었다.

"아주 오래전에 행운의 편지라는 게 유행을 했었지. 박 작가 정도의 나이대라면 알 수도 있을 것 같은데, 내 말이 맞지? 그 편지는 무작위로 발송되었지. 편지를 받은 사람은 반드시 그 편지글이 지시하는 더 많은 수의 사람에게 똑같은 편지를 발송해야 했어. 만일 지시대로 하지 않는다면 불행한 일이 생길 거라는 엄포도 포함되어 있었지. 그러나 똑같은 내용의 편지를 받고도 지시를 착하게 따르는 사람은 정해져 있었어. 비슷한 논리야. 우리가 전기 집필을 박 작가 한 사람에게만 의뢰했다고 아직도 믿고 있는 건 설마 아니겠지? 우린 엇비슷한 위상의 여러 작가에게 이 일을 의뢰했어. 열세 명이었다고 기억해. 그런데 그중 단 한 사람, 바로 박 작가만이 우리의 제안에 덜컥 걸려든 거야. 난 자네를 처음 봤을 때부터 과거의 명성에 집착하는 한 불쌍한 작가의 모습을 볼 수 있었지. 하긴 너무 잘 보여서, 보려고만 했다면 누구에게라도 그 갈급한 조바심이 환하게 보였을 거야."

"그렇다면 각하는 왜 제게 그렇게까지 있지도 않은 에피소드를 줄줄이 늘어놓았던 거죠? 게다가 그 이야기들 중 상당 부분은, 혹은 전부가 다른 이들의 이야기를 자신의 이야기인 양 교묘하게 짜깁기했다는 생각마저 듭니다. 제가 들었던 이야기가 바로 수석비서관님의 이야기라는 직감도 듭니다만."

"마음대로 생각해도 돼. 그런 건 중요하지 않으니 말이야. 대통령이 말씀하시지 않았나? 누군가의 기억이 각하의 기억과 비슷하다면 그들의 기억을 삭제하는 것이 마땅하다고 말이야. 내 생각도 같아. 내 기억이 각하의 기억과 비슷하다면 내 기억을 삭제하는 것이 맞아."

"질문에 대한 올바른 대답은 하지 않으시는군요. 다시 묻겠습니다. 왜 각하는 제게 쓰이지도 않을 것을 뻔히 알면서도 그렇게 많은 이야기를 하신 겁니까? 상식적으로 도무지 이해가 되지 않습니다."

"그렇게 꼭 답변을 들어야 하겠나? 어리석군. 각하는 그저 배설구가 필요했던 거야. 일종의 변소로써 말이야. 그걸 이번엔 내가 아닌 자네에게 퍼부었던 거야. 그리고 누누이 말하지만, 자네의 그 명성에 대한 갈구를 유쾌하게 활용하고 싶으셨던 것이겠지. 자네는 우리의 예상대로 단독 인터뷰란 방식으로 각하의 헛소리들을 아주 잘 활용하더군. 자네의 그 인터뷰 기사를 읽고 각하께선 아침부터 배꼽을 잡고 웃으셨어. 독점 기사를 쓰는 기자의 흥분이 기사 안에 그대로 전해지더군."

그의 과장된 말을 들으면서 나는 뭔가 미심쩍은 느낌이 들었다. 아직 확실하게 말할 수는 없지만, 점차 어떤 확신에 가까운 생각이 떠오르고 있었다.

"하지만 각하의 말씀은 상당 부분 사실이었군요. 전부가 거짓이라고도 생각했는데 수석비서관님의 말씀을 들을수록 각하의 말씀이 실제로 있었던 일이라는 느낌이 강하게 듭니다. 각하가 저를 고백의 배설구로 여겼다는 것도 사실이겠군요. 물론 허구의 이야기가 아닌, 자신이 기억하고 있는 일들을 고해의 형식으로 제게 얘기하셨던 것이겠지만요. 그렇다면 저는 각하와 독대할 때마다 신부와도 같은 역할을 했던 것이겠군요."

증거가 될 만한 정황은 없었다. 그냥 작가의 직관으로 찔러본 말일 뿐이었다. 그런데 내 말을 듣는 수석비서관의 얼굴이 공기 빠진 풍선마냥 바짝 쪼그라드는 것을 보고는 내 말이 맞다는 것을 알았다. 내가 파악한 그는 매우 용의주도한 인물이었다. 웬만해선 실수를 하지 않는. 만약에 김세원이 실수란 걸 하는 것처럼 보인다면 그조차 그의 의도일 가능성이 다분한 사람이었다. 그는 다시금 책상 의자에 앉았다. 하지만 아까처럼 편하게 걸터앉는 자세는 아니었고, 의자 깊숙이 엉덩이를 들이민 정자세로 앉았다. 금세 평소의 냉정한 태도로 돌아왔지만 얼굴에서 내심 불쾌감이 엿보였다. 하긴 나란 작가를 수준 이하라고 짐짓 무시하고 있었는데, 그 유명세만 좇는 이류 작가가 자신의 계략을 얼렁뚱땅 알아챘으니 부아가 치밀어 오르는 것이 당연했다. 그의 머릿속이 분주하게 팽팽 돌아가는 소리가 내가 앉아 있는 곳까지 들려오는 것 같았다. 직관만으로는 논리적인 반박에 대항하기 어려운 법이다. 그는 어떻게든 나를 묵사발로 만들어버리기 위해 명석한 두뇌를 풀가동하고 있었다. 내가 두 번 다시 반박하지 못하도록 만들기 위해서 말이다.

나는 판결을 기다리는 죄수처럼 소파에 얌전히 대기하고 있는 중이었다. 곧 언제라도 선고를 내릴 고뇌하는 재판관의 모습을 찬찬히 뜯어보았다. 그때서야 나는 실은 단 한 번도 제대로 그를 응시한 적이 없었다는 것을 깨달았다. 사람이 다른 사람을 바라본다는 것은 단순히 외양만을 보는 것을 의미하지 않는다. 아주 작은 표정과 얼굴빛의 변화와 무심코 하는 행동 속에서 오히려 더 많은 것을 알 수 있기도 한 것이다. 나는 그의 입가와 발끝이 미세하게 떨리고 있는 것을 포착했다. 가만히 납작 엎드려 기꺼이 처분을 받아들여야 하는 일반 국민 박상호가 시답잖은 반항을 했으니 그에 상응하는 벌을 내려야 하지 않겠는가. 한참 만에 그가 입을 열었다.

"말했듯이, 우리의 역사라는 것을 되돌아볼 때, 항상 커다란 변화가 있기 전엔 일종의 이벤트성 행사가 벌어지곤 했습니다. 무지한 국민들에게 흥미를 가질 만한 사건을 투척해 본질을 파악하지 못하도록 주의를 돌리기 위해서였습니다. 국민들이 괜히 너도나도 중심부의 행정에 관여하는 발언을 하나둘씩 내뱉으면 국가가 종종 혼란스러워지기 때문입니다."

그는 내가 당연히 자신의 말에 끼어들어 성급히 반박할 거라고 예상했었던 것 같다. 하지만 나는 그 정도로 멍청한 작가는 아니었다. 그가 쓴 시나리오대로 지금껏 충실히 이행해준 것만으로도 이미 충분했다. 더 이상 수석비서관이 나를 이용해 자신의 결론까지 내리도록 도움을 주고 싶은 생각은 조금도 없었다.

"이 말도 예전에 했었던 것으로 기억합니다. 나는 박상호 씨가 스스로에 대해 생각하고 있는 것보다 더 좋은 작가라고 말했습니다. 이 말은 지금도 유효합니다. 문제는 박 작가 자신이 스스로의 작가적 재능에 대해 실은 늘 미심쩍게 생각한다는 점입니다. 내가 보기엔 가장 중요한 질문을 정작 박 작가는 스스로에게 하지 않는 것 같습니다. 한번 대답해보세요. 당신은 각하의 이야기가 진실하길 바랍니까? 아니면, 실은 진짜든 가짜든 상관 없는 것 아닙니까? 각하의 부도덕성과 음란함, 과대망상, 때때로 튀어나오는 이해할 수 없는 공격성과 무례함에 대해 알아갈 때, 그분을 과연 실제의 인물이라고 여겼습니까? 마음속으로는 그분을 소설의 등장인물처럼 여기고 있었던 것이 아닙니까? 당신은 전기를 쓸 수 있는 작가가 아닙니다. 그러기엔 허구의 이야기에 대한 욕망이 지나치게 강하니까요. 박상호 씨는 이야기 그 자체를 원할 뿐, 진정성에 대해선 관심이 없는 작가입니다. 각하의 이야기를 들었을 때도 당신의 관심은 단 한 가지에 불과했습니다. 새로운 소설을 쓰는 것만이 목표였지요. 그래서 우리에게 제출한 당신의 원고가 그렇게 좋았던 것 아닌가요? 박 작가가 쓴 최고의 소설이더군요."

"……최고의 소설이라고요?"

"네, 그 작품은 작가의 전기도, 그 이야기에 바탕을 둔 또 다른 글도 아니었습니다. 그냥 완벽하게 새로운 소설이더군요. 우리가 당혹스러웠을 만큼 좋았습니다."

"그런데 왜……."

그는 고개를 끄덕였다. 내가 할 질문을 익히 예상하고 있었던 것이다.

"리리궁에서 왜 다른 글로 출간을 했냐고 물어보고 싶은 것이겠죠. 박 작가 입장에서는 당연한 질문일 겁니다. 하지만 우리 입장에선 그 글이 전혀 달갑지 않았습니다. 우린 박 작가에게 이 일을 의뢰하기 전부터 이미 출간을 위한 원고를 완성해두었습니다. 여기까진 당신도 이해하고 있겠죠?"

이번엔 내가 고개를 끄덕였다.

"우린, 아니 정확히 말한다면 대통령 내외와 나는 박 작가에게 원고를 기대하지 않았습니다. 어느 정도 쓰다가 스스로 지쳐서 떨어져나갈 것이라고 생각했으니까요. 그런데 미처 예상치 못한 상황이 일어난 겁니다. 박 작가가 원고 자체로만 본다면 완성도가 뛰어난 글을 써온 것이죠. 사실 우리도 고민을 하지 않을 수 없었습니다. 그만큼 아까운 글이었으니까요. 그 글은 이번에 출간하지 못한다면 아마 앞으로도 책으로 내기는 어려울 것이니 말입니다. 오해하지 마세요. 우리가 박 작가의 글을 출간하지 못하도록 막겠다는 협박의 뜻으로 말한 것이 아닙니다. 그 글에선, 리아민 각하의 삶을 모티프로 한다는 것이 어느 정도 눈 밝은 독자라면 알 수 있을 만큼 제법 명확히 드러난다는 말입니다. 매우 이상하게 들리겠지만, 각하의 삶과 전혀 다른 작품인 동시에 실은 밀접한 관련이 있는 작품이란 뜻입니다. 실존 인물을 이 정도로 티 나게 드러내는 경우, 작품은 필연적으로 작품 그 자체의 예술적 성과보다는 다른 외부적인 요인에 따라 평가를 받는 것이 보통입니다. 우리가 반려한 원고를 무리하게 출판한다고 해도, 소설에 쓰인 에피소드의 진의를 밝히려는 여론의 마녀재판에 의해 박 작가의 작가적 재능이 오히려 불필요한 폄하를 받게 될 소지가 농후하단 말이죠."

그는 마치 거대한 쟁반을 돌리듯 손가락 하나를 허공에 대고 돌리기 시작했다.

"여기서 한 가지, 당신의 글을 읽으면서 꼭 물어보고 싶은 것이 있었습니다. 영부인 최세희 여사에 대해 쓴 부분에서 유독 박 작가의 서술이 모호하게 풀어지더군요. 작품 속에 등장하는 인물들 중에서 영부인에 대한 묘사는 마치 뭐랄까, 여러 명의 여자들의 특징을 뒤섞어놓고 독자에게 한 여자로 읽으라고 강요하는 것 같았어요. 작가 박상호가 그렇게 의도했다는 생각밖에 들지 않았습니다.

작품에는 각하가 영부인을 진심으로 사랑했다고 서술되어 있지만, 왠지 그 문장을 서술한 박 작가는 이에 동의하지 않는 것 같이 느껴졌단 말입니다. 따져보면, 당연한 얘깁니다. 생각해보세요. 작품만 본다면, 온통 강렬한 원색의 개성적인 인물들 사이에 엉거주춤하게 선 무채색의 향기 없는 여자에게 대통령 각하가 어떻게 그토록 운명적인 끌림을 느낄 수 있겠습니까? 그래서 말인데, 영부인을 그렇게 몰개성하고 흐릿한 인물로 그려놓은 건 혹시 박 작가가 그 소설 속 여자에게 특별한 감정이 있어서 그랬던 것 아닙니까? 혹시 영부인으로부터 들은 그 통속적인 사연들이 전부 진실이라고 생각하는 겁니까?"

나는 대답하지 않았다. 대답하고 싶지 않았고, 대답할 필요도 느끼지 못했다. 나는 그의 질문에 대답하는 대신 질문을 던졌다.

"가장 감명 깊게 읽은 책은 무엇이었습니까?"

그는 허공의 쟁반을 돌리며 대답했다.

"카뮈의 『이방인』입니다."

"톨스토이를 어떻게 생각하시나요?"

"그는 '문학의 신'이죠."

"박상호 작가의 대표작은 어떤 작품이라고 생각하십니까?"

"『그곳에 당신이 있었다』 아닙니까? 미출간작은 영영 세상에 알려지지 않을 테니 말입니다."

나는 그를 노려보았다. 한 마디, 한 마디에 힘을 주며 나는 이를 악물고 말했다.

"작가는 언제나 자신의 글을 어떤 식으로든 세상에 내놓을 수 있습니다. 그것이 꼭 종이책의 형태가 아니어도 말입니다. 저작권은 글을 쓴 작가에게 있으니까요."

빙글빙글 원을 그리던 그의 손가락이 움직임을 멈췄다.

"좋습니다. 당연히 작품에 대한 권리는 작가에게 있는 것이 맞습니다. 그런데 이 경우엔 박상호 씨가 글을 어떤 식으로든 발표할 수 있을 것 같지는 않군요."

어느새 그의 손가락이 나를 가리키고 있었다.

"당신을 유명하게 만들어준 출세작이 가공의 이야기가 아닌, 실제에 기반하고 있다고 세상에 알려진다면 과연 어떤 일이 일어날까요? 그 작품 속에 그토록 생생하게 묘사된 집단 윤간이 실은 작가의 경험이었다면 그 작가는 어떤 도덕적 비난을 받게 될까요? 도덕적 비난만이 전부가 아니겠죠. 엄청난 후폭풍에 시달릴 겁니다. 작가로서의 생명을 걱정하기 전에 이 나라에서 얼굴을 들고 살아가는 것조차 어렵게 될 거란 말입니다. 정말 스스로가 그런 상황에 처하게 되기를 바라는 건 아니겠죠?"

나는 침묵했다. 두 시간 내내 빈속에 홀짝거리며 마셨던 와인이 탈이라도 난 것 같았다. 온몸의 피가 차가워지고 낯빛이 창백해지는 것을 느꼈다. 눈앞이 캄캄해졌다. 암전. 보이지 않는 두 눈을 깜빡거렸다. 어느 순간 내 앞에 서서 걱정스럽게 나를 들여다보고 있는 수석비서관이 보이더니, 곧 천장과 바닥이 뒤집히는 착시가 일어났다. 구역질이 치밀어 올랐다. 소파에서 몸을 일으키려다 도로 주저앉았다. 극심한 현기증이 났다. 그가 내 어깨와 허리에 팔을 두르는 소름끼치는 느낌에서 벗어나려고 했으나, 몸이 마음대로 움직여지지 않았다. 나는 그의 부축을 받으며 화장실에 들어가 변기를 부여잡고 구토를 했다. 먹은 것이 없으니 신물만 계속 올라왔다. 탈진해서 바닥에 쓰러져 있다가 한참이 지나서야 가까스로 거실로 돌아올 수 있었다. 그는 내가 앉아 있던 소파에 앉아 와인을 마시고 있었다. 소파에 드러누워 있고 싶은 마음이 굴뚝같았지만 수석비서관과는 같은 자리에 앉는 것조차 싫었다. 결국 나는 그가 앉았던 책상 의자에 불편한 자세로 앉았다. 심상한 어조로 그가 물었다.

"괜찮은 겁니까?"

나는 웃었다. 웃었다고 생각했지만, 입가를 어색하게 올린 일그러진 표정이었다.

"절 걱정해주시는 겁니까? 이거 재밌군요. 맹수가 곧 잡아먹을 먹잇감 앞에서 먹이의 안부를 걱정하다니요."

그는 미동 없이 나를 바라보고만 있었다. 내가 어떤 정물이라도 된 것처럼. 심사가 뒤틀린 나는 앞뒤 재지 않고 비꼬아주었다.

"반려된 제 글의 출간에 대한 리리궁의 방해는 없을 것이라고 말씀하시더니, 제가 원작자의 권리를 말하자마자 하셨던 말씀을 바꾸시더군요. 협박에 그토록 능하신 걸 보면 한두 번 해보신 솜씨는 아닌 듯합니다."

"상황을 항시 단순화시켜서 보는 시각을 갖추는 것이 우리의 복
잡한 삶을 좀 더 편하게 사는 좋은 방편이 될 수 있습니다. 어렵게
생각하지 마세요. 내 말을 박 작가가 협박이라고 느꼈다면 사과드
립니다. 나는 단지 우리 모두에게 좋은 방향에 대해 알려드렸을 뿐
입니다."

"좋은 방향이라니요?"

"세상 사람들이 보기엔 리리궁과 당신은 완벽한 한 팀입니다. 그
냥 편하게 인정하십시오. 당신도 어느 면에선 분명 이런 상황들을
즐기지 않았습니까."

나는 분노를 억제하는 인내심에 바닥이 난 것을 알았다. 전신이
부들부들 떨려왔다. 주책 맞게 눈물이 나오려는 것을 아주 힘들게
참을 수 있었다. 분해서가 아니었다. 나의 한심한 무력함에 상처받
은 나의 얼마 남지 않은 작가적 자존심이 흘리는 부끄러움의 눈물
이었다. 나는 그에게 말하고자 했다. 그들의 야비한 수작과 협박과
거짓말과 그동안 나를 타깃으로 한 돼먹지 않은 연기에 대해 준엄
한 일갈을 하고 싶었다. 그가 그토록 강조해서 말하는 단순화를 내
식으로 받아들여서 뭔가 수상쩍은 계획을 꾸미고 있는 거대한 권
력을 향해 강력한 한 방을 날리고 싶었다. 하지만 아직도 헛구역질
이 나오는 나의 쪼그라든 위장에선 갈퀴로 그어대는 것처럼 통증
이 더해가고 있었고, 이성적인 사고를 마비시키고 있는 알코올의

기운은 다음 날까지 내내 나를 괴롭힐 것이다. 그래도 나는 숨을 몰아쉬면서 생각을 하나로 집중시키기 위해 애를 썼다. 그와 두 번 다시 이런 식으로 만날 일은 내 생에 없을 것이다. 따라서 나는 오늘 밤이 아니면, 이 오만한 자들에게 마지막 메시지를 전하지 못할 것이다. 시간이 흘렀다. 몇 분, 아니 십몇 분은 족히 지나 드디어 나는 하나의 문장을 찾았고, 그에게 정확하게 전달하기 위해 사력을 다해 입을 열었다.

"당신들은, 나를, 속였어."

술잔을 한 손에 들고 나를 주시하고 있던 그의 얼굴이 갑자기 붉게 달아올랐다. 그는 몹시 화가 난 것 같았다. 나는 그가 반박할 여지를 주지 않았다. 엄연히 내 집이며, 내 작업실인 그곳에서 나는 뛰쳐나왔다. 내가 현관문을 열고 정신없이 나가려는데, 등 뒤에서 그의 목소리가 들려왔다.

"네가 설마 제대로 된 작가라고 생각했던 거야? 넌 그저 처음부터 스스로 이야기를 만드는 능력 같은 건 없었어. 기존에 있던 이야기를 적당히 가공하는 필경사였을 뿐이야!"

나는 복도로 나갔다. 그러자 쫓아온 그가 열린 문틈으로 고함을 질렀다.

"돌아와! 내 얘긴 아직 시작도 하지 않았어!"

오피스텔 건물을 나와 거리를 떠돌아다녔다. 금요일 밤, 자정에 가까운 시간이었다. 잔뜩 술에 취한 사람들이 노래를 부르며 서로를 부둥켜안고 곳곳에서 응원가를 부르고 있었다. 우리나라가 외국과의 축구 경기에서 이겼다고 했다. 그것도 삼 대 영으로 대승을 거두었다고 자동차의 경적까지 마구 울려대며 승리를 자축하고 있었다. 바로 건너편에선 젊은 연인들이 서로에게 삿대질을 하며 한창 싸움을 벌이고 있는 중이었다. 웃고 떠들고 싸움질을 하는 무리들, 나는 마치 영화의 한 장면을 바라보듯이 거리감을 느끼며 그들을 지나쳐갔다. 가전제품만 전문으로 파는 사층짜리 건물을 지날 때였다. 거리 쪽으로 진열된 대형 TV 화면에서 우리나라와 A국이 핵 개발을 위한 양국 간의 최종 협정을 기습적으로 체결했다는 속보가 떴다. 리아민과 루킨이 악수를 하며 미소를 짓고 있는 장면이 비쳤다. 바야흐로 이 나라도 핵을 보유한 국가의 대열에 조만간 합류하게 될 것이라는 뉴스였다.

세상은 온통 비현실적인 일들로 가득할 뿐이었다. 문득 그들이 내게 일어났던 이 우습고 서글픈 해프닝을 안다면 어떤 반응을 보일지 생각해보았다. 아마도 대부분의 사람들은 양어깨를 추켜올렸다가 내리면서 내게 대수롭지 않다는 투로 말할 것이다. 잊어, 잊으라고. 생각해보면 별일도 아니잖아. 게다가 그 일로 돈도 벌고 더 유명해지게 되었다면서? 그러면 된 거지. 뭐가 더 필요해? 혹시 더 큰 걸 원했던 거야?

나는 곧 침몰할 배처럼 무겁게, 아주 무겁게 앞을 향해 발걸음을 옮겼다. 내 안에 침잠해 있던 나는 미처 다가오는 사람들을 보지 못하고 몇 번이나 그들과 몸을 부딪혔다. 몇몇 사람들은 그런 나를 향해 사납게 눈을 부라렸다. 어떤 바짝 마른 작은 체구의 남자는 가운뎃손가락을 들어올렸다. 나는 그에게 고개만 끄덕거려주었다. 당신의 말을 십분 인정한다는 듯이. 그러자 그 작은 남자는 정신병자라도 본 듯 눈동자에 공포가 서리더니 황급히 뒷걸음질로 도망쳤다.

가당치 않은 뜻을 존중해주었더니 오히려 두려움을 느끼는 미친 세상이 바로 현재 내가 살고 있는 이 세상이었다. 어찌 보면 수석비서관의 말이 맞을 수도 있다는 생각이 들었다. 순진한 예술가 박상호로 사는 것이 이 기묘한 세상을 보다 잘 살아갈 수 있는 방편이 될 수도 있었다.

걷다보니, 어두컴컴한 막다른 골목에 다다라 있었다. 유일한 등은 전구가 깨어진 채였다. 다시 빛을 찾아 걷기 위해서는 이곳을 나가야만 했다. 하지만 나는 여전히 내가 어디에 있는지, 어느 곳을 향해 가기를 원하는지 해답을 찾을 수가 없었다.

권력과 욕망의 역학 관계

심사 개요

제8회 혼불문학상에 응모된 장편소설 215편 중 본심에 오른 작품은 3편이었다. 예심을 통과한 작품이 적었다는 점은 아쉬웠지만, 달리 생각하면 투고된 작품을 읽고 선별하는 과정이 엄중했음을 말해준다. 심사위원들의 손에 쥐여진 작품 하나하나가 응모자들의 진정성과 각고의 노력을 느낄 수 있게 해주었으며 좋은 문장과 표현들이 하나로 뭉쳐 제각각 하나의 세계를 점유하는 항성으로서의 빛을 발하고 있었다.

『검은 하늘』은 여주인공이 일본인의 양녀로 들어가 원수인 친일파 조선인에게 복수한다는 플롯으로 쓰인 소설이다. 여주인공 김문희와 기무라 하나코가 동일 인물임을 숨기고 풀어나가는 구성은 적절하고 공감이 되는 장치라고 할 수 있다. 또한 시간대를 교차 서술하는 트릭도 고심 끝에 만들어낸 설정으로 설득력을 지닌다. 하지만 등장인물의 개성이 약하다는 점이 아쉬운 점으로 남는다. 대화 또한 자연스럽지 못하고 문어 투가 섞여 있으며 기타 조역들의 면면도 자신의 개성을 드러내지 못하고 있다. 독립운동을 배경으로 한 영화 〈암살〉이나 제7회 수상작인 『칼과 혀』의 구성과 유사하다는 점도 참신성을 떨어뜨린다.

『통로의 중심』의 주인공 현수는 반듯한 직업 없이 더부살이를 하는 뚱보인데다 소심한 성격 등 열등감이 강한 캐릭터다. 가정사 역시 가족에게서 도망친 생부, 자신을 버린 생모, 친아들의 죽음을 자신에게 투영하는 양모, 자신에게 무관심했던 양부 등으로 이루어진 결손가정이다. 주인공은 생존을 위한 자신만의 성채인, 폐쇄된 인터넷 카페에서 사람 좋은 아둔함이라는 껍질을 쓰고 하루하루 살아가고 있다.

무기력과 타성에 젖은 냉소적인 삶을 살던 그가 자신을 직시하게 되는 계기는 생모인 세라와의 만남이다. 세라의 의뢰로 생부의 뒷조사를 시작하면서 주인공은 무기력하게 안주하던 자신의 삶에서 벗어나게 된다. 소설로서의 형식미를 갖춘 작품이며 문장과 주요 캐릭터들의 개성이 뚜렷해 매끄럽게 읽힌다. 특히 결말의 배관

수리를 마치고 도망친 생부에 대한 작가의 시선이 신선했다. 주인 공은 그런 생부에게 비로소 어떤 유대감을 느끼기 시작하고, "당신 을 용서하고 싶다"라고 외친다.

철공소에 있는 인물 중 몇 명은 군더더기이며 여자친구인 다솜 의 캐릭터가 약하다는 점이 아쉽다. 주인공과의 교감과 사귀는 과 정까지 가는 전개가 비약적이다. 다솜이 현수에게 매력을 느끼는 상황을 좀 더 넣어주었으면 싶다. 또한 연극 퍼포먼스를 통해 주인 공이 소심한 자신과 대면하고, 이후 급격히 변해간다는 내용도 설 득력이 미흡하다.

『독재자 리아민의 다른 삶』은 심사위원들이 지지하면서도 몇 가 지 아쉬운 점을 지적하기도 했다. 아쉬운 점을 먼저 거론하겠다.

독재자 리아민의 이름은 아프리카의 독재자 이디 아민을 연상시 킨다. 작품성의 관점에서 보자면, 특정 정치인을 곧바로 연상하게 하는 이런 설정은 오히려 독자의 상상력을 제한하는 결과를 초래 한다.

리아민 어머니와 영부인 최세희 어머니의 삶을 유사하게 설정한 점도 안이하고 맥이 빠지게 만든다. 또한 윤간이라는 아픈 과거를 지닌 알코올중독자 최세희가 수단을 가리지 않는 교활한 방법으로 영부인 자리에 오른다는 설정도 통속적인 장치로 보이기 쉽다. 영 부인 최세희와 작가 박상호의 관계 설정도 용두사미로 끝나버린다.

심리적 교감을 보이는 듯하다가도 마무리를 짓지 못하고, 작품 후반에는 최세희의 정체성이 사라져버린다.

수석비서관 김세원은 흥미로운 캐릭터다. 리아민보다 더 실질적인 주인공일 수 있는 인물이다. 오만하고 냉철한 권력 지향적 엘리트이자 문학적 감수성도 가지고 있으며, 현직 작가인 박상호보다도 뛰어난 문재(文才)를 지닌 인물로 암시된다. 리아민의 '안나 카레니나' 에피소드가 실은 김세원 본인의 것이었다는 반전 또한 흥미를 더하게 만드는데, 작품상에서 좀 더 살려내지 못한 점이 아쉽다.

작품의 제목에 대해서도 약간의 지적이 있었다. 독재자라면 그 삶의 이면에 아름답지 못한 것들이 있으리라는 상상은 쉽게 떠오르기 마련이라, 제목으로서 맛이 부족할 수 있다는 지적이었다. 그러나 작품 내외로 보이는 몇 가지 아쉬움에도 불구하고 이 작품에 심사위원들이 주목한 까닭은, 작품의 전반적 흐름을 이끌어가는, 권력과 욕망의 역학 관계를 드러낸 주제 의식이었다. 심사위원들은 장시간의 논의 끝에 『독재자 리아민의 다른 삶』을 당선작으로 선정했다. 원고지 천 매가량의 이 작품은 손에 잡으면 마지막까지 읽게 만드는 필력이 돋보였다. 작품의 스토리는 비교적 단순하다. 독재자 리아민이 권력을 유지하기 위해 소설가 박상호에게 자신의 전기 집필을 의뢰하고, 박상호가 전기를 집필하는 과정에서 드러나는 인간의 욕망이 주요 줄거리다.

작품이 내세우는 전경은 제목에서 보이듯 독재자 리아민으로 표상되는 권력이지만 그 후경에는 '작가에게 있어서 글쓰기란 무엇인가?'라는 질문이 숨어 있다. 글쓰기와 권력이라는 두 축은 작품 속에서 순진한 예술가와 결코 순진할 것 같지 않은 독재자라는 가벼운 외양으로 나타난다. 그러나 쉽게 드러날 것 같던 진상은 녹록하게 모습을 보여주지 않는다. 전경에서 드러나는 스토리상의 축은 전기의 대상인물인 독재자 리아민을 중심으로 전개되고 권력과 권력의 이면을 드러내며 작품의 흐름을 이끈다.

권력과 글쓰기라는 두 개의 축은 별개인 듯하지만, 때론 서로 엇갈리는 듯 혹은 서로 맞물리는 듯 뒤엉키며 눈먼 욕망이 몰고 가는 가치 전도라는 주제로 흘러간다. 작가 박상호의 자전적 일인칭 시점으로 전개되는 글쓰기 과정은 최고 권력자의 전기를 쓰는 동시에 작가 자신의 글쓰기에 대한 본질적 물음을 던진다.

독재자의 욕망과 작가의 욕망

욕망하는 존재인 인간은 욕망 충족을 위한 파워나 권력을 추구한다. 사회는 복잡한 조직 구조를 지니고 있어서, 사회에 내재한 구조적 권력관계 안에서의 개인들 간 욕망의 파워 게임은 다양하게 나타날 수밖에 없다. 왜곡되고 일그러진 구조적 가해자의 형태로 나타나기도 하고, 억울하게 당하고도 숨소리조차 내기 어려운 구조적 희생자의 형태로 나타나기도 한다. 역사적으로 가장 뿌리 깊은 사회구조적 권력관계는 가부장제와 하향식 통치권력제로 유지되어왔다. 이 두 제도는 작품에서 독특한 방식으로 접점을 이룬다.

방종한 처녀가 낳은 사생아였던 리아민 대통령은 개천에서 난 용이다. 동네 남정네들의 성적 착취를 당하던 정신박약 처녀가 낳은 사생아였던 최세희는 신데렐라다. 엄밀하게 말하면, 이들은 가부장사회 속의 구조적 먹잇감이다. 이들이 사회 최하층이란 구조적 희생자 위치에서 벗어나 지극한 애민사상을 내세운 권력자가 됨으로서 사회구조적 파워 게임에서 승자가 되는, 소망적 사고의 현현으로 접점은 완성된다.

승자가 된 그들이 자리를 계속 유지하기 위해선 새로운 힘이 더해져야 한다. 그것은 국민의 절대적인 지지다. 대통령이란 신분으로 자신의 의지를 관철시킬 수 있는 다양한 힘과 수단을 갖고 있지만, 계속 통치자로 남기 위해서는 국민의 자발적 지지가 필수적이다. 그것을 아는 리아민은 전기 출판을 통해 진정한 지도자에 대한 국민의 자발적 지지를 이끌어내는 여론 형성을 꾀한다. 강인한 의지와 결단, 더불어 인간미를 지닌 진정한 영웅적 대통령 전기는 권력자가 동원하는 수단들 중의 하나다. 대중의 지지가 필요한 독재자는 적절히 이용할 만한 작가를 찾아낸다.

과거 썼던 베스트셀러 한 권의 유명세를 부여잡고 몰락해가는 박상호 역시 한때 맛본 권력의 맛을 갈구하는 이다. 다시 한번 명성을 얻기 위해 노심초사하고 있는 작가에게 살아 있는 권력자의 전기 집필 의뢰는 양날의 검이다. 전기 집필자가 됨으로서 얻을 수 있는 힘, 출판사의 적극적 지지, 보장된 판매 부수, 리아민의 후광에 힘입어 얻을 수 있는 세간의 명성 등은 재기의 기회다. 그러나 리아민의 힘에 편승한다는 것은 언젠가 발생할 그의 몰락에서 자유로울 수 없는 운명을 받아들이는 것이기도 하다. 권력자의 전기를 진실만으로 쓰긴 어려우며 선택과 삭제, 포장과 미화가 뒤따르는, 작가의 자존심을 내팽개치는 글쓰기일 수밖에 없다는 것도 감수해야 한다.

작가 박상호의 갈등은 그것에서 시작한다. 자신이 쓴 소설의 주인공에 빗대어 '못 말리는 윤리주의자'라는 별칭으로 불리던 예술가 박상호의 이면에는 세간의 명성을 추구하는 욕망이 자리 잡고 있다. 리아민의 미끼를 통해 얻을 수 있는 명성과, 그러면서도 구술 작가가 아닌 작가로서의 명성도 지키기를 바라는 욕망이 충돌한다. 자신이 쓰고자 하는 바와 리아민이 요구하는 바가 일치할 수 없다는 것을 그는 알고 있다. 박상호 내부에서 충돌하는 욕망의 갈등과 역학 관계가 작품의 또 다른 축인 작가의 글쓰기를 도마 위로 불러낸다. 작가는 무엇을 위해 쓰는가?

이 소설은, 글쓰기와 권력이라는 두 가지 상이한 축을 복합적으로 교차하면서 드러난 박상호의 갈등을 통해 결국 욕망하고 있는 인간과 욕망 충족의 획득 수단인 권력의 역학 관계라는 주제에 천착해나간다.

글쓰기와 권력은 통념상 차이가 있는 것으로 보인다. 전자는 긍정적으로 후자는 부정적으로 보기 쉽다. 그러나 양자는 과연 다른가? 글쓰기도 욕망하는 행위이며 동시에 작가의 의지를 관철시키고자 하는 행위가 아닌가? 그렇다면 본질적으로는 같은 것 아닌가? 작품은 작가 박상호의 갈등을 통해 양자 간의 차이점과 공통점이 있는지, 있다면 과연 무엇인지 찾는 게임을 펼쳐놓고 독자를 술래로 만든다. 술래는 작품이 슬쩍슬쩍 보여주는 파워 게임들, 즉 독재자, 통치자의 비서관, 기자, 작가, 출판사 사장 등 등장인물 상호 간에 일상적으로 벌이는 평범한 게임 사이사이 숨은 것들을 만나게 되고, 욕망이 추구하는 대상이 무엇인지 탐색한다. 술래가 숨바꼭질 끝에 어떤 답을 찾아낼지는 온전히 독자의 몫으로 남는다. 이 작품은 욕망의 대상들이 권력 다툼 과정에서 어떻게 변질해가는지, 더 나아가 욕망하는 존재로서의 인간이란 무엇인가, 라는 주제로 독자를 이끈다.

욕망들의 파워 게임

타자와의 관계망 속에서 살아가야 하는 사회적 삶은 당연히 욕망하는 개인들 간의 권력 다툼으로 이루어진다. 타인의 의지대로가 아니라 내가 원하고 의지하는 바를 타인에게 관철시키고자 하는 욕망, 그 욕망의 실현력이 파워라면 인간의 자기 표출 행위는 곧 파위가 수반되는 행위다. 삶은 파워를 통해서만 표출되고 존재한다. 자신을 표출하고 인정받고 너를 내편으로 만드는 것, 너의 방식대로가 아니라 나의 방식대로 하는 것, 나의 영향력을 인정받고 확대하고자 하는 욕망, 그것이 곧 살아 있는 생명력이자 존재 표출의 의지다. 그런 의미에서 사회 속의 모든 인간관계는 파워 게임이다.

문제는 너를 내 편으로 만드는 파워다. 그 방법은 상대방의 동의를 자발적으로 이끌어내는 설득력일 수도 있고 혹은 위협이나 억압 등으로 비자발적 동의를 얻어내는 강요일 수도 있다. 바람직한 힘은 설득이며, 설득을 통해 얻는 자발적 동의이다. 현대사회에서 설득은 광고, 홍보, 포장된 글, 외모를 통해 수행되거나, 전문적 권위자를 동원한다. 사람들은 끊임없이 알게 모르게 설득당하고 있다. 문화는 사람들에게 특정한 지향성을 갖게 만드는 주요한 사회적 힘이다.

욕망하는 힘의 충돌은 사회구조나 타자와의 관계에서만 발생하는 것은 아니다. 개인 자신의 내부에서도 욕망의 대상들은 서로 충돌한다. 사회 속의 개인들은 하나이면서도 다양한 페르소나의 복합체라서, 개인 내부에서도 다중적 페르소나들의 갈등이 발생한다. 개인 내부에서 발생하는 파워 게임에도 역시 승자와 패자가 있지만, 대부분의 개인들은 자기합리화를 통해 갈등을 봉합한 채 스스로의 정체성을 유지하고 지속해간다.

작가의 글쓰기는 작가가 세상을 향해 자기 표출을 하는 행위, 자신의 의지를 강하게 드러내는 행위다. 작가 역시 타인에게 자신의 힘이 미치기를 욕망한다. 자신이 생각하는 문제의식과 진실, 고통, 희열, 연민, 슬픔, 아름다움 등을 타자도 공감하기를 바란다. 작가는 이 공감을 얻기 위해 예술작품이라는 형식이 갖는 힘을 사용한다. 작가의 의지를 관철시키는 힘은 오직 글쓰기를 통해 드러나는 작품성뿐이다. 그러나 작가가 갖고 있는 수단은 이것 하나일 뿐, 글을 쓸 수 있는 여타의 조건들, 즉 생계, 출판사, 홍보 수단 등은 작가에게 없는 힘이다. 작가는 글쓰기에만 한정된 존재, 그런 점에서 자유롭지 못한 존재다. 그러기에 다른 힘을 갖는 자, 출판사, 독자, 후원자, 언론 등과 언제든지 타협할 수 있는 존재이기도 하다. 부와 지위와 인맥 등 다양한 수단을 지닌 예술가는 그렇지 못한 예술가에 비해 자기 표출을 위한 힘의 종류가 다양하다는 점에서 보다 자유롭다. 그게 현실에서 보이는 파워 게임이다. 글쓰기라는 능력 하나만 가진 배고픈 예술가는 자기 표출을 도와줄 힘을 얻지 못하면 결국 글쓰기라는 욕망을 스스로 포기하게 된다.

　파워 게임에서 힘이 없는 욕망은 더 이상 욕망일 수조차 없다. 욕망을 포기하는 대신 수정하는 방법이 대다수의 사람들이 선택하는 타협이다. 타협은 파워 게임에서 욕망을 포기하는 대신 거래나 양보, 수정이나 변형하기를 선택하는 것이고, 타협의 경계는 모호하여 때론 자신도 모르는 사이에 왜곡되기도 한다. 그러나 현실의 어느 누구도 타협을 피해갈 수 없다. 최고 권력자도 마찬가지다.

작품 속의 인물들, 최고 권력자 리아민, 작가 박상호, 작가의 연인이자 기자인 정율리, 출판사 관계자 등등, 이들 모두 자신의 욕망을 위해 상대방과 파워 게임을 한다. 통치자 리더상을 보여줄 전기를 원하는 최고 권력자, 특종을 원하는 기자, 문학적 성취를 원하는 작가, 베스트셀러를 원하는 출판사, 이들 모두는 욕망하는 존재다. 차이는 그들이 욕망하는 대상, 그리고 가진 힘의 종류와 크기가 다를 뿐이다. 최고 권력자란 당연히 가장 많은 종류의 힘을 동원할 수 있고 힘이 가장 크다. 이에 비해 기자, 작가, 출판사 관계자가 가진 힘의 크기는 엇비슷하다. 최고 권력자 리아민과 작가 박상호의 권력 다툼은 힘의 크기와 종류에서 비교조차 할 수 없다. 하지만 어차피 지는 게임일 수밖에 없다는 점을 알고 시작한 박상호도 나름대로 손익계산서는 가지고 있다. 헤겔이 주인과 노예의 변증법에서 주장한 것처럼, 노예는 주인을 위해 굴복한 것이 아니라 자기를 위해서 굴복한 것이라는 점을 고려해볼 수도 있다.

욕망의 전도_ 욕망의 주인에서 욕망의 노예로
욕망한다는 것은 지향적 행위, 즉 어떤 대상을 향하고 추구하고 실현하고자 하는 행위다. 지금보다는 더 나은 대상에 진리, 진실, 정의, 평화 등의 가치를 부여한다. 통치자, 작가, 기자, 학자 등이 추구하는 욕망의 대상은 동일하지는 않더라도 나름대로 특정 가치를 실현하고자 하는 지향적 행위다. 더 나은 대상을 추구하려는 욕망에 따라 행동할 때 인간은 욕망의 주인이다. 욕망이 대상에 도달하려면 파워가 동반되어야 하지만 현실은 갖가지 제약으로 가득하다. 제약은 외부에만 있는 것이 아니라 개인의 내부에도 존재한다.

"그래도 지구는 돈다." 천동설이 주류인 종교 법정에서, 갈릴레이가 사형을 피하고자 천동설을 인정하고 재판정을 나서며 중얼거렸다고 전해지는 말이다. 사실 여부를 떠나 역사적으로 전해지는 이 사건은 인간 욕망이 만나는 갖가지 제약과 갈등을 단적으로 보여주는 사례다. 자연과학자로서 우주의 진상을 있는 그대로 알리고자 하는 것은 학문을 추구하는 갈릴레이의 욕망이다. 하지만 지동설을 주장하면 생명을 위협받을 수 있다. 자신의 주장을 뒤집고 법정을 나서야만 생명을 지킬 수 있다. 죽음을 피하고 생존을 추구하는 갈릴레이의 욕망 또한 모든 생명체가 갖는 본능적 욕망이다. 학자의 진리 추구 욕망과 생명 본능 사이에서 갈릴레이의 선택을 비난할 사람이 과연 얼마나 있을까? 때로는 생존 본능이 어떤 것보다 우선할 경우도 있다.

욕망이 만나는 갖가지 제약들과 갈등 상황은 종종 인간을 욕망의 주인에서 노예로 전도시키기도 한다. 애초에 추구하고자 했던 욕망의 대상보다는 실현에 필요한 파워 자체가 더 중요해지게 되고 파워 확장 자체, 더 큰 파워에 집중하는 현상, 즉 욕망의 노예가 되어버린다.

글쓰기를 선택한 작가가 욕망하는 대상은 무엇일까? 모든 철학적 질문이 추구하는 것은 결국 '인간이란 무엇인가'라는 인간론으로 귀결된다. 작가의 욕망 역시 이 범주에서 크게 벗어나지 못한다. 학자건 작가건 이들은 또한 생활인이자 누군가의 부모, 자식, 동료, 친구이며, 성별, 국적, 인종, 종교, 직업, 지위 등 여타의 다양한 페르소나를 함께 지닌 존재라서 한 개인의 욕망의 대상은 단일하게 한정지을 수 없다. 사회 속의 인간은 자신이 관계하는 상대방에 따라 다양한 페르소나를 연출하는 까닭에 인간은 '욕망하는 존재'라는 규정만이 있을 뿐이다.

　한 개인의 욕망의 대상을 물으려면, 어떤 욕망인지를 먼저 물을 수밖에 없을 것이다. 여타의 다른 페르소나들을 도외시한 채로, 하나의 페르소나만을 놓고 학자의 욕망, 기자의 욕망, 출판인의 욕망, 교사의 욕망, 통치자의 욕망 등을 물을 수밖에 없다. 이때 질문은 사실에 대한 물음이라기보다는 당위나 가치와 같은, 명분에 대한 질문이 되기 십상이다. 작가는, 학자는, 기자는, 통치자는 제각기 무엇을 추구하는 존재인가? 답변은 보다 간명해진다. 학자는 진리 추구, 작가는 인간의 다양성과 삶의 진실, 기자는 시민들의 알 권리를 위해 진상을 보도하는 것, 통치자는 국민의 행복과 사회정의 등등 표현은 다르게 할 수 있지만 대체적으로 사람들이 기대하고 부여하는 가치와 명분은 크게 다르지 않다.

현실의 파워 게임은 이 대상들을 조금씩 변용하거나 급기야는 왜곡한다. 이 과정에서 욕망의 왜곡 및 대상의 전도, 욕망의 대상은 사라지고 파워 자체를 추구하는 것만이 남게 되는 전도 현상이 발생하고, 욕망의 주인에서 욕망의 노예가 되어가는 것이다. 기자에게는 어느새 진실보다 특종이 중요해진다. 정율리가 특종 기사를 얻기 위해 박상호를 이용하는 것은 기자 근성으로 미화된다. 보도의 내용이 국민들이 알아야 할 가치가 있는 것인지, 시간을 다투어 알려야 하는 급박한 것인지의 문제는 사라져버린다. 통치자 리아민이 개헌을 통해 독재자가 되려는 것도 집권자 집단의 욕망의 왜곡과 전도가 작동한다. 리아민의 수석비서관의 입을 통해 피력된 독재자의 욕망은, "사실 이번 임기가 끝나면 조용히 고향으로 돌아가 여생을 평화롭게 보내고 싶던" 대통령이 국가 이익상 매우 중대한 일을 앞두고 원하지 않은 통치자의 길을 다시 걷기 위해 개헌을 한다는 것이다. 정의로운 민주사회 실현이라는 욕망은 사라지고 통치욕만 남은 통치자에게 이제 국민은 주인이 아니라 통치자가 던져주는 먹이를 먹고 행복해야 할 개돼지로 전락한다.

"일반 국민들은 무지합니다. 실리와 국익에 따라 행동하는 것이 아니라, 근거 없는 소문과 비이성적인 감정에 영향을 받아 종종 국가를 위기에 빠트리곤 합니다. (…) 각하는 국민들의 의견과 선택을 신뢰하며 실천하기 위해 부단히 노력하셨습니다. (…) 시도도 그만

두셨습니다. (…) 국민은 개도해야 할 대상이 아니라는 것을 깨달으셨기 때문입니다. (…) 과연 많은 사람이 원하고 지지한다고 해서 그것이 반드시 정의롭고 옳은 일이라고 확신할 수 있습니까? 제가 보기엔 다수결이야말로 실은 세상에서 가장 무서운 폭력이 될 수 있는 요소가 다분합니다. (…) 국가의 고비마다 강력하고 올바른 리더십을 갖춘 제왕적 지도자가 이 나라를 통치해야 한다는 것입니다."

대상을 놓쳐버린 욕망의 전도는 이제 파워욕 자체가 주인이 되어 사람들을 지배한다. 파워욕의 노예가 된 사람들은 더 큰 파워를 손에 움켜쥐기 위해 돌진한다. 현재 손에 쥔 파워나 또는 손에 쥐어본 파워를 잃지 않기 위해 주변에 미치는 영향에는 눈감으려 몸부림치기도 한다. 파워의 노예가 된 사람들은 자신들의 욕망들을 합리화를 통해 포장한다. 최고 권력자는 국민에 대한 사심 없는 헌신과 국익으로 포장하고, 기자는 사실을 드러내고자 하는 열망인 기자 근성으로 포장한다. 인간의 교활함과 허약함이 함께 작동하는 자기합리화의 과정은 누구나 피해갈 수 없는 길이기도 하다. 선택적 기억으로 자신의 과거를 재구성하거나 더 나아가 다른 사람의 기억을 짜깁기해 넣어 진실이라는 이름으로 기억을 만들어간다.

작품 곳곳에서 등장하는 말, '기억은 언제나 기억을 되새기는 이가 왜곡할 수 있는 것이다'는 사회적 파워 게임에서 개인이 자신의 정체성을 유지하기 위해 몸부림치는 것을 빗대어 표현한 것이기도 하다. 자신의 파워를 타인들로부터 그리고 자기 자신으로부터 인정받기 위해, 자신이 파워를 형성해온 과정을 끊임없이 미화하고 재구성하는 인간 존재의 교활함과 허약함을 작가는 집요하게 그려낸다. 이것은 독재자 리아민에게만 해당되는 것이 아니라 작품 속 화자인 작가 박상호의 모습이기도 하다. 또는 이글을 읽는 우리 모두에게 주어지는 질문이기도 하다.

심사위원: 문순태(심사위원장)

김양호, 김영현, 이경자, 이병천

(대표집필: 소설가 김양호)

권력의 속성과 독재자의 이중성을 잘 보여주는 보기 드문 수작이다. 한 베스트셀러 작가가 대통령의 부탁을 받고 자서전을 쓴다는 소재부터가 매우 기발하다. 그는 자서전을 쓰기 위한 취재 과정에서 비인간적이고 폭력적이며 비도덕적인 대통령의 이중성에 충격을 받고 깊은 작가적 고민에 빠진다. 저자는 대통령의 정치적인 독재 사실을 의도적으로 드러내지 않으면서도 권력자의 삶을 통해 그의 비인간적인 잔인성을 적나라하게 보여준다. 밀도 높은 문장이 돋보이고 평면적이긴 하지만 탄탄한 구성을 통해 주제를 강하게 만들어내는, 소설 미학의 전형을 보여주는 작품이다.

_문순태(소설가)

『독재자 리아민의 다른 삶』을 보는 내내 나는, 정체 모를 불유쾌함과 그런 불유쾌함에도 불구하고 끊임없이 긴장된 몰두를 느끼지 않을 수 없었다. 절대 권력을 가진 자의 전기를 써달라는 청탁을 받고 내밀한 그만의 세계, 그만의 과거를 깊숙이 찾아들어갈 수밖에 없는 한때 잘나가던, 그리고 아직 명성에 굶주린 작가와 그를 한낱 소모품으로만 이용하려는 거대 권력의 음모가 나를 때로는 불유쾌함으로, 때로는 황홀한 긴장 속으로 몰아넣었던 것이다. 소설이란, 주제의 무게와 이야기의 재미가 함께 아우러져야 한다. 『독재자 리아민의 다른 삶』은 선과 악이 어우러진 어려운 주제와 인간들의 복잡한 심리를 잘 다듬어진 탄탄한 문장력으로 한 편의 드라마처럼 엮어내는 데 성공하고 있다.

_김영현(소설가)

작품의 도입부를 읽다가, 나는 거리낌 없이, 거의 오만하게 편견을 만들었다. 이 글을 쓴 사람은 남자일 것이고 대기업이나 은행 등에서 일하다 명예퇴직을 한 중년일 것이다. 아니면 언론사에 근무한 경력이 있는 남자. 일생에 딱 한 편의 소설을 쓰고 싶다는 남자들을 많이 보아왔기 때문이다. 그런데 내 상상은 모두 틀렸다. 상식적이고 통속적인 상상을 우습게 걷어차는 경쾌한 재능. 우리는 이런 재능을 가진 소설가를 만났다. 모두에게 행운이다. 더군다나 등단 오십 년을 바라보는 나는, 이 소설을 통해 한 가지를 깨달았다. 소설은 일단 읽혀야 한다는 사실!

_이경자(소설가)

유난히도 많은 독재자를, 그것도 필요 이상 굴종하며 섬겨야만 했던 나라의 독자들에게 바치는 보상으로 이만한 소설이 또 있을까? 냉혈 악어 같은 독재자와 그 영부인을 마치 뼈와 가시를 낱낱이 추리고 발라내듯 해체해놓은 장인의 솜씨가 혀를 내두르게 만든다. 물론 독재의 현란한 재주 부리기는 여기서 끝이 아니거니, 그렇게 펼쳐지는 불온한 엿보기의 세계로 오늘 당신을 초대한다.

_이병천(소설가)

　유례없는 폭염이 한 달 넘게 지속된 날들이었다. 몸이 지치니 마음도 함께 지쳐버렸다. 그러던 팔월 말의 어느 날, 태풍이 온다는 소식과 함께 잦은 비가 내렸고 언제 그랬냐는 듯 무더위가 사그라졌다. 불어오는 바람이 제법 선득하기까지 했다. 계절이 바뀌는 무렵마다 체감하는 것인데도 올해는 유난히 다르다고 느낀 건 내 착각이었을 것이다. 그런데도 애써 다름을 찾으려는 이유는 이 소설이 출간되는 때와 계절의 순환이 맞닿아 있기 때문이다. 자연은 말없이 그 자리에 있는데, 문제는 그것을 바라보는 인간이 자신의 마음 상태에 따라 눈으로 보이는 광경을 해석하는 것이라는 어느 책에서 본 인상 깊은 구절이 떠올랐다.

되짚어보니, 세상에 내놓는 두 번째 장편소설이다. 올해 초 출간된 첫 장편 때에는 느끼지 못한 복잡한 마음이 든다. 좀 더 욕심이 나고, 그러면서도 좀 더 부담스러워진다. 아무래도 고 최명희 선생님을 기리는 문학상의 당선작으로 세상에 소개되는 책이니 그러할 것이다. 더운 나날들 가운데 틈틈이 글을 수정하며 여름의 끝자락을 보냈다.

부족한 긴 글을 꼼꼼히 읽어주시고 당선작으로 선정해주신 심사위원 선생님들과 애써주신 혼불기념사업회와 최명희문학관, 전주 MBC 관계자분들, 책이 출간되는 날까지 함께해주신 편집자님들께 깊은 감사의 말씀을 전하고 싶다. 그리고 등단을 하고 작가가 된 때부터 지금까지 직간접적으로 영향을 주신 많은 분들께도 감사의 뜻을 전하고 싶다. 그분들이 아니었다면 그 오랜 시간 동안 결코 글을 계속해서 쓰지 못했을 것이다.

2018년 가을
전혜정

독재자 리아민의 다른 삶

초판 1쇄 인쇄 2018년 9월 18일
초판 1쇄 발행 2018년 9월 28일

지은이 전혜정
펴낸이 김선식

경영총괄 김은영
책임편집 조혜영 **디자인** 유미란 **책임마케터** 이고은, 기명리 **크로스교정** 김정현
콘텐츠개발2팀장 김현정 **콘텐츠개발2팀** 김정현, 조혜영, 유미란
마케팅본부 이주화, 정명찬, 최혜령, 이고은, 김은지, 배시영, 유미정, 기명리, 김민수
전략기획팀 김상윤
저작권팀 최하나, 추숙영
경영관리팀 허대우, 권송이, 윤이경, 임해랑, 김재경, 한유현, 손영은

펴낸곳 다산북스 **출판등록** 2005년 12월 23일 제313-2005-00277호
주소 경기도 파주시 회동길 357 2, 3층
대표전화 02-704-1724 **팩스** 02-703-2219 **이메일** dasanbooks@dasanbooks.com
홈페이지 www.dasanbooks.com **블로그** blog.naver.com/dasan_books
종이 한솔피앤에스 **인쇄** 민언프린텍 **제본** 정문바인텍 **후가공** 평창P&G

ISBN 979-11-306-1929-3 (03810)